시로 읽는 조선과 유구 관계사

시로 읽는 조선과 유구 관계사

초판 1쇄 발행 2024년 8월 22일

지은이 이성혜
펴낸이 권경옥
펴낸곳 해피북미디어
등록 2009년 9월 25일 제2017-000001호
주소 부산광역시 동래구 우장춘로68번길 22
전화 051-555-9684 | 팩스 051-507-7543
전자우편 bookskko@gmail.com

ISBN 978-89-98079-92-5 93830

＊이 저서는 2020년 대한민국 교육부와 한국연구재단의 지원을 받아 수행된 연구임
(NRF-2020S1A5B5A16082081)

시로 읽는 조선과 유구 관계사

有聲畫裏無聲詩 天公敢刮遊人眉

一 養牧兒橫短笛 數聲暗和金捍撥

紛紛物色各有情 高唐一夕雲冥冥

主人衙罷客醉眠 漠漠隔江猶採蓮

七尺昂藏特處士 翠毛黑角紛崇子

琉球直向三韓北 蠻煙蜑雨無消息

康州海上野綠遍 寢訛東西奔或殿

二牝牛然群牡逸 戢戢行見懶㥘怖

鳳鳴樓上歌管鬧 晩雨書亭

이성혜 편역

해피북미디어

【일러두기】

- 이 책에 게재한 시는 『조선왕조실록』(한국고전종합DB), 『한국문집총간』(한국고전종합DB), 『연행록전집』(임기종 편집, 100권)에서 발췌한 것이다.

- 일부 시는 기존의 번역을 참고하였으나, 필자의 판단대로 수정하고 주석하였다.

- '시인 소개'는 간략하게 개괄적인 내용만 적었다. 여기에 거명된 시인들에 대한 정보는 온·오프라인의 다양한 사전과 문헌에 소개되어 있기 때문이다. 다만, 게재한 시와 관련한 시인의 행보는 '작시 배경'과 '시 해설'에서 자세히 설명하였다.

조선과 유구

가깝고도 멀었던 관계

한반도와 유구의 관계가 고려시대부터 조선시대까지 이어졌다는 것은 문헌이 전하는 내용이다. 어쩌면 고려시대 이전부터 관계가 있었을지도 모르겠다. 그러나 문헌이 없으니 알 길이 없다. 기록이란 그래서 중요하다. 문헌이 전하는 것도 고려와 유구의 관계는 『고려사절요』 공양왕 1년(1389) 8월에 유구국의 중산왕 찰도(察度)가 사신을 보내와서 방문하고 왜적에게 잡혀간 고려인을 돌려보냈다는 기사가 있을 뿐이다. 그리고 이 책에 담은 유구에 대한 이숭인의 시가 있다. 그러나 문헌으로 전하는 것 외에 구전(口傳)이나 고고학 혹은 인류학이 찾아낸 흔적들로 보면 고려와 유구의 관계 역시 조선과 유구의 관계만큼이나 다이내믹했다고 보인다.

조선과 유구의 관계는 『조선왕조실록』과 『연행록』 그리고 개인 문집 등 비교적 풍부한 문헌이 존재하지만 사실상 정리는 많이 이루어지지 않은 채 여기저기 흩어져 있다. 특히 필자가 주목하는 한문학 분야는 아마도 필자로부터 시작되었는지도 모르겠다. 그 이유는 여러 가지가 있을 것이다. 그중에서도 중요한 하나의 이유는 여기서 말하는 유구국이 현재 존재하지 않기 때문일 것이다. 그렇다면 필자는 왜 과거의 유구국에 관심을 가지는가. 알고 싶기 때문이다.

엄연히 존재했던 유구와 그들과 교류했던 우리 조상들의 기록이 있다. 당시 조선과 유구는 동아시아로 묶이고, 한자문화권 안에 있었다. 모두 중국에 조공하던 나라였다. 또한 유구는 동아시아의 무역국으로서 활발한 활동을 펼쳤다. 그러므로 당시 조선과 유구 사람들은 어떤 관계 속에 살았는지, 서로를 어떻게 생각했는지 궁금하지 않을 수 없다. 지금 우리가 글로벌한 세계 속에 살듯이, 그들의 글로벌은 어떠했는지 역시 궁금하다. 또한 제국주의가 물밀듯이 동방으로 몰려오던 19세기 말과 20세기 초에 두 나라의 교류는 어떠했는지, 어떤 정보를 교환했는지 알고 싶다. 더욱이 유구는 그 19세기 말에 이른바 망국(亡國)의 운명을 맞고 말았다. 당시 조선은 유구의 정세에 대해 얼마나 민감하게 반응했을까.

조선과 유구는 지리적으로도 가깝다. 특히 부산에서 간다면, 순풍만 불어준다면 며칠 걸리지 않는 거리이다. 조선과 유구 사이의 왕래 길은 계절풍과 쿠로시오 해류를 이용한 바닷길이 발달해 있었다. 그러나 이 바닷길은 매우 험해서 당시 이곳에서 표류했던 사람들이 적지 않다. 『조선왕조실록』에는 이곳을 지나다 표류한 조선인과 유구인에 관한 이야기가 많다. 그러므로 유구로 가고자 했던 조선 관료는 없었다. 하지만 유구에서는 조선에 사신을 보냈다. 그 험한 바닷길에서도 그들은 만났고, 시를 주고받았다. 그들은 무슨 이야기를 나눴을까.

물론 이런 문제에 대한 연구가 전혀 없는 것은 아니다. 하지만 여전히 부족하다. 특히 한문학 자료를 텍스트로 한 연구는 아직 연구할 것이 더 남아 있다. 조선 문인들이 유구에 대해 노래한 시도 적지 않은데, 이런 시들이 문헌 속에만 갇혀 있는 것은 역사의 한 부분이 묻혀 있는 것이라고 할 수 있다. 이 시들을 통해 조선과 유구는 물론이고, 당시 동아시아의 정세와 문화를 일별할 수 있을 것이라 기대한다. 문학은 문학 작품 그 자체로 당시 사람들의 정서와 정감을 읽어내며 이해하는 도구이기도 하지만, 문학은 역사가 포착하지 못한 당대의 모습과 관계를 담고 있는 중요한 역사 자료이기도 하기 때문이다. 이런 점에서 문학 작품은 미시사(微視史)의 중요한 사료라고 생각한다. 이른바 '소문자 역사'가 될 것이다. 이 책은 바로 이런 학자적 관심과 문제의식에서 출발하여 이룬 작은 성과이다.

필자가 유구 한문학에 관심을 가지고 연구를 시작한 지가 이제 거의 10년이 되어간다. 그동안 『유구 한시선(琉球漢詩選)』(소명출판, 2019)과 『유구 한문학』(산지니, 2022)을 출간하였다. 따라서 이 책은 유구에 관한 세 번째 책이다. 『유구 한시선』은 유구 문인의 시만을 역주한 것이고, 『유구 한문학』은 '유구 한문학의 배경'과 '유구 한문학의 인물과 사상' 등을 폭넓게 다루어 유구에 대한 개괄적이면서도 입문적 성격을 띠는 책이다. 특히 이 책에는 「조선에 망명한 유구 산남왕 승찰도(承察度)」와 「유구로 전파된 해강 김규진의 서예」, 「조선 지식인의 유구 체험과 인식」 등의 논고(論考)를 통해 조선과 유구의 관계에 대한 새로운 내용을 밝혀내었다. 문헌을 통해 본 당시 조선 지식인들의 유구에 대한 대체적인 인식은 '유구는 작은 조선'이었다.

이번에 발간하는 이 책은 그간 주목받지 않은 유구와 조선 관련 시(詩)만을 모았다는 점에서, 시를 통해 조선 전 시기의 양국 관계를 개괄적으로 파악할 수 있다는 점에서 『유구 한문학』과 좋은 짝이 되는 책이다. 『유구 한문학』을 출간한 이후, 필자는 연구 범위를 확대하여 조선시대에 생산된 유구 관련 한시를 모두 모아 번역하고 분석하고자 하였다. 물론 여기에는 유구 문인들의 조선과 조선 문인에 대한 한시도 포함된다. 시를 통해 역사적 기록과는 다른 시각에서 양국의 교류와 인식 및 관계를 파악하고자 하였다. 이 작업 역시 두 나라에 대한 역사의 공백을 약간 메울 수 있으리라 생각하였다. 이를 위해 문헌에 산재해 있는 유구 관련 시를 수집하여 번역하고, 작시 배경을 고찰하였다. 이 과정에서 두 나라의 관계에 대한 필자의 정리된 생각은 '조선과 유구는 가깝고도 멀었던 관계'라는 것이다.

이 책에는 조선 문인이 유구에 대해 노래한 시와 유구 사신과 증답한 시, 그리고 유구 사신과 문인이 조선 사신이나 문인에게 증답한 시, 73수를 담았다. 시인은 모두 35명이다. 이들 시는 『조선왕조실록』과 『한국문집총간』, 『연행록』 그리고 유구 문인의 문집, 예컨대 채대정의 『민산유초(閩山游草)』 등에 흩어져 있는 것을 모은 것이다. 필자 나름대로 열심히 조선과 유구 관련 문헌을 뒤적였으나, 73수의 시를 찾은 것에 만족해야만 했다. 아쉬움이 적지 않다. 특히 유구 문인의 문집을 손에 닿는 대로 찾아 뒤적였으나, 필자의 천학(淺學) 때문인지 조선에 대한 유구 문인의 시를 몇 수밖에 찾지 못했다. 따라서 이 작업은 이 책으로 끝나거나 멈추지 않는다. 단지 이 책은 그 중간 결과물에 해당한다. 이 정도에서 일단 한 번 정리하고, 잠시 호흡을 가다듬고자 한다.

하지만 이렇게 말을 하면서도 손을 놓기가 쉽지는 않다. 이 책에 담긴 시의 창작 연대가 대부분 분명하지 않아서 창작 배경을 고찰하는 것도 간단하지 않았기 때문이다. 그렇다고 마냥 잡고만 있을 수도 없으므로 출판하여 눈 밝은 사람을 기다리고자 한다. 시의 출전에 대해서는 각 시의 아래에 제시하였다. 아울러 시를 번역하고, 용어를 설명한 다음에 작시 배경을 서술하고, 시 해설을 덧붙인 구성 방식은, 작시 배경을 알면 시 이해가 보다 쉬울 것이라 생각하였기 때문이다.

*췌언: 이 책은 '유구'라는 키워드로 발췌한 한시를 역주(譯註)한 것으로, 시를 세세히 분석하거나 의미를 부여하지는 않았다. 이는 독자 혹은 다른 연구자 또는 필자의 이후 작업이 될 것이다. 다만 독자의 이해를 돕기 위해 각 장의 앞에 필자의 의견을 간략히 서술하였다.

2024년 7월 15일
이성혜 씀

차례

제2부 조선 문인과 유구 사신, 조선에서 만나다

제3부 조선 사신과 유구 사신, 북경에서 만나다

제1부

조선 문인,
유구를 노래하다

이 장은 조선 문인이 유구 문인이나 유구 사신을 직접 만나서 주고받은 시가 아니고, 조선에서 유구에 대해 들었거나 유구에서 들어온 물건 혹은 문헌을 보고 감흥을 일으켜 지은 시이다. 또는 북경에서 유구 사람을 보았거나 관련한 내용을 전해 듣고 지은 시들이다. 이 시들을 통해서 당시 조선에 어떤 유구 물건들이 들어왔는지, 조선 지식인들이 유구에 대해 어떤 정보를 취득하였는지, 유구에 대해 어떤 인식을 갖고 있었는지 등에 대해 엿볼 수 있을 것이다.

이 장에는 이숭인·성석린·김종직·유호인·정두경·권헌·윤기·서형수·박제가·조수삼·이유원·김윤식 12명 시인의 시, 16수를 게재하였다. 시를 게재한 순서는 시인의 생년 순서로 하였다. 즉, 고려말의 이숭인을 비롯하여 조선 후기 김윤식까지이다. 이숭인의 시를 배제하지 않은 것은 고려말 문인의 유구에 대한 인식을 보여주는 좋은 자료라고 생각했기 때문이다. 솔직히 유구와 한반도와의 관계는 『고려사절요』 공양왕 1년(1389) 8월에 유구국의 중산왕(中山王) 찰도(察度)*가 사신을 보내와서 방문하고 왜적에게 잡혀간 고려인을 돌려보냈다는 기사가 있고, 삼별초의 유구 이주설 등 고려와 유구와의 관련설이

---

*   찰도(察度): 중산왕 찰도(1321~1395). 재위기간은 1350~1395년이다.

끊임없이 제기되지만, 직접적인 관련 자료가 많지 않다. 그런 상황에서 유구에 대한 이숭인의 시는 중요한 편언척자(片言隻字)이기 때문이다. 물론 유구에 대한 고려 문인의 시가 한 장(章)을 구성할 정도가 된다면 그보다 의미 있는 일은 없겠으나, 현재로서는 그렇지 못하므로 이 시를 이곳에 게재해 둔다.

이 장에 게재한 16수의 시가 많지는 않지만 고려 말부터 조선 후기까지 유구에 대한 관심이나 정보가 없지 않았음을 확인할 수 있다. 시를 통해서만 보면, 당시 조선에 들어온 유구의 물건으로는 앵무, 연적, 소라 술잔, 무소뿔을 잘라 만든 칼 등이 있다. 동시에 조선 문인들이 취득한 정보는 유구 왕의 성씨가 상(尙)이라는 것, 유구 여자들이 손에 무늬를 새긴다는 것, 유구 사람들의 옷은 길어서 발을 덮는다는 것과 여군으로 불리는 여신이 왕보다 높은 대우를 받는다는 것 등이다.

한편 윤기는 시에서 유구는 미개한 나라이고, 조선은 문화의 나라라는 점을 분명히 하고 있다. 즉, 윤기는 유구의 복장을 '기궤하다.'라고 했고, '언어는 난잡하다.'라고 했다. 이는 선행 연구에서 밝혀졌듯이 유구에 대한 조선 지식인 대부분의 인식을 대표적으로 드러낸 것이다.

유구를 노래하다
詠流求

이숭인

깃을 꽂고 또 비단으로 머리마저 싸매고
옷은 얼룩덜룩 다른 사람까지 부끄럽게 하네.
말을 들어보니 어쩌면 그리도 괴상한지
바치는 토산물도 오직 과하구만 보이네.

挿羽仍將帛裹頭　　斑衣却使別人羞
說來言語侏僑甚　　土貢唯看果下駒

(『도은집(陶隱集)』 제3권)

【용어 해설】
- 주리(侏僑): '주리(侏離)'를 말한다. 주리는 중국 고대 서방의 소수민족 혹은 그들의 음악을 가리키는 말이다. 전하여 말이 통하지 않는 오랑캐의 소리를 뜻하기도 한다.
- 과하구(果下駒): 과일나무 밑으로 타고 지나갈 수 있을 정도의 말이

라는 뜻으로 조랑말 같은 작은 말을 가리킨다. 반면 호마(胡馬)는 큰 말을 뜻한다.

【작시 배경】 이 시는 1386년(고려 우왕 12) 7월, 이숭인이 나이 마흔에 하절사(賀節使)로 명나라 북경에 갔을 때, 회동관(會同館) 대사로 있던 주사창(周嗣昌)에게 유구의 풍속을 시로 읊어준 것이다. 시를 읊은 날은 12월 27일이다. 이숭인은 이날 여러 관료들과 천계사(天界寺)에 갔고, 거기서 '천계사' 시와 함께 유구 및 안남[베트남]의 풍습을 시로 지었다. 여기에 대해서는 「안남과 유구에 대한 시를 읊고 나서 주군 사창에게 그 시를 보여주었더니, 사창이 우리나라에 대해서 읊은 시를 듣고 싶다고 하기에 바로 입으로 읊어주었다. 사창은 광동 귀계 사람인데, 지금 회동관 대사로 있다.(既賦二詠, 以示周君嗣昌, 嗣昌曰, 願聞自詠, 輒口號. 嗣昌廣東貴溪人也, 今爲會同館大使.)」(『도은집(陶隱集)』제3권)라는 그의 글에서 확인할 수 있다.

이숭인이 읊은 이 유구 시에서도 확인할 수 있듯이 당시 고려는 '유구(琉球)'를 '유구(流求)'로 표기하였음을 알 수 있다. 『선화봉사고려도경(宣和奉使高麗圖經)』권3「성읍(城邑), 봉경(封境)」에도 '고려는 남쪽으로는 요해(遼海)로 막히고, 서쪽으로는 요수(遼水)와 맞닿았으며, 북쪽으로는 옛 거란 지역과 접경하였고, 동쪽으로는 금[大金]과 맞닿아 있다. 그리고 일본·유구(流求)·담라(聃羅)·흑수(黑水)·모인(毛人) 등의 나라와 개의 어금니[犬牙]처럼 서로 맞물려 있다.'(高麗南隔遼海, 西距遼水, 北接契丹舊地, 東距大金. 又與日本流求聃羅黑水毛人等國, 犬牙相制.)라고 하였다.

한편 '유구(琉球)'라는 한자는 명나라 홍무제가 내린 것이라 한다. 즉, 1372년 명나라 사신 양재(楊載)가 국교를 수교하자는 홍무제의 초유(招諭) 국서를 가지고 유구에 갔는데, 이때 유구왕 찰도(察度)를 '유구국(琉球國) 중산왕(中山王)'으로 책봉하고, 왕이라 불렀으며, '유구(瑠求)'를 '유구(琉球)'로 고쳐주었다고 한다.[*]

【시 해설】　　1구와 2구는 유구 사람들의 머리 장식과 입은 옷을 묘사하였다. 그리고 이런 모습이 부끄럽다고 표현하였다. 물론 '다른 사람까지 부끄럽게 한다.'라는 말은 이숭인의 인식이다. 그는 무채색의 흰옷을 즐겨 입는 백의민족이다. 그러니 화려한 깃 장식에 얼룩덜룩한 옷이 마치 재롱부리는 아이의 옷과 같다고 여길 수도 있다. 곧, 1구는 객관적 묘사이고, 2구는 시인의 편견이다. 3구와 4구도 같은 맥락이다. 유구 사람들이 하는 말도 이상하고 토산물도 작은 말뿐이라는 것이다. 그러므로 이 시에서 유구에 대한 이숭인의 인식과 시각은 부정적이라는 것을 알 수 있다. 이국인에 대한 호기심이 아니라 중국 혹은 고려와 다름에 대해 마치 원숭이라도 보는 듯한 뉘앙스가 깔려 있다.

【시인 소개】　　이숭인(李崇仁, 1347~1392): 자는 자안(子安)이고, 호는 도은(陶隱)으로 경상북도 성주에서 태어났다. 목은 이색, 포은 정몽주와 함께 고려의 삼은(三隱)으로 일컬어진다.

　　이숭인은 타고난 자질이 뛰어나고 문체가 전아하여, "이 사람의 문장은 중국에서 구할지라도 많이 얻지 못할 것이다."라는 이색의 칭

---

* 　與並岳生, 『察度王 南山と北山』, 新星出版, 2011, 36쪽.

찬을 받았다. 명나라 태조도 이숭인이 쓴 표문(表文)을 보고 "표의 문사가 참으로 절실하다."라고 평가하였다. 저서에 『도은집(陶隱集)』이 있다.

이예 장군이 유구국으로 사신 간다는 시에 차운함

次李藝將軍使琉球國詩韻

성석린

진실로 어찌 품은 뜻 아니라면
험한 곳을 한가로이 유람 가듯 하리.
옳은 일 보면 마음과 뜻 굳세지고
곤궁함에 슬퍼하여 눈물 흘리네.
물의 신이 먼저 북을 치면
바람 신은 배를 보내지.
착한 집안 자식은 음덕이 있기에
눈썹 사이 누런 달무리가 떴네.

苟安非素志　　　履險當閑遊
見義心肝壯　　　哀窮涕泗流
馮夷先擊鼓　　　風伯爲行舟
善子有陰德　　　眉間黃暈浮

(『독곡선생집(獨谷先生集)』 상권)

【용어 해설】

- 체사류(涕泗流): 당나라 시인 두보(杜甫)의 시「악양루에 올라(登岳陽樓)」마지막 구절에 나오는 말로, 눈물과 콧물이 뒤범벅될 정도로 줄줄 흘러내린다는 뜻이다.
- 풍이(馮夷): 물의 신인 하백(河伯)의 이름 혹은 관직의 이름이다.
- 풍백(風伯): 바람을 맡아 다스리는 신. 『삼국유사』「단군고기」에 의하면, 환웅은 풍백(風伯)과 운사(雲師)·우사(雨師)를 거느리고 이 땅에 내려왔다.

【작시 배경】 이예(李藝, 1373~1445)는 학성 이씨의 시조이다. 학성 이씨는 본디 고려의 명문으로 조선이 건국하자 충절을 지켜 울산으로 낙향하였다고 하지만 문헌이 실전되어 자세한 세계(世系)를 알 수 없다. 그러므로 학성 이씨는 이예를 시조로 하고 울산의 옛 지명인 학성을 본관으로 삼아 세계를 이어오고 있다.

이예의 자는 중유(仲游), 호는 학파(鶴坡), 시호는 충숙(忠肅)이다. 그는 1396년 3천여 명의 왜구들이 울주 포구에 침입하여 지울산군사(知蔚山郡事)* 이은(李殷) 등을 납치해 가자, 이은 군사를 따라가서 끝까지 보필하여 해적들을 감복시켰다. 이후 조선에서 파견한 통신사의 중재로 일본과의 외교적 교섭을 통해 1397년 2월에 이은 군사와

---

* 지울산군사(知蔚山郡事):『세종실록지리지』「울산」조항에 의하면, 고려에서 울주군으로 고쳐 현종 9년(1018)에 방어사를 두었고, 조선 태조 6년(1397)에 비로소 진을 설치하고 병마사로서 지주사(知州事)를 겸하게 하였는데, 태종 13년(1413)에 진을 폐지하고 지울산군사로 고쳤다.

함께 무사히 조선으로 돌아왔다. 조정에서는 이은 등을 구출한 이예의 충정을 가상히 여기고, 공훈을 높이 사서 이예를 비롯한 그의 가문 구성원들에게 아전(衙前)을 면제하고 사족(士族)으로 대우하였다. 이예는 처음에 지방 관청에 소속된 기관(記官)*이었는데, 이 사건으로 인해 사족이 되고 동지중추원사(同知中樞院事)의 자리까지 올랐다.

한편, 조선 초기 왜(倭)에 잡혀 유구로 팔려 간 조선인들이 많았다. 이들 중 일부는 유구의 송환에 의해 조선으로 돌아올 수 있었지만, 여전히 적지 않은 조선인들이 유구에 남아 있었다. 이에 조선 정부에서도 적극적으로 이들을 데려와야 한다는 의견이 많았다. 『태종실록』1415년 8월 5일 자 기사는 좌대언(左代言) 탁신(卓愼)이 "유구국에 사신을 보내어 왜구가 노략질하여 전매(轉賣)한 사람을 돌려보내도록 청해야 한다."라는 의견을 내자, 태종이 이를 받아들여 사신 파견에 대해 논의한 내용이다. 이때 태종이 '유구에 가서 조선인을 데려오는 사람은 벼슬을 주겠다.'라고 했지만 바다가 험하고 멀다는 이유로 가고자 하는 사람이 없었다.

이후 1416년(태종 16) 1월 27일, 이예를 파견하기로 결정하였다. 그러나 이예의 파견은 당사자가 자청한 것은 아니라고 보인다. 자청하는 관료가 없자 가장 적합하다고 판단된 이예를 지명한 것이다. 그런데 이 과정에서 호조판서인 황희(黃喜)가 반대하고 나섰다. "유구국은 물길이 험하고 멀며, 또 이제 사람을 보내면 번거롭고 비용도 대단히 많이 드니 파견하지 않는 것이 낫겠다."라는 논리였다. 하지만 태종이 "고향 땅을 그리워하는 마음은 본래 귀한 사람이나 천한 사람

---

* 기관(記官): 조선시대 지방 관청의 이속(吏屬).

이나 다름이 없다. 만약 그대 집안사람이라면 번거롭고 비용이 많이 든다고 하여 포기하겠는가?"라며 황희를 꾸짖고 강행하였다.

이예는 1416년 1월 27일 유구로 떠났고, 1416년 7월 23일 왜구에게 잡혀서 유구에 팔려 간 조선 사람 44명을 데리고 돌아왔다. 그 험하다는 바닷길을 뚫고 무사히 44명의 조선 사람을 데리고 돌아온 것이다. 그러나 이예가 유구에 가서 누구를 만났고, 어떤 활동을 했다는 기록은 없다. 하지만 조선 사람으로 유구에 직접 간 조선 사신으로는 이예가 유일하다고 할 수 있다. 물론『조선왕조실록』의 '통사 김원진(金源珍)이 유구국에서 돌아왔다.(세종 12년 1430년 윤12월 26일)', '본국 사람 김원진(金元珍)이 유구국에 가서 본국 사람 김용덕 등 6인을 되찾아 돌아왔다. 원진에게 면주 2필과 마포 4필을 상으로 주었다. 용덕은 원진의 손녀이다.(세종 19년 1437년 7월 20일)'라는 기사를 통해 김원진이란 통역관이 유구에 사신으로 2번 간 것으로 짐작된다. 하지만『조선왕조실록』에는 김원진(金源珍)이란 인물에 대한 기사가 5건, 김원진(金元珍)이란 인물에 대한 기사가 2건 있는데, 이 두 인물이 동일인인지 아닌지 다소 모호하다.

먼저 한자 이름 김원진(金源珍)은 세종 5년(1423) 12월 8일 자에 처음 등장하는데, '왜인 김원진의 딸과 올적합 유시소응합(劉時所應哈)과 금서징아(金西澄阿)·금오광아(金吾光阿)에게 각각 집을 주라.'라는 내용이다. 이것으로 보면 김원진은 본디 왜인이다. 다시 세종 13년(1431) 1월 11일 자에는 '왜(倭) 통사 김원진이 유구국으로부터 돌아와서'라고 하였고, 세종 13년(1431) 10월 1일 자『조선왕조실록』에는, '처음에 왜인 등칠(藤七)과 김원진·변상(邊相) 등이 향화인 등현(藤賢)의 집에 모여서 술을 마셨는데'라고 하였다. 이들 기사를 종합하면 김원진은 왜인이었데 조선으로 귀화하여 일본어 통역관으로 일했을 가능성이 높다. 그의 이름도 일본식이라기보다는 조선식이라서 귀화 이후에 개명했을 가능성도 있어 보인다. 하지만 그가 조선으로 귀화했다는 분명한 언급도 없으므로 단정하기도 어렵다.

다음으로 한자 이름 김원진(金元珍)에 대해서는, '본시 우리나라 사람(元珍本是我國人. 세종 5년. 1423년 3월 4일)'이라는 표현이 있다. 따라서 두 김원진은 동명이인이 아닐까라는 생각이 들지만 명확하지는 않다. 또 이 두 김원진에 대한『조선왕조실록』의 내용을 보면, 두 김원진 모두 조선과 일본 일대 그리고 유구까지를 넘나들며 외교 관련 일을 대행하는 외교 브로커 역할을 하고 있다. 그러므로 이 두 인물은 동일인이 아닐까라는 생각을 떨칠 수가 없다. 하지만 관련 기록이 이 정도에서 멈춰 있으므로 더 이상의 추적이 어렵다.

한편 두 김원진이 유구를 오갈 때 조선 관료가 동행했는지도 의문이다. 다만 조선 관료가 갔다면 그 이름이 분명히 거명되었을 것이므로 당시 조선 관료는 가지 않았다고 유추할 수 있다. 또『조선왕조실록』을 비롯하여 유구와 관련한 여러 문헌을 살펴보면, 조선조 관료들은 유구로 가는 길이 매우 험하여 위험하다는 인식을 갖고 있었으며, 동시에 유구를 중요한 외교 파트너로 생각하고 있지 않았으므로 당시 유구에 직접 간 조선 관료는 이예 외에는 없다고 결론 내릴 수 있다.

성석린이 「이예 장군이 유구국으로 사신 간다는 시에 차운함」이라는 제목으로 시를 쓴 것으로 보아 원운(元韻)의 시가 있었을 것으로 생각되는데, 현재 알 수 없다.

【시 해설】　　5언 율시로 지어진 이 시는 이예의 충성심과 정의로움을 주로 드러내고 있다. 특히 시작하는 1구에 바로 그런 점을 묘사하였다. 2구에서 유구로 가는 길이 험하다는 것은 사실이기도 하지만 1구에서 묘사한 이예의 품은 뜻을 더욱 잘 드러내기 위한 장치이기도 하다. 바닷길이 험하기 때문에 모두 꺼리는 유구행을 수락한 것은 평소 왜적의 노략질에 대한 분개와 그로 인한 백성들의 고충을 어떻게든지 해결해야 한다는 뜻이 있었기 때문이라는 것이다. 그러므로 험한 바닷길을 마치 유람 가듯이 간다고 표현하였다.

　　함련(頷聯. 3, 4구)에서는 좀 더 구체적으로 정의로움과 인간미를 고루 갖춘 이예를 묘사하였다. 옳은 일을 보면 마음과 뜻이 굳세어지고, 곤궁함을 보면 슬퍼하여 눈물을 흘린다는 것이다. 경련(頸聯. 5, 6구)은 배를 띄워 유구로 향하는 모습이다. 미련(尾聯. 7, 8구)에서는 이예의 얼굴 모습을 구체적으로 거론하면서 그의 집안 음덕까지 거론하였다. 즉 '눈썹 사이 누런 달무리가 떴네.'라고 하였는데, 관상서(觀相書)에 따르면 황색은 기쁨의 징조이다. 그러므로 이는 좋은 일이 일어날 조짐으로 해석할 수 있다.

【시인 소개】　　성석린(成石璘, 1338~1423): 자는 자수(自修), 호는 독곡(獨谷), 시호는 문경(文景), 본관은 창녕이다. 1357년(공민왕 6) 과거에 급제하여 국자학유(國子學諭)의 벼슬을 받았다. 사관(史官)으로 있을 때, 이제현(李齊賢)이 국사를 편수하면서 재능을 인정하여 성석린에게 항상 글을 짓게 하였다고 한다. 이성계의 역성혁명에 참여하여 창성군충의군(昌成郡忠義君)에 봉해졌다. 1415년 영의정이 되었으나 곧 물러났다. 제1차 왕자의 난이 있은 뒤에 태조가 함흥에 머물자 태

종이 여러 번 사신을 보냈으나 태조가 만나주지 않았다. 이에 성석린이 옛 친구로서 태조를 만나 대화하여 태종과 화합하게 하였다. 성석린은 검소한 생활을 즐겼으며, 시를 잘 지었다.

앵무

鸚鵡

김종직

진기한 한 마리 새 그림자 동쪽 변방에서 왔으니
몇 번이나 장오를 짝해 주야로 달렸던가.
목메어 우는 건 응당 고향 땅을 슬퍼함인데
머뭇거림은 되레 어리석은 계집을 배우려는 듯.
푸른 옷깃 능화경에 비침을 스스로 아끼거라
검푸른 발은 옥 사슬 빠져나가기 어렵네.
어찌하여 단혈에 사는 구포의 봉황새는
말 못해도 태평 시대 상서로 알아주는고.

珍禽隻影到東陲　　幾伴樯烏日夜馳
嗚咽祗應悲故土　　媕婀還欲學癡姬
翠衿自惜菱花照　　紺趾難辭玉鏁縻
爭似九苞丹穴鳳　　不言猶瑞太平時

(『점필재집(佔畢齋集)』 권3)

【용어 해설】

- 장오(檣烏): 배가 떠날 때에 순풍을 기다리는 용도[후풍(候風)]로 새의 깃으로 만든 까마귀를 뜻하는데, 이것을 돛대 위에 장치하였으므로 장오라고 한다.

- 능화(菱花): 능화는 마름꽃인데, 여기서는 마름꽃 모양의 무늬를 새긴 거울을 뜻한다. 곧, 능화경(菱花鏡)이다. 능화경은 옛날 동경(銅鏡)의 별칭이다. 동경은 흔히 뒷면에 마름꽃을 새겼기 때문에 이렇게 이름 붙였다. 당나라 시인 이백(李白)의 시 「미인이 거울 앞에서 근심하는 것을 대신 읊음(代美人愁鏡)」에, '거센 바람 불어 제 마음 끊어질 듯하고, 옥 젓가락 같은 두 줄기 눈물 능화경 앞에 떨어지네.(狂風吹却妾心斷, 玉筯幷墮菱花前)'라고 하였다.(『전당시(全唐詩)』권184)

- 구포(九苞): 아홉 가지 색깔의 깃을 가진 봉황새.

- 단혈(丹穴): 글자의 일차적인 뜻은 단사(丹砂)가 나오는 구멍 혹은 그 구덩이이다. 그러나 옛날 중국에서 남쪽의 태양 바로 밑이라고 여기던 곳이기도 하다. 여기서는 앵무새의 원서식지로 일컬어지는 중국 섬서성 농현 서북쪽 농산을 말한다고 보인다.

【작시 배경】 이 시는 김종직이 '유구왕의 사신이 앵무새 한 마리를 바쳐 왔기에 동도(東都)에서 그것을 보고 짓다(琉球王遣使, 獻鸚鵡一隻, 見之於東都, 有作.)'라는 글을 시 제목 아래에 붙였기에 유구에서 온 앵무새를 보고 지었음을 알 수 있다. 이 앵무새는 세조 13년인 1467년 5월 14일 유구 사신 동조(同照)와 동혼(東渾)이 조선에 오

면서 선물로 가져온 것인데, 조선왕인 세조의 부탁에 의한 것이었다. 즉, 1461년(세조 7) 연말에 유구 국왕이 사신 보수고(普須古)와 채경(蔡璟)을 보내 8명의 조선인 표류민을 송환하였다. 이에 1462년 1월 16일 세조에게 하직하고 돌아가는 유구 사신에게 명주와 불교 서적 등 많은 답례품을 주면서 "앵무와 공작을 후일에 오는 사신을 통해 보내와서 여망에 부응하면 교린을 더욱 미덥게 하는 왕의 뜻으로 보겠다."라고 요청했었다.

　세조가 유구 사신에게 앵무새를 요청한 것은 앵무새 역시 봉황새처럼 태평성세의 상서로운 존재로 여겨졌기 때문일 것이다. 이는 위의 시 마지막 구절에서도 확인된다. 예컨대, 계유정난(癸酉靖難)이라는 무단(武斷) 사건으로 왕이 된 세조는 앵무새의 표상을 통해 태평성세를 표방하고 싶었을 것이다. 이와 관련해서는 최항(崔恒)의 「유구국에서 앵무를 드림을 하례하는 전(賀琉球國獻鸚鵡箋)」에서도 확인할 수 있다. 최항은 이 글에서 앵무새가 태평성세를 상징한다는 점과 함께 외국에서 이런 이물(異物)을 바친 것 역시 세조 치세(治世)를 인정한 것이라는 점을 강조하였다. 최항의 「유구국에서 앵무를 드림을 하례하는 전」을 잠시 읽어보자.

　'… 역대의 나라가 흥할 때 대개 외국에서 이물(異物)을 바치는 예가 있사오니, 진(晉)나라 역사엔 남월(南越)의 코끼리를 기록하였고, 『한서(漢書)』에는 안식국(安息國)의 사자를 기록하였나이다. 비록 먼 곳에서 온 물건이 볼 만한 것이 있기 때문이지만, 어찌 성덕(聖德)의 소치(所致)임을 이에서 징험할 수 없다고 하겠습니까. … 생각건대 앵무는 본래 서역의 영금(靈禽)인데, 저 유구가 남만과 같이 바친 공물(貢物)입니다. 금정(金精)을 받았고 화덕(火德)을 머금었으니 어찌 다만 말을 함이 보통 새보다 다를 뿐이겠습니까. 주인의 뜻을 알고 인정에 통함이 실로 특수한 지혜로 뭇 새 중에서 뛰어난 것입니다. 일찍이 당나라 명황(明皇)의 총애를 입어 녹의랑(綠衣娘)이란 봉호(封號)까지 받았음이 당연하니 어찌 그 붉은 부리[觜], 빨간 발뒤축만이 자랑할 만하며, 그 푸른 깃과 금빛 눈만이 완롱(玩弄)에 값할 뿐이겠습니까. … 바다가 물결을 날리지 않으니 진실로 이미 해동에 성인이 나셨음을 알 것이요, 하늘이 명을 내리시니 어찌 천하태평의 징조가 아니겠습니까. 먼 옛날의 역사를 상고하여도 듣기 드문 일이요, 온 천하가 모두 경사를 같이 하는 바이로소이다. …' (『동문선(東文選)』 제33권 「표전(表箋)」)

앵무가 '금정(金精)을 받았고 화덕(火德)을 머금었다.'라는 것은 서역의 새이며 열대지역에 있는 유구와 남만에서 바쳤음을 강조하여 오행(五行)으로 설명한 것이다. 아무튼 최항은 유구에서 앵무새를 바친 것을 진(晉)나라 역사까지 끌어오면서 천하태평을 강조하였다.

한편 『삼국유사』에 의하면, 한반도에 앵무새가 들어온 것은 신라 42대 흥덕왕 때인 826년이다. 이 해에 흥덕왕이 즉위하였는데 얼마 지나지 않아서 어떤 사람이 당나라에 사신으로 갔다가 앵무새 한 쌍을 가지고 왔다. 그런데 오래 지나지 않아 암컷 앵무새가 죽자, 홀로 남은 수컷 앵무새는 슬픈 울음을 그치지 않았다. 이를 가엾게 여긴 왕은 수컷 앵무새 앞에 거울을 걸어 놓게 하였다. 그러자 수컷 앵무새는 거울 속에 비친 자신의 그림자를 암컷 앵무새인 줄 알고 거울을 쪼다가 자신의 그림자인 것을 알고는 다시 슬피 울다가 마침내 죽고 말

앗다. 이에 왕이 「앵무가」를 지었다고 하는데, 그 가사는 전해지지 않는다.(『삼국유사』 권2 「기이(紀異)」 <흥덕왕 앵무>)

【시 해설】　　수련(1, 2구)은 앵무새가 유구의 배에 실려 몇 날 며칠 바닷길을 달려 조선에 도착했음을 말하고 있다. 함련(3, 4구)에서는 조선에 도착한 앵무새가 우는 소리를 유구를 그리워하여 우는 것으로 묘사하고, 둥우리에 갇혀 방황하는 앵무새를 어리석은 계집의 머뭇거림으로 비유하였다. 5구의 '푸른 옷깃'은 앵무새의 화려하고 아름다운 모습을 말하며, 능화경은 거울의 미칭이다. 즉, 시인은 앵무새가 발이 묶여 둥우리에 갇힌 상황을 체념적으로 묘사하였다. 그리고 앵무새가 갇혀 먼 조선까지 오게 된 이유를 마지막 미련(7, 8구)에서 제시하였다. 앵무새 역시 봉황새처럼 태평성세의 상서로운 존재로 이미지 되어 있기 때문이라는 것이다.

유구 사신이 연적을 상락군에게 선물하였는데, 그 만듦새가 매우 정교하였다. 상락군이 나에게 대신 시를 지어 사례하게 하였다

琉球使以水滴餉上洛君, 其制甚巧. 上洛令余, 代作以謝

김종직

산허리 비껴 뚫은 해안(海眼)이 분명하니

꽃무늬 자기에 그 누가 옥 두꺼비 만들었나.

지금 문방의 벗을 더 얻었으니

붓을 적셔 『내경경』을 써야겠네.

山腹橫穿海眼明　　花瓷誰幻玉蟾精

從今添得文房友　　濡筆將書內景經

(『점필재집』 권3)

【용어 해설】

- 연적(硯滴): 먹을 갈 때 벼루에 따를 물을 담아 두는 그릇.

- 『내경경(內景經)』: 『황제내경경(黃帝內景經)』의 준말.

- 옥섬(玉蟾): 옥으로 만든 두꺼비 모양의 연적. 유래는 아래 '시 해설'에서 서술하였다.

【작시 배경】　　제목에 나오는 상락군(上洛君)은 김질(金礩, 1422~1478)이다. 김질의 자는 가안(可安), 호는 쌍곡(雙谷), 본관은 안동이다. 그는 개국공신 김사형(金士衡)의 증손으로 부인은 영의정 정창손(鄭昌孫)의 딸이다. 1455년(세조 1) 무렵, 김질은 성삼문·박팽년 등의 집현전 학자들과 단종 복위를 꾀하는 모임을 몇 차례 가지던 중 위험을 느끼고 1456년 장인인 정창손과 함께 세조에게 고변하였다. 이로 인해 이른바 사육신사건이 발생하였고, 김질은 세조의 신임을 받아 좌익공신 3등에 추봉되고 판군기감사에 승진되었으며, 1459년 상락군에 봉해졌다.

　　이 시는 제목에서 그 배경을 분명히 밝히고 있다. 곧, 조선에 온 유구 사신이 김질에게 연적을 주었고, 김질이 김종직에게 대신 시를 지어 사례하게 하였다. 다만 김질이 유구 사신에게 연적을 받은 때가 언제인지, 또 김종직이 이 시를 지은 때가 언제인지는 정확하지 않다. 유추할 수 있는 점은 김질이 1459년에 상락군으로 봉해졌으므로 그 이후임은 틀림없다. 그리고 김종직이 앞의 「앵무」시를 지은 것으로 미루어 본다면 이 시기가 아닐까 한다. 참고로 『조선왕조실록』 세조 14년(1468) 6월 22일 기사를 보면, 세조가 유구왕의 아우 민의(閔意)가 사자로 보낸 고도로(古都老)·이난쇄모(而難灑毛) 등 5인을 인견하였는데, 이때 유구 사신이 연적 1매를 세조에게 바쳤다고 한다. 그러므로 세조 말년인 1467년 혹은 1468년이 아닐까 짐작한다.

【시 해설】　　1구는 연적의 모양을 묘사하였는데, 중국 복주(福州)의 설봉(雪峯)에 있는 샘을 인용하였다. 중국 복주의 설봉에는 조수

(潮水)에 따라 물이 나오는 샘이 있는데, 조수가 오를 때면 물이 졸졸 나오고 조수가 물러가면 그치므로 이를 해안(海眼)이라 하였다. 이 시에서는 물이 나오도록 연적에 구멍을 뚫은 것을 해안으로 비유하였다. 2구의 '옥 두꺼비[玉蟾]'는 연적을 뜻한다. 한(漢)나라 때 광릉왕(廣陵王)이 진영공(晉靈公)의 무덤을 파서 주먹만 한 크기의 옥 두꺼비 하나를 얻었는데, 그 속에 물을 5홉쯤 담을 수 있었고, 새것처럼 광택이 났으므로 이것을 연적으로 사용했던 데서 유래한 말이다. 상락군이 선물 받은 연적은 자기에 꽃무늬가 있음을 알 수 있다. 3구에서 연적을 '문방의 벗'이라고 한 것은 보통 문방사우(文房四友)라고 하면 종이·붓·먹·벼루를 말하지만, 여기에 연적이 없으면 먹을 갈 수가 없기 때문에 그렇게 표현한 듯하다.

【시인 소개】 김종직(金宗直, 1431~1492): 자는 계온(季昷)·효관(孝盥)이며, 호는 점필재(佔畢齋), 본관은 선산이다. 아버지 김숙자(金叔滋)는 고려 말 삼은(三隱) 중 한 사람인 길재(吉再)의 제자로 성균사예(成均司藝)를 지냈다. 김종직은 아버지로부터 학문을 배웠으므로 길재와 정몽주의 학통을 계승하였다고 할 수 있다. 함양군수와 선산부사를 지냈는데, 이때 김굉필(金宏弼)·정여창(鄭汝昌)·이승언(李承彦)·홍유손(洪裕孫)·김일손(金馹孫) 등의 제자들을 길렀다.

그런데 그의 사후(死後) 6년 뒤인 1498년(연산군 4) 『성종실록』을 편찬하는 과정에서 제자 김일손이 사초(史草)에 수록한 「조의제문(弔義帝文)」의 내용이 문제가 되어 부관참시(剖棺斬屍)를 당하고, 생전에 지은 많은 저술도 불살라졌다. 이른바 무오사화(戊午史禍)였다. 그러나 중종이 즉위한 뒤 죄가 풀리고 관직과 작위가 회복되었으며, 1709

년(숙종 35) 영의정에 추증되었다. 2007년 그의 호를 딴 「점필재연구소」가 부산대학교 부설로 개설되었다. 「점필재연구소」는 부산대학교 밀양캠퍼스에 소재하고 있는데 밀양은 김종직의 외가이자 그가 태어난 곳이다.

진양 목백과 통판이 봉명루에 술자리를 마련하고, 나에게 '유구 사신이 안개비 속에서 소를 치다'라는 제목으로 시를 요구하였다*

晉陽牧伯通判, 設酌鳳鳴樓, 仍令琉球牛牧煙雨中以索詩

유호인

일곱 척의 우람하고 당당한 유구의 소
푸른 털 검은 뿔 새끼들이 많기도 하네.
유구 사신 곧장 북쪽 삼한으로 떠났는데
남쪽 바다 안개와 비바람에 소식이 없네.
진주의 바닷가에는 들녘이 온통 푸르니
사방에서 어슬렁거리며 앞서거니 뒤서거니.
수컷들은 조용한데 한 마리 암컷이 울자
떼 지어 가는 무리 구십 마리나 되네.
봉명루 누상에는 노래와 악기 소리 울려 퍼지고
저녁 비 내리는 푸른 강엔 안개가 피어나네.
도롱이 걸친 목동이 젓대를 마음껏 부니
두어 곡조 가락 비파 연주와 절로 합하네.

---

*   이 시의 번역은 『한국고전번역원』<한문고전자문서비스>를 통해 김종태 자문위원의 도움을 받았다. 지면을 통해 다시 한번 감사드린다.

소리 있는 그림 속에 소리 없는 시의 정취
조물주가 감히 노니는 사람을 놀라게 하네.
갖가지 풍경마다 가지가지 정이 있으니
고당의 어느 저녁인가 구름 끼어 캄캄하네.
주인은 공무를 마친 셈, 객은 취해 잠드는데
아득한 강 건너에는 아직도 채련 노래 들리네.

七尺昂藏特處士	翠毛黑角紛裳子
琉球直向三韓北	蠻煙蜃雨無消息
康州海上野綠遍	寢訛東西奔或殿
一牝牟然群牡逸	戩戩行見楙九十
鳳鳴樓上歌管鬧	晚雨蒼江煙裊裊
一蓑牧兒橫短笛	數聲暗和金捍撥
有聲畫裏無聲詩	天公敢刮遊人眉
紛紛物色各有情	高唐一夕雲冥冥
主人衙罷客醉眠	漠漠隔江猶採蓮

(『뇌계집(㵢谿集)』 권4)

【용어 해설】

- 진양(晉陽): 진주의 옛 이름.
- 목백(牧伯): 고려와 조선 시대에 지방 행정 단위의 하나인 목(牧)을 맡아 다스리던 정3품의 외직 문관.
- 통판(通判): 판관(判官)을 말한다. 판관은 종5품 외관직의 하나로,

수령의 부관격이다. 수령은 행정·권농·사객 접대 등으로 일이 많았으므로 민간의 잡다한 송사를 처리하기 위해 판관을 파견하였다.

- 봉명루(鳳鳴樓): 진주성 객사(客舍) 남쪽에 있는 누각. 진주 출신인 하륜(河崙)의 「봉명루기(鳳鳴樓記)」에 의하면, 진주성 객사 남쪽으로 백여 걸음 거리에 있으며 규모는 3칸이다. 처음에는 누각 이름이 없었는데, 영목사(領牧事) 정헌대부(正憲大夫) 최공(崔公)이 부임하여 "진주는 지역이 남쪽 끝이라서 여름 더위가 몹시 심하니, 사신이나 빈객을 대접하자면 마땅히 서늘한 곳이 있어야 하겠는데, 촉석루는 훼손된 지가 이미 오래되고 또 공청(公廳)과 멀리 떨어졌으니, 이 누문을 수리하면 공력도 적게 들고 일도 간편하지 않은가."라고 하여 보수하고 단청하여 봉명루라고 편액 하였다. '봉명'이라 한 것은 봉황이 왕의 상서로움을 상징하므로 백성에게는 임금의 교화를 선양하고, 임금에게는 문무의 덕을 기대하는 의미로 붙였다.
- 앙장(昂藏): 풍채가 좋은 모습. 혹은 기세가 당당한 모습이다.
- 특처사(特處士): 큰 소를 일컫는다고 보인다. 『사고전서(四庫全書)』 『고금사문유취후집(古今事文類聚後集)』 권39 「모충부(毛蟲部)」 '반특처사(斑特處士)' 조에 소를 '도림반특처사(桃林班特處士)'라고 한 내용이 보인다.
- 취모(翠毛): 비취빛이 나는 암컷 물총새 깃털.
- 흑각(黑角): 물소의 검은빛 뿔. 품대(品帶)·비녀·첩지 등을 만드는 데 사용된다.
- 만연(蠻煙): 남쪽 오랑캐 지역의 안개 혹은 연기라는 뜻.
- 단우(蜑雨): 남쪽 열대지방에 내리는 비라는 뜻. 만(蠻)과 단(蜑)은

모두 남쪽 오랑캐를 뜻한다.

- 강주(康州): 신라시대 행정 구역인 구주(九州)의 하나로 지금의 진주 지역이다. 신라시대 구주는 한주·삭주·명주·웅주·전주·무주·상주·강주·양주였다.

- 침와(寢訛): 눕거나 혹은 움직이는 모습을 뜻한다. 『시경』「무양(無羊)」에 '혹은 언덕에서 내려오고, 혹은 못에서 물을 마시고, 혹은 눕고 혹은 움직인다.(或降于阿, 或飲于池, 或寢或訛)'라고 하였다.

- 모연(牟然): 소가 우는 소리.

- 즙즙(戢戢): 의태어로 모여드는 모양.

- 요뇨(裊裊): 연기나 냄새 따위가 모락모락 오르는 모양.

- 금한발(金捍撥): 비파 끝에 붙인 장식.

- 고당(高唐): 전국(戰國)시대 초나라 고당관(高唐館). 옛날 초나라 양왕(襄王)의 부친 회왕(懷王)이 낮잠을 자는데, 꿈에 한 여인이 와서 "저는 무산(巫山)의 여자로 고당의 나그네가 되었습니다. 임금님이 여기 계신다는 소문을 듣고 왔으니, 침석(枕席)을 같이해 주소서." 라고 하였다. 그러므로 그 여인과 하룻밤을 보냈다. 다음 날 아침, 그 여인이 떠나면서, "저는 무산의 양지쪽 높은 언덕에 사는데, 아침에는 구름이 되고 저녁에는 비가 됩니다."라고 하였다는 고사가 있다.(宋玉「高唐賦」『文選』)

- 막막(漠漠): 의태어로 구름이나 연기 혹은 안개 등이 짙게 낀 모양.

【작시 배경】　유호인이 이 시를 지은 시기와 배경은 분명하지 않다. 다만 유호인의 관료 생활과 관련해서 『조선왕조실록』을 살펴보면, ①성종 2년(1471) 11월 23일 「유구국 사신 신중에게 종2품직을 제수

케 하다」 ②성종 10년(1479) 5월 16일 「선위사 이칙이 제주도 표류인을 데리고 온 상황을 유구국의 사신에게 듣고 아뢰다」 ③성종 11년 (1480) 6월 7일 「유구 국왕 상덕이 경종을 보내어 내빙하였다」라는 내용이 있다. 특히 ②번의 경우, 당시 유구 사신단은 2백 19명으로 제주 출신 표류인 김빌개(金非乙介)·강무(姜茂)·이정(李正) 등과 함께 3척의 배에 나누어 타고 1479년 5월 3일 염포(鹽浦)에 도착하였다. 염포는 조선에서 일본에 개방했던 삼포(三浦)의 하나로, 지금의 울산광역시 방어진과 장생포 사이이다. 당시 유호인은 1478년에 사가독서(賜暇讀書)를 한 뒤, 1480년에 거창 현감으로 부임하였다. 따라서 이 시는 1479년 혹은 1480년에 지은 것이 아닌가 생각한다.

【시 해설】　　이 시는 7언 고시로 의고체(擬古體)로 쓴 것이다. 예전의 글을 본받아서 쓴 것도 의고체이지만 이 시와 같이 어떤 상황을 설정해 놓고 쓰는 시도 의고시이다. 그러므로 이와 같은 의고시는 먼저 시 제목을 잘 이해하는 것이 중요하다. 곧, 이 시는 유구의 사신이 조선으로 와서 아직 한양에는 가지 못하고, 진주에 남아서 소를 친다는 가정 속에서 지은 것이다. 이 시를 한 폭의 그림으로 본다면 진주 촉석루를 대신해서 사신을 대접하던 봉명루에서 진주 남강과 너른 벌판을 바라보는 시각과 구도이다. 그곳에는 안개가 끼어 있고 들판에는 유구 사신이 소 떼를 방목하는 모습이 보인다. 아주 아름다운 풍경이 펼쳐져 있다. 바로 이런 풍경을 가정하고 지은 것으로 보인다. 그러나 이 시의 기본 구성을 이루는 진양 목백과 통판이 유구 사신을 위해 봉명루에 술자리를 마련한 것은 역사적 사실로 보인다. 동시에 유호인이 이 자리에 있었던 것도 사실로 보이는데, '유구 사신이 안개

비 속에서 소를 친 것'은 사실인지 가정인지 알 수 없다.

　1구는 진주 들판에 방목된 유구의 어미소 모습이고, 2구는 송아지들의 모습이다. 3, 4구는 약간 뜬금없어 보이는데, 방목하던 유구 사신이 조선 임금을 만나기 위해 서울로 올라간 상황을 그린 것이라 생각된다. 5-8구는 진주의 푸른 들판을 어슬렁거리는 유구 소들의 모습이다. 그 무리가 거의 구십 마리나 된다고 한다. 9구는 봉명루 위의 연회 모습을 울려 퍼지는 노래와 악기 소리로 대신했고, 10구는 비 내리는 당시 남강의 모습을 묘사하였다.

　11구는 예컨대 이런 그림에 빠짐없이 등장하는 목동의 모습이다. 소 등에 걸터앉아 피리를 분다. 다만 비가 내리므로 목동은 도롱이를 걸쳤다. 이 목동의 피리 소리는 봉명루에서 연주되는 비파 소리와 조화를 이룬다니, 목동은 숨은 은자이거나 고수(高手)이다. '소리 있는 그림 속에 소리 없는 시의 정취'라는 13구의 묘사를 달리 말하면 '시 속에 그림이 있고, 그림 속에 시가 있다(詩中有畵, 畵中有詩)'이다. 특히 이 구절은 우리에게 청감각을 일깨운다. 16구는 날이 저물고, 특히 비 내리고 구름 끼어 주변이 어두워지는 모습을 묘사했다. 17구는 날이 저물었으므로 사신을 접대해야 하는 진양 목백과 통판의 공무가 끝났음을 해학적으로 알리고 있다. 객 역시 취해서 잠이 든다. 그러나 마지막 18구에는 채련곡이 끊이지 않고 들린다. 이를 통해 당시가 여름임을 알 수 있다.

【시인 소개】　유호인(俞好仁, 1445~1494): 자는 극기(克己), 호는 임계(林溪)·뇌계(㵢溪), 본관은 고령으로 김종직의 문인이다. 1478년 사가독서(賜暇讀書)를 한 뒤, 1480년에 거창 현감으로 부임하였다.

1487년에『동국여지승람』의 편찬에 참여하였다. 1488년 의성 현령으로 나갔으나, 백성의 괴로움은 돌보지 않고 시만 읊는다고 하여 파면되었다. 1494년 장령을 거쳐 합천군수로 나갔다가 1개월도 안 되어 병으로 죽었다. 시·문장·글씨에 뛰어나 당대의 3절로 불렸다. 특히 성종의 총애가 지극했는데, 늙은 어머니를 봉양하기 위해 외관직을 청하여 나가게 되자 성종이 직접 시조를 읊어 헤어짐을 아쉬워했다. 장수의 창계서원(蒼溪書院)과 함양의 남계서원(藍溪書院)에 제향되었다.

푸른 소라 술잔에 대한 노래

青螺杯歌

정두경

파릉의 허후는 본래 기이한 선비

본디 호탕하여 얽매이지 않는 큰 재주 지녔네.

바닷가에서 만나 함께 술 마시는데

푸른 소라 술잔에 술을 가득 채워 권하네.

바다 조개 영롱한 진주에 바다 달빛 비추고

갠 하늘 고운 무지개는 밝은 빛이 명멸하네.

듣건대 이 술잔 먼 곳에서 왔는데

멀고 먼 유구에서 나온 것이라네.

우리나라 사신이 연경에 갔을 적에

유구 사신이 이 물건을 선물했다네.

우리 사신 돌아와 허후에게 선물하니

사람이나 술잔 모두 풍류에 꼭 맞네.

많은 사람 모두 놀라며 감탄하니

값으로 치면 황금 술잔 못지않네.

봄밤 이슬비에 꽃잎 떨어질 때

등불 앞에서 술잔 들어 빈객에게 자랑하네.
허후께서 내게 시 한 수 지어 달라지만
내 몸 쇠약하고 재주 없으니 어찌할꼬.
세상일 이런 때엔 듣고 싶지 않으니
영고성쇠 그런 일은 논하지 마시게.
머리 세어 강호에서 같은 동네 살거니와
술 마시며 길이 취해 있기만을 바라노라.

巴陵許侯自奇士	素抱磊落不羈之雄才
海上相逢與我飲	勸酒酒盛靑螺杯
海蚌明珠照海月	晴天彩虹光明滅
曾聞此盃所從遠	遠自琉球國中出
我國使者入燕京	琉球使者贈此物
我使歸來贈許侯	人與酒器俱風流
千人萬人驚且歎	重之不減黃金椀
春宵細雨花正落	擧盃燈前詫賓客
許侯求我賦一詩	我衰奈此才力薄
世事如今不欲聞	榮枯得喪且莫論
皓首江湖幸同里	只願把盃長醺醺

(『동명집(東溟集)』 권9)

【용어 해설】

• 청라배(靑螺杯): 푸른빛이 도는 소라 껍데기로 만든 술잔.

- 파릉(巴陵): 양천(陽川)의 별칭.
- 소포(素抱): 평소 품은 뜻.
- 뇌락불기(磊落不羈): 도량이 넓어 작은 일에 구애되지 않음.
- 연경(燕京): 중국 북경.
- 호수(皓首): 머리카락이 하얗게 되었음. 늙음을 뜻한다.
- 훈훈(醺醺): 술에 기분 좋게 취한 상태.

【작시 배경】 이 시는 허국(許國, ?~?)이 연경에 사신 다녀온 인물로
부터 받은 푸른 소라 술잔을 정두경이 대신 노래한 것이다. 허후(許
侯)는 허국을 가리킨다. 허국의 자는 국이(國耳)이다. 1615년(광해 7)
진사 정택뢰(鄭澤雷) 등 19인이 연명으로 소를 올려 이원익(李元翼)의
무죄를 호소할 때 참여하였다. 그리고 인목대비 폐위에 대한 여론이
나돌자 대북파인 이이첨(李爾瞻)에게 "대비를 폐하면 인심을 잃을 것
이니 대비를 구원하여 인심을 얻어야 한다."라고 주장하였다. 이 일
로 국문을 당하고 풀려났으나 1619년(광해 11) 인목대비가 폐위되어
서궁에 유폐되자 다시 절도에 위리안치(圍籬安置) 되었다.

이 사신은 연경에서 유구 사신을 만나 선물로 푸른 소라 술잔을
받았는데, 이 사신이 누구인지 분명하지 않다. 따라서 선물을 받은 시
점도 알기 어렵고, 정두경이 이 시를 읊은 시기도 정확하지 않다.

【시 해설】 이 시는 제목에 분명하게 제시하고 있듯이 유구에서
북경을 거쳐 조선에 온, 푸른 소라로 만든 술잔에 대해 노래하고 있
다. 1, 2구는 이 술잔을 최종 소유하게 된 허국의 성정을 묘사하였고,
3, 4구는 정두경이 바닷가에서 허국을 만나 술을 마시며 '푸른 소라

술잔'을 보게 된 경위를 말하고 있다. 5구는 조개가 진주를 만들어 냄을 간접적으로 말하였고, 6구는 5구의 대구(對句)를 위해 맑게 갠 하늘의 무지개를 가져왔다. 7구에서 12구는 유구의 푸른 소라 술잔이 유구 사신을 통해 북경을 거쳐 조선의 허국에게 주어진 경위를 설명하고 있다. 특히 12구는 이 술잔이 허국에게 귀착되면서 허국과 청라배 모두 풍류에 맞는 상대를 얻었다고 칭송하고 있다. 많은 사람이 놀람과 동시에 감탄한 것은 청라배의 아름다움과 황금 술잔에 버금가는 값, 또한 유구에서 북경으로, 북경에서 조선으로 그리고 최종적으로 허국의 손에 들어가게 된 청라배의 긴 여정일 것이다.

　　15, 16구는 이들이 만난 시기가 봄날 이슬비 내리는 밤이며, 이때 허국이 청라배를 꺼내어 자랑함을 그림같이 묘사하였다. 그리고 17구에서는 정두경이 이 시를 짓게 된 사정을 적었는데, 허국이 요청했다는 것이다. 18구의 재주가 없다는 표현은 의례적으로 하는 말로 겸사이다. 이런 낭만적인 날 세상사와 영고성쇠(榮枯盛衰)에 대해 이야기 하지 말자는 19, 20구의 말은 벼슬살이에 대한 회의가 살짝 묻어있다. 이런 감정은 마지막까지 이어진다. 술 마시며 길이 취해 있기만을 바란다는 마지막 구절은 세상사에 대한 회의가 담겨 있다.

【시인 소개】　정두경(鄭斗卿, 1597~1673): 자는 군평(君平), 호는 동명(東溟), 본관은 온양이다. 이항복(李恒福)의 문인으로 14세 때 별시초선에 합격하여 문명을 떨쳤다. 병자호란 때 척화와 강화 양론이 분분하자 10조목의 상소문을 올려 대책을 강조하고, 「어적십난(禦敵十難)」이라는 글을 지어 올렸으나 조정에서 채택하지 않았다. 그 뒤 여러 차례 벼슬을 내렸으나 모두 나아가지 않고, 「법편(法篇)」·「징편(懲

篇)」의 풍자시를 지었다. 효종이 즉위하자 임금이 해야 할 절실한 도리를 27편의 풍자시로 지어 올려 효종으로부터 호피(虎皮)를 하사받았다. 저서에『동명집(東溟集)』26권이 있다.

관찰공의 유구 대철도를 노래함*
觀察公琉球大鐵刀歌

권헌

유구의 보배로운 칼 누가 알리

무디고 모지라진 칼날에 신비로운 빛 잠겼네.

강과 바다의 신이 감히 숨기지 못해

물길 넘어 동쪽 바다에 떨어뜨렸네.

제주도 요리사가 주방 칼로 사용하자

일본 상인이 그를 보고 마음 아파하네.

늘 한라산의 눈보라가 들이칠 때면

붉은 기운이 남방에서 솟지 않을까 생각하네.

옛날부터 신물은 절로 드러나지 않아

잠시 꺾여 욕을 당하나 어찌 세밀하게 막겠는가.

호남과 영남 관찰사는 영웅의 무리이니

천금을 아끼지 말고 힘써 구하기 바라네.

---

*   이 시의 번역은 『한국고전번역원』 <한문고전자문서비스>를 통해 김종태 자문위원의
     도움을 받았다. 지면을 통해 다시 한번 감사드린다.

나주의 겨울에 늘어선 병사들 기상 높고
장군이 인수 차고 나오니 의기양양하네.
병사 달리고 말 돌격하니 밝은 해가 움직이는 듯
범이 포효하듯 칼집에서 검 꺼내니 하늘엔 서리 내린 듯.
벽제 기름에 담금질하니 밝은 달빛처럼 정채나고
무소뿔에다 고리를 다니 창룡검처럼 날카롭네.
우리 공 옛날에 외방(外防)을 근심했으니
남쪽은 검은 오랑캐, 북쪽은 푸른 오랑캐 복종시켰네.
장사는 행장 지고 머리에 쓴 표모는 닳았고
병사 앞에는 산악이 나누어 펼쳐져 있네.
오호라, 성군의 시대에 무기 거두니
신물은 공과 함께 모두 깊이 감춰졌네.
때로 종종걸음치던 대궐 앞에 턱 괴고 있으니
요망한 장령과 난신적자 달아나기 바쁘네.
쓸쓸하게 비록 전장의 날카로움은 잃었지만
밝게 빛내며 군자 곁에 가까이 있게 되었네.
세상에 다툼 없어져 신공을 드러내지 않지만
다시 때로 쓰이면 사람들 모두 놀란다네.
그대는 듣지 못했는가,
대식국의 칼날 빛은 온 세상의 티끌 없애니
이 칼 천 년 동안 누가 다시 이름 낼까.

琉球寶刀誰能識　　鈍鍔禿鋏潛秘光
江神海伯不敢匿　　超塹越水落扶桑

耽羅厨人供庖刀　　商倭見之爲慘傷

每憶漢挐風雪入　　得非紫氣衝南方

自古神物不自顯　　暫時摧辱豈周防

湖嶺觀察英雄儔　　不惜千金勤求望

錦城玄冬列兵高　　將軍佩出神揚揚

兵奔馬突白日動　　虎吼出匣天爲霜

鸕鶿淬膏明月精　　水犀錯環蒼龍鋩

我公宿昔分閫憂　　南服漆蠻北靑羌

壯士負行禿豹帽　　兵前山岳分開張

嗚呼聖世戢干戈　　神物與公俱深藏

有時拄頤趨前殿　　妖領亂賊爲奔忙

落落雖失戰場利　　皎皎得近君子旁

不露神功世莫爭　　重爲時用人皆驚

君不聞　　　　　　大食之刀光芒六合無泥滓

此劍千載誰復名

(『진명집(震溟集)』 권3 칠언고시)

【용어 해설】

- 부상(扶桑): 동해에 있다고 하는 신목(神木)이며, 그 밑에서 해가 떠
  오른다 하여 해가 뜨는 곳을 가리킨다.
- 호령(湖嶺): 호남과 영남을 가리킴.
- 금성(錦城): 전라남도 나주의 옛 지명.
- 현동(玄冬): 겨울을 달리 이르는 말. 봄을 청춘(靑春), 여름을 주하

(朱夏), 가을을 백추(白秋), 겨울을 현동(玄冬)이라 한다.

• 벽제(鷿鵜): 농병아리과에 속하는 물새인데, 이 새의 기름을 도검 (刀劍)에 바르면 녹이 슬지 않는다고 한다.(『소동파시집(蘇東坡詩集)』권32)

• 창룡(蒼龍): 동쪽 방위를 맡은 태세신(太歲神)을 상징하는 짐승.

• 숙석(宿昔): 그리 멀지 않은 옛날을 말함. 숙석지간(宿昔之間)은 하룻밤 사이의 짧은 시간을 의미하는데, '석(昔)'은 '석(夕)'과 통한다.

• 분곤(分閫): 대궐문의 안팎을 나눈다는 뜻으로 장수를 임명하여 출정시킨다는 의미이다. 옛날에 장군이 출정할 때, 임금이 그 수레바퀴를 밀어주며 "성 문턱 안은 내가 통제하고 성 문턱 밖은 장군이 통제하라."라고 하였다. 즉, 외방의 병권(兵權)을 맡아서 나가는 것이다.

• 남복(南服): 복(服)은 도성 밖 5백 리 되는 지역을 말한다.

• 청강(靑羌): 강족(羌族)이 푸른색을 숭상하였기 때문에 붙여진 이름이다.

【작시 배경】 제목에 나오는 관찰공은 권적(權𥛚, 1675~1755)으로 판단된다. 이 시를 쓴 권헌의 『진명집』권4에 「남루에서 숙부 관찰공을 모시고 밤에 모이다(南樓陪從叔觀察公夜集)」라는 시가 있고, 권7에 「호서 관찰공에게 올리는 장계(上湖西觀察公狀)」가 있는데, 여기 나오는 관찰공과 동일 인물로 보인다. 권적의 자는 경하(景賀)이고, 호는 창백헌(蒼白軒)이다. 그는 1733년(영조 9)에 기장 현감으로 부임하였고, 1741년(영조 16)에는 전라도 관찰사를 역임하였다. 기장 현감을 지낼 때, 기장 바닷가 바위에서 노닐면서 바위 위에 '시랑대(侍郞臺)'

라고 새기고, 이를 시제로 시를 짓기도 하였다. 시랑은 권적이 역임한 이조참의를 일컫는 말이기도 하다.

　이 시는 권헌이 숙부 권적이 소유한 유구 대철도를 노래한 것인데, 작시 시기는 권적이 전라도 관찰사를 역임한 1741년 혹은 그 이후라 생각된다. 다만 이 칼이 언제 어떤 경로로 조선에 들어왔는지는 알 수 없다.

【시 해설】　이 시는 7언 고시 의고체로 관찰공 권적이 소유한 유구에서 제작된 칼을 노래하고 있다. 1, 2구는 도입부로 평범하게 보이지만 신비로운 빛을 함축하고 있다며 유구 칼을 한껏 치켜세우고 있다. 3, 4구는 그 신비로운 칼을 강과 바다에 숨기지 못하고 동쪽 바다에 떨어뜨렸다고 했는데, 이는 유구 대철도가 우리나라로 건너왔음을 암시한다고 보인다. 5구의 제주도 요리사가 주방 칼로 사용했다는 것에서 그렇게 이해할 수 있다. 그런데 6구에서 신비한 칼이 주방 칼로 쓰이고 있음을 일본 상인이 가슴 아파한다. 비유하자면 한유(韓愈)가 쓴 「잡설(雜說)」에 나오는 천리마처럼 천리마가 어리석은 주인을 만나 평범한 말로 다뤄지면서 천리마의 재능을 발휘하지 못한다는 것과 같은 의미이다.

　7, 8구는 왕발(王勃)의 「등왕각서(滕王閣序)」의 '물산의 화려함은 하늘이 내린 보배이니, 용천검의 광채가 견우성과 남두성의 자리를 쏘는 듯하네(物華天寶, 龍光射牛斗之墟).'라는 고사를 인용한 것으로 보인다. 이는 장화(張華)가 일찍이 두성(斗星)과 우성(牛星) 사이에 자기(紫氣)가 감도는 것을 보고 예장(豫章)의 점성가 뇌환(雷煥)에게 물으니, 보검의 빛이라 하였다고 한 것이다. 여기서는 이 칼이 반드시

천재지변으로 세상에 나타날 것이라는 기대를 형상화한 말이다.

9, 10구는 5, 6구의 상황을 다시 설명하고 있다. 곧, 신물(神物)인 유구의 칼이 주방의 칼로 쓰이고 있으니 칼의 입장에서 보면 욕을 당하는 것이다. 그러나 머지않아 신물을 알아보는 영웅을 만나리라는 복선을 깔고 있다. 11, 12구는 유구 칼의 진정한 쓰임을 말하고 있다. 이런 유구 칼은 천하를 다스릴 영웅과 짝이 되어야 한다는 것이다. 그리고 그 영웅은 전라도와 경상도 관찰사를 지낸 관찰공 권적을 지칭한다. 관찰공이 이 칼을 소유했음은 시제(詩題)에서도 드러나지만 아래 13구부터 행간에 깔리고 있다. 13-16구는 전라도를 지키는 나주 병사들의 용맹한 기개를 노래하고 있다. 이는 관찰공의 기상과 기개를 동시에 의미한다.

17구의 벽제 기름에 담금질하는 것은 유구 칼이다. 그리고 칼은 무소뿔로 장식했음을 18구를 통해 알 수 있다. 19구의 '우리 공(我公)'은 관찰공이다. 관찰공의 충심을 노래하였다. 동시에 유구 칼은 관찰공이 소유하고 있어야 한다는 당위성을 다시 한번 은근히 드러내고 있다. 20구의 '칠(漆)'은 '칠치(漆齒)'를 말한다. 『삼국지』에 일본 사람들이 이빨을 검게 물들였으므로 이렇게 불렀다. 곧, '일본'을 가리킨다. '북쪽 오랑캐'는 '여진족'일 것이다.

21구는 장수의 모습이고, 22구는 도열한 병사들의 모습이다. 23, 24구는 전쟁이 사라진 태평 시대를 묘사하였다. 24구의 '신물'은 '유구 칼'이고, '공'은 '관찰공'이다. 25, 26구의 내용은 이 유구 칼을 차고 가만히 있기만 해도 규율이 잡힌다는 의미이다. 27-29구의 의미는 태평 시대이므로 유구 칼이 전장의 병기 역할을 못하고 따라서 신공을 드러내지 못하지만, 그 유구 칼의 진가를 알아주는 군자, 관찰공의 곁에 있게 되어 다행이란 뜻이다. 30구에서는 그러나 만약 이 칼이 다시 쓰이는 때가 온다면 사람들은 그 칼의 위력에 모두 놀라리라는 것이다. 이 구절의 '시(時)'는 세상을 뜻한다고 보아야 할 것이다. 31, 32구는 다시 한번 유구 칼의 날카로움과 그 칼을 정의롭게 휘둘러야 함을 강조하고 있다. 이 두 구절은 장단구의 투식이기는 하지만 그대로 7자씩 끊어도 무방하다.

【시인 소개】 권헌(權攇, 1713~1770): 충남 서천군 한산(韓山) 출신으로 자는 중약(仲約), 호는 진명(震溟), 본관은 안동이다. 젊은 시절에 고향을 떠나 생애 대부분을 서울에서 보냈다. 1735년 7월 성균관에 입학하였고, 1759년에 현릉(顯陵) 참봉이 되었다. 이후 광흥창(廣興倉) 봉사, 장수현감 등을 역임하고 1766년 54세 겨울에 관직에서 물러나 귀향하였다. 1770년 2월 29일 서천군 한산 화촌강사(華村江舍)에서 타계했다. 그는 뛰어난 문장가였으나 평생 미관말직으로 전전했다. 2천여 수의 시가 『진명집(震溟集)』에 남아 전하는데, 특히 장편 고시(古詩)가 560여 수이다. 당시 그가 목격한 민중의 삶을 기사시(記事詩)로 핍진하게 묘사하였다. 그중에서도 「시노비(寺奴婢)」, 「관북 백성(關北民)」, 「고인행(雇人行)」, 「여소미행(女掃米行)」 등은 민중의 거친 삶과 질곡을 사실적으로 그려낸 명작이다.[*]

*　박준희, 「震溟 權攇 漢詩 硏究」, 성균관대 석사논문, 2011; 이지양, 『震溟 權攇의 '眞' 추구와 社會詩-長篇古詩를 中心으로』, 성균관대 박사논문, 2001; 유홍준, 『진명 권헌의 화론과 문학론』, 서천문화원, 2009; 임형택, 『이조시대서사시』, 창작과비평사, 1992, 진명 시 4수 소개; 홍성수, 「진명 권헌 문학론과 한시 연구」, 영남대 석사, 1993 참조.

표류한 유구국 사람들이 우리 사신을 따라 중국으로 가서 본국에 돌아가기를 원한다는 말을 들었다

聞琉球國漂人來, 願隨使臣入中原, 還國

윤기

듣건대 유구국 사람들이

배가 표류하여 조선에 왔다지.

풍속 살펴보니 복장이 기궤하고

글자 풀이하니 언어가 난잡해라.

연경 사신 행차 따라가려 한다니

바다에서 놀란 마음 우선 진정하라.

조선은 문화의 나라이니

응당 그대들 안심해라.

聞道琉球客   漂船到我邦

俗徵衣飾詭   字譯語言哤

願附燕軺去   蹔安海魄懤

大東文物在   應使爾心降

(『무명자집(無名子集)』 시고 제3책)

【용어 해설】

- 표선(漂船): 표류선. 배를 타고 가다가 표류함.
- 아방(我邦): 우리나라라는 말로, 여기서는 조선을 뜻함.
- 연초(燕軺): 연(燕)은 연경, 즉 북경을 가리키고, 초(軺)는 수레라는 뜻으로 북경에 가는 사신을 말한다.
- 대동(大東): 여기서는 조선을 가리킴.

【작시 배경】　이 시는 윤기가 54세 때인 1794년(정조 18)에 지은 작품이다. 『조선왕조실록』 1794년(정조 18) 9월 11일 기사에 의하면, 유구국 사람들이 제주도에 표착하였다. 제주 목사 심낙수(沈樂洙)가 장계를 올렸는데, 그들이 육로를 통해 중국 복건성 복주로 가서 본국인 유구로 돌아가기를 원한다고 하였다. 그러나 다른 나라 사람을 공문으로 통보하여 중국에 들여보내는 것은 전례가 없어서 절대로 해서는 안 된다는 의견도 추가하였다. 하지만 조정에서는 이들을 가엾게 여겨 중국행을 허락하였으므로 생존한 유구인 3명이 9월 12일 영암의 이진(梨津)을 거쳐 서울로 올라갔다. 이들은 처음 11명이었으나 표류하던 중에 7명이 죽고, 4명이 제주도에 표착했으나 이후 1명이 병들어 죽고 3명만 남았다. 조선 조정에서는 이들에게 술과 음식을 대접하고 덕의(德義)로 교화하는 한편 방한구를 지급하고 후하게 노자를 지급하여 사행단을 따라 중국으로 갈 수 있게 허락해주었다.(이규필 역, 『무명자집』, 성균관대학교 출판부, 2014 참조) 윤기는 이런 내용을 듣고 이 시를 지은 것이다.

【시 해설】　　5언 율시인 이 시의 수련(首聯) 1, 2구는 유구인들이 바다에서 표류하다 제주도에 도착했음을 들었다는 내용으로 작시의 배경을 말하고 있다. 함련(頷聯)인 3, 4구는 표착한 유구인을 통해 유구의 복식과 언어에 대한 인식을 드러내었다. 즉 '복장이 기궤하고 [詭], 언어가 난잡하다[嘮]'라는 말에는 부정적 혹은 무시하는 어감이 있다. 달리 말하면 조선의 문물이 우월하다는 의미를 담고 있다고도 할 수 있다. 이러한 인식이 시인 윤기만의 것인지, 당시 조선 지식인들이 공유한 것인지는 시에 나타나 있지 않지만, 여타의 선행 연구들을 종합하면 후자라고 할 수 있다. 경련(頸聯)의 5, 6구는 한 달 남짓 험한 바다에서 표류하면서 일행 3분의 2를 잃은 유구인들을 위로하고 있다. 『조선왕조실록』 1794년(정조 18) 9월 11일 자 기사에 의하면, 제주도에 표착한 이들에게 배를 타고 유구로 돌아가라고 하자 극구 거절하고 육로로 보내달라고 했다 한다. 윤기도 이런 사정을 듣고 '바다에서 놀란 마음 우선 진정하라.'라고 다독인다. 7구에서 말하는 '대동'은 '조선'을 뜻하고, '조선은 문화의 나라'라는 말에서는 윤기의 문명 의식과 자부심을 읽을 수 있다.

【시인 소개】　　윤기(尹愭, 1741~1826): 자는 경부(敬夫), 호는 무명자(無名子), 본관은 파평이다. 1773년(영조 49) 사마시에 합격하여 성균관에 들어가 20여 년간 학문 연구에 매진하였다. 1792년(정조 16) 식년문과에 병과로 급제하여 승문원정자를 시작으로 종부시주부, 예조·병조·이조의 낭관으로 있다가 남포현감·황산찰방을 역임하였다. 이후 다시 중앙에 와서 『정조실록』 편찬관을 역임하였다. 벼슬은 호조참의에까지 이르렀다. 저서 『무명자집(無名子集)』이 있다.

유구로 사신 가는 한림 이정원에게 삼가 드림

奉贈李翰林鼎元琉球奉使之行

서형수

바다 해 붉게 물들 때, 사신 배 출항하니

유구국 산빛은 아득히 끝을 알기 어렵네.

길 비록 멀어도 황령이 지켜주니

오호문 앞에는 박초풍이 불겠구나.

錦纜初開海日紅　　琉球山色杳難窮

道雖遠矣皇靈仗　　五虎門前舶趁風

(『명고전집(明皐全集)』제2권)

【용어 해설】

· 금람(錦纜): 비단 닻줄. '금람선(錦纜船)'이란 말이 있는데, 이는 수양제(隋煬帝)가 강도(江都)에 행차했을 때 탄 용주(龍舟)가 비단 돛에 비단 닻이었다고 한데서 유래한 말이다.

· 황령(皇靈): 황제의 위령(威靈)이라는 말.

- 장(仗): 무기, 호위, 호위하다, 의지하다 등의 뜻이 있다. 여기서는 보호하다, 지켜주다, 라는 의미로 사용하였다.
- 오호문(五虎門): 오호문에 대해서는 시 아래에 주석을 붙여 놓았다. 곧, '오호문은 중국 복건성에 있으며, 사행단이 배를 타는 곳이다.(五虎門, 在福建, 使行乘船之處.)'
- 박초풍(舶趠風): 박초풍에 대해서도 시 아래에 주석을 붙여 놓았다. '오 지역에 장마가 끝나고 맑은 바람이 열흘 동안 부는데, 오 지역 사람들은 이것을 박초풍이라고 부른다.(吳中, 梅雨旣過, 淸風彌旬, 吳人謂之舶趠風.)' 또 이 무렵에 바다에 나갔던 배들이 처음으로 돌아오는데, 이 바람이 바다에서 배와 함께 불어오기 때문에 붙여진 이름이라고 한다.

【작시 배경】　이 시는 서형수가 북경에 사신 갔을 때, 유구로 사신 가는 청나라 관리 이정원을 위해 지은 것이다. 유구에 대해 직접적으로 읊은 시가 아니고, 이정원이 조선 문인도 아니지만, 서형수가 조선 문인이고, 그의 유구에 대한 사유(思惟)가 조금이라도 드러났으므로 여기에 게재한다.

　　이정원(李鼎元, 1750~1805)은 청나라 관료로 사천성 금주 사람이다. 자는 미당(味堂) 또는 화숙(和叔)이며, 호는 묵장(墨莊)이다. 한림원검토(翰林院檢討), 병부주사(兵部主事) 등을 역임하였다. 형제인 이조원(李調元), 이기원(李驥元)과 함께 금주삼이(錦州三李)로 불렸다. 저서에『사유구기(使琉球記)』6권과『재유기(再遊記)』4권이 있다.

　　『청사고(淸史稿)』권16「인종본기(仁宗本紀)」에, 1799년 8월 수찬(修撰) 조문해(趙文楷)와 중서(中書) 이정원이 유구 국왕 상온(尙溫)을 책봉하는 임무를 띠고 유구로 사신 갔다는 기사가 있다. 그리고 이정원의 『사유구기』권1의 기록에 의하면, 1794년에 유구국 중산왕 상목(尙穆)이 죽자 세손(世孫) 상온이 1798년에 사신을 보내 습봉(襲封)을 청하였으며, 이정원은 명을 받고 1800년 2월에 행로에 오른 것으로 되어 있다. 그러므로 이 시는 서형수가 1799년(정조 23) 7월에 진하사 겸 사은 부사로 청나라에 가서 북경에 체류하던 중, 이정원에게 지어준 것으로 추정된다.

【시 해설】　이 시는 평성 '동(東)' 운으로 지은 7언 절구이다. 1구는 이정원 등 청나라 사신 일행이 아침 일찍 배를 타고 유구로 향하는 모습이다. 2구는 바다로 둘러싸인 섬나라 유구가 물빛과 함께 아득하여 잘 보이지 않음과 유구로 가는 길이 멀다는 것을 표현하였다. 3, 4구는 험한 바닷길을 무사히 건너가기를 바라는 마음을 황령과 박초풍으로 기원하였다.

【시인 소개】　서형수(徐瀅修, 1749~1824): 자는 유청(幼淸) 혹은 여림(汝琳), 호는 명고(明皐), 본관은 달성이다. 아버지는 대제학을 지낸 서명응(徐命膺)인데, 숙부인 서명성(徐命誠)에게 입양되었다. 음보로 선공감가감역(繕工監假監役)이 되었고, 1783년 증광문과에 을과로 급제하였다. 1799년 진하 겸 사은 부사가 되어 정사 조상진(趙尙鎭)과 함께 청나라에 다녀왔다. 이때 위의 시를 지은 것으로 보인다. 1806년 우의정 김달순(金達淳) 등이 김조순(金祖淳) 등에 밀려 사사(賜死)될 때, 이에 연루되어 전라도 흥양현 등지에서 18년 동안 유

배 생활을 하였다. 1823년 전라도 임피현으로 양이(量移)[*]되어 이듬
해 그곳에서 죽었다. 저서에『명고전집(明皐全集)』,『홍범직지(洪範直
指)』,『시고변(詩故辨)』등이 있다.

---

* 　양이(量移): 멀리 귀양 보냈던 사람의 형벌을 가볍게 하여 가까운 곳으로 옮긴다는
　　뜻이다.

묵장 이중한이
유구로 사신 가는 그림에 쓰다
題李墨莊中翰琉球奉使圖

박제가

가로로 펼쳐 보니, 중국은 안개로 흐릿한데

나는 듯이 옥부절 안고 누선에 오르네.

노래는 황아가 놀던 궁상(窮桑) 밖 백제성에 닿고

집은 촉도 근처 푸른 하늘에 있네.

우연히 고관에게 물어 중국 성씨임을 알았고

천천히 낙관 살펴 일본 연호임을 알았네.

평생 우뚝한 마음속 기개

중산의 술에 취해 한숨 자는 것도 좋으리.

橫覽齊州未了烟　　飄然玉節上樓船

歌成白帝皇娥外　　家住靑天蜀道邊

偶問簪纓知漢姓　　閒尋款識辨倭年

平生兀硉胸中氣　　好借中山酒一眠

(『정유각사집(貞蕤閣四集)』)

【용어 해설】

- 횡람(橫覽): 두루마리 그림을 왼쪽으로 펼치며 가로로 보는 것.

- 제주(齊州): 중국을 뜻하는데, '구점제주(九點齊州)'라고도 한다. '구점'이란 하늘에서 내려다보면 중국의 구주(九州)가 아홉 점의 연기처럼 작게 보인다는 뜻이다. 당나라 시인 이하(李賀)의「몽천(夢天)」*이라는 시에 "멀리서 중국을 바라보니 아홉 점 연기 같고, 넘실대는 바닷물은 술잔에 떨어지는 한 방울 술 같네(遙望齊州九點煙, 一泓海水杯中瀉)."라는 구절이 있다.

- 옥절(玉節): 옥으로 만든 부절(符節). '부절'은 돌이나 대나무 혹은 옥 따위로 만든 물건에 글자를 새겨 다른 사람과 나눠 가졌다가 나중에 다시 맞추어 증거로 삼는 물건이다. 왕이 신하를 사신으로 보낼 때, 부절을 주어 증표로 삼는다.

- 누선(樓船): 이층으로 지은 배.

- 백제(白帝): 중국 사천성 봉절현 동쪽에 있는 백제성을 말한다. 한나라 왕망(王莽) 때, 이곳에 있는 우물에서 흰 용이 나오는 것을 본 공손술(公孫述)이 한나라의 토덕(土德)을 자신이 이어받게 되었다고 하며 스스로 백제(白帝)라 선포한 뒤 성을 쌓기 시작하였다. 당나라 시인 이백(李白)과 두보(杜甫)가 읊은 백제성 시가 있다.

---

* "늙은 토끼와 추운 두꺼비 하늘에서 우는 듯, 반쯤 열린 구름 사이로 밤하늘이 훤하네. 달과 달빛마저 이슬에 젖고, 계수나무 향기 나는 길에서 선녀를 만나네. 삼신산 아래 누런 먼지와 맑은 물, 거듭 변하는 천년 세월도 달리는 말 같구나. 멀리서 중국을 바라보니 아홉 점 연기 같고, 넘실대는 바닷물은 술잔에 떨어지는 한 방울 술 같네.(老兎寒蟾泣天色, 雲樓半開壁斜白. 玉輪軋露濕團光, 鸞佩相逢桂香陌. 黃塵清水三山下, 更變千年如走馬. 遙望齊州九點煙, 一泓海水杯中瀉. 李賀,「夢天」)

- 황아(皇娥): 중국 오제(五帝)의 한 명인 소호(少昊, 窮桑氏)의 어머니
  이다. 원래 천상의 선녀인데 궁상(窮桑)이란 들에서 놀다가 자칭 백
  제(白帝)의 아들이라는 신동을 만나 소호를 낳았다.(『삼국유사』 권1
  「기이」)
- 촉도(蜀道): 중국 사천성으로 통하는 매우 험한 길. 당나라 시인 이
  백은 「촉으로 가는 길 험난하네(蜀道難)」라는 시를 지었다.
- 잠영(簪纓): 예전에 관원들이 관에 꽂던 비녀와 갓의 끈을 이르던
  말. 높은 벼슬아치 혹은 귀인을 뜻한다.
- 관지(款識): 옛날 의식에 쓰던 그릇이나 종 따위에 새긴 표나 글자.
  여기서는 글씨나 그림에 작가가 자신의 이름이나 호를 쓰고 도장을
  찍은 낙관(落款)을 뜻하는 것으로 보인다.
- 왜년(倭年): 일본의 연호.
- 올률(兀硉): 산의 바위가 돌출되어 있는 모습인데, 뜻이 높음을 뜻
  한다. 송나라 시인 구양수의 시 「여산이 높구나(廬山高)」에, '그 뜻
  의 비범함이 어디서 내려왔겠는가(其意矹硉何由降)'라는 구절이 있
  다. 이 시는 같은 해에 진사가 된 유중윤(劉中允)이 관직을 버리고
  남강(南康)으로 돌아갈 때 지어준 시로, 유중윤의 높은 절개를 여산
  에 비유한 것이다.
- 중산(中山): 유구를 말한다. 산남·중산·산북으로 나뉘었던 삼산시
  대를 1429년 중산왕 상파지(尙巴志)가 통일하면서 통일된 유구왕
  국시대를 열었으므로 유구를 중산이라 부르기도 한다.

【작시 배경】　이 시는 박제가가 유구로 사신 가는 청나라 사신 이정
원의 모습을 그린 그림을 보고 읊은 것인데, 시를 읊은 시기와 장소

가 명확하지 않다. 따라서 두 가지로 추정할 수 있다. 하나는 조선에 들어온 그림을 보고 조선에서 읊었을 가능성이고, 다른 하나는 박제가의 네 번째 연행이자 마지막 연행이었던 1801년 사행 때에 북경에서 그림을 보고 읊었을 가능성이다. 현재로서는 어느 쪽인지 분명하지 않지만, 후자일 가능성이 더 높다.

【시 해설】　시 제목에 나오는 '이중한'은 청나라 관료 이정원(李鼎元)이다. 이정원에 관해서는 앞의 「유구로 사신 가는 한림 이정원에게 삼가 드림(奉贈李翰林鼎元琉球奉使之行)」에서 서술하였다. 이 시는 그림을 보고 읊은 것으로, 그림의 내용을 설명하고 있다. 수련(1, 2구)에서 그림의 첫 장면은 중국 쪽이 담묵으로 부옇게 안개 처리가 되었음을 알 수 있다. 그리고 해안가에 이정원이 타고 갈 배가 그려져 있고, 배에 오르는 이정원의 모습이 묘사되어 있다. 함련(3, 4구)에 나오는 백제성과 촉도는 모두 사천성에 있다. 이는 이정원이 사천성 출신이므로 이렇게 묘사했다고 보인다. 그가 유구 사신으로 가라는 명을 받고 집을 떠나는 모습이라고 할 수 있다. 그러므로 순조로운 항해를 기원하는 노래가 사천성에 있는 백제성에 닿는다. 촉도 근처 푸른 하늘에 있다는 집은 이정원의 집일 것이다.

　　경련(5, 6구)은 시인 박제가가 고위 관료에게 그림을 그린 사람이 누구인지 묻고 중국 성씨라는 것을 알았으며, 그림의 낙관에 일본 연호가 쓰여 있음을 확인했다는 내용이다. 이렇게 본다면 아마도 화가는 중국에서 유구로 귀화했다고 하는 36성의 후예(後裔)일 것이라고 유추할 수 있다. 즉, 유구 왕국 초기에 중국 복건성에서 유구로 건너가 구메무라(久米村)에 집성촌을 이룬 한족(漢族)의 후예이다. 일본

연호를 사용한 것은 당시 유구가 중국과 일본 양쪽에 조공하던 양속기(兩屬期)였으며, 일본의 압박을 받고 있던 때였기 때문으로 짐작이 되지만 정확한 상황을 알기는 어렵다. 다만 박제가는 1801년에 북경으로 사행을 갔고, 이정원은 1800년에 유구로 사행을 갔으므로 이 그림은 이정원을 맞이하러 북경에 온 유구 사신이나 유구 사신단 중의 한 사람이 그렸을 가능성이 있다. 혹은 유구에서 그려져서 북경으로 온 그림일 가능성도 있다. 미련(7, 8구)은 사신으로서 이정원의 당당한 기개와 유구 왕부로부터 대접받은 술을 마시고 하루를 마감하는 이정원의 모습을 그린 듯하다.

【시인 소개】 박제가(朴齊家, 1750~1805): 자는 차수(次修)·재선(在先)·수기(修其), 호는 초정(楚亭)·정유(貞蕤)·위항도인(葦杭道人), 본관은 밀양이다. 시·서·화에 뛰어났다. 1776년(정조 즉위) 이덕무·유득공·이서구와 함께 『건연집(巾衍集)』이라는 사가시집(四家詩集)을 내어 문명을 청나라에까지 떨쳤다. 1778년 사은사 채제공을 따라 이덕무와 함께 청나라에 가서 이조원(李調元)·반정균(潘庭筠) 등의 청나라 학자들과 교유하였다. 돌아온 뒤 청나라에서 보고 들은 것을 정리해 『북학의(北學議)』 내·외편을 저술하였다.

1790년 5월 건륭제 팔순절에 정사 황인점(黃仁點)을 따라 두 번째 연행길에 올랐다. 돌아오는 길에 압록강에서 다시 왕명을 받아 연경에 파견되었다. 원자(元子, 뒤의 순조)의 탄생을 축하한 청나라 황제의 호의에 보답하기 위해서였다. 1801년(순조 1)에는 사은사 윤행임(尹行恁)을 따라 이덕무와 함께 네 번째 연행길에 올랐다. 그러나 돌아오자마자 동남성문의 흉서사건 주모자인 윤가기(尹可基)와 사돈이

라는 점에서 혐의를 받아 종성에 유배되었다가 1805년에 풀려났으나
곧 병으로 죽었다.

유구관

琉球舘

조수삼

둥근 소매에 옷자락 발까지 드리우고
평관은 상투 가운데 부분이 휘었네.
글 읽기는 청나라 학문 자랑하고
돛을 펴서는 남풍에 맡기네.
다섯 치 무소뿔 잘라 만든 칼을
삼층 연경의 궁궐에 바치네.
그 사람 친히 마주하여 증명하니
여지도가 공연히 만든 것 아닐세.

圓袂裾垂足　　平冠髻陷中
讀書誇北學　　開帆信南風
五寸劖犀劍　　三層供燕宮
其人親對證　　輿誌未爲空

(『추재집(秋齋集)』 권5)

【용어 해설】

- 평관(平冠): 면류관이나 평천관과 비슷하게 위쪽이 편편하게 생긴 갓.
- 북학(北學): 청나라의 학술·문물·기술 등을 일컫는 말. 조선 후기 청나라 학문을 적극 받아들여 조선의 물질 경제를 풍요롭게 하고 삶의 질을 높일 것을 주장한 학문적 경향이다.
- 연궁(燕宮): 연경의 궁궐로 북경의 자금성을 뜻하는 것으로 보인다.

【작시 배경】　이 시는 조수삼이 북경에 갔을 때 유구 사신들이 머무는 관사에서 유구인을 보고 지은 것인데, 그 시기는 정확하지 않다. 그리고 여기서 말하는 유구관은 오만관(烏蠻館)을 지칭한 것으로 보인다. 오만관은 중국 남쪽 지역의 오랑캐인 오만(烏蠻)의 사신들이 북경에 왔을 때 묵던 관소이다. 통상 중국의 남쪽인 동남아시아 국가의 사신들이 머무는 곳으로 유구 사신들은 늘 이곳에 머물렀다. 1611년 8월에 왕세자의 관복을 주청하는 사절의 부사로 북경에 갔던 이수광(李晬光)은 유구 사신인 채견 일행을 이 오만관에서 만나 필담했다고 「유구사신증답록」에 썼다.

【시 해설】　수련(1, 2구)은 유구 사신의 외모를 묘사하고 있다. 그들이 입은 옷의 소매는 둥글며 발을 덮는 긴 옷을 입고 있다. 갓은 조선 선비들과 달리 위쪽이 편편한 평관을 쓰고 있다. 그러므로 상투가 있는 가운데 부분이 곡선으로 휘었다. 함련(3, 4구)은 북과 남이란 글자를 대비시키고 있다. 유구 사신이 청나라 학문에 관한 독서를 자

랑함은 유구가 중국을 의지한다는 의미일 것이고, 돛을 펴서는 남풍에 맡긴다고 함은 바닷길에 익숙한 유구 사신을 말하기도 하고, 그들의 행로에 순풍이 불기를 바라는 것이기도 할 터이다. 경련(5, 6구)의 '다섯 치 무소뿔 잘라 만든 칼'은 유구의 특산품으로 청나라에 바치는 공물이다. 유구는 조선에도 무소뿔을 선물로 가져온 적이 있다. 미련(7, 8구)은 유구 사람을 직접 만나 그들의 문화를 확인했다는 의미이다.

죽지사, 유구

竹枝詞, 流求

조수삼

【유구】　　유구는 바다에 있는 섬으로 지리적으로 일본 및 조선과 가깝다. 수나라 양제(煬帝) 시대에 처음 중국과 소통하였고, 명나라 영락(永樂, 1403~1424) 연간에 처음으로 중산·산남·산북 세 왕조를 통일하여 유구왕이 되어서는, 왕자와 관료 자제들을 중국 국학에 입학시켜도 좋다는 허락을 받았다. 가정(嘉靖, 1522~1566) 초에 국왕인 상청(尙淸)이 표를 올려 봉작을 내려주기를 청하였다. 지금은 상씨(尙氏)가 세대를 이으며 해마다 중국에 조공(朝貢)한다. 그들의 땅은 매우 따뜻하고 비옥하다. 풍속은 예로부터 무속을 믿었는데, 여자 무당을 여군(女君)이라 불렀으며, 왕 이하는 절을 하며 그를 맞이하였다. 뱃사람들은 천비신(天妃神)을 높이 받들었고, 노란 참새[黃雀]와 나비를 신으로 삼았다. 풍랑을 만나면 이마를 바닥에 대고 빌면서 일제히 천비를 불러 한 마리 참새가 돛대 위에 서면 바람이 그쳤다. 다시 나비 수만 마리가 진흙을 물고 와서 배가 새는 곳을 막았다. 그들의 궁궐은 산기슭에다 띠 풀로 지었고, 사람들은 모두 절풍건(折風巾)을 썼으며, 가늘게 주름진 긴치마를 입어 발을 덮었다. 그러나 지금은 점점

중화 풍속에 물들어 조세는 정전법(井田法)을 사용하고, 형벌은 오륜
[五典]을 사용하며, 의관과 문물 역시 볼 만하다. 그들의 말은 하늘을
'전니(甸尼)'라 하고, 땅을 '지니(只尼)'라 하며, 해[日]를 '비록(非祿)',
달을 '도급(都及)'이라 한다. 산천은 원타서(黿鼉嶼)와 고미산(古米山)
이다. 서로 전하기를 옛날 중산왕이 난리를 만나 천비를 부르니 쌀이
모래로 변했으며, 물이 소금 맛과 같아 도적이 마침내 물러갔다고 한
다. 물산은 소·양·나귀·말 등은 없고, 투루나무[鬪鏤樹]·무명베[木布]·
금형류(金荊榴) 등이 있다.

琉球: 琉球海島, 地近日本朝鮮. 隋煬帝時, 始通中國, 明永樂中,
始統中山山南山北三王爲琉球王, 許王子及陪臣子弟入學. 嘉靖初國
王尙淸上表請封. 至今尙氏繼世, 歲歲入貢. 其地甚煖且肥饒. 其俗
舊信巫, 號女巫爲女君, 王以下拜迎之. 舟人崇奉天妃神, 以黃雀蝴
蝶爲神, 使遇風浪, 頂祝齊呼天妃. 有一雀立桅上則風止. 復有蝶數
萬啣泥塞舡漏處. 其宮闕依山苦茅, 人皆著折風巾, 被細褶長幈以掩
足. 今則漸染華風, 賦用井制, 刑用五典. 衣冠文物亦可觀. 其語天爲
甸尼, 地爲只尼, 日爲非祿, 月爲都及. 山川則黿鼉嶼古米山. 相傳古
中山王遇亂, 呼天妃則米變爲沙, 水如鹽味, 賊遂退云爾. 物産無牛
羊驢馬, 有鬪鏤樹木布金荊榴.

가늘게 주름진 긴치마와 깃털로 짠 윗옷 입고
산꼭대기 궁궐에 있는 여군에게 돌아가네.
소라로 불 때고 침향 불을 쓰지 않으며
투루나무와 금형류가 크게 둘러싸고 있네.

細褶長帬織羽衣　　山巓宮闕女君歸
螺炊不用沉香火　　鏤樹金荊許大圍

배 위에 새 진흙은 나비가 날개로 붙였고
강 가득한 풍랑에 참새 날기를 점치네.
원타섬 밖에서 천비가 내려오면
쌀이 모래처럼 변하고, 물이 소금으로 변한다네.

船上新泥蝶翅粘　　滿江風浪雀飛占
黿鼉嶼外天妃降　　米變如沙水變鹽

(『추재집(秋齋集)』권7)

【용어 해설】

- 영락(永樂): 명나라 성조(成祖)의 연호로 1403~1424년까지 사용하였다.
- 가정(嘉靖): 명나라 세종(世宗)의 연호로 1522~1566년까지 사용하였다.
- 절풍건(折風巾): 관모(冠帽)의 하나. 위로 솟아 있고 밑으로 넓게 퍼진 삼각형 모양 비슷한 고깔 형태의 쓰개이다.
- 정전법(井田法): 고대 중국의 하나라·은나라·주나라에서 실시된 토지제도이다. 토지를 '정(井)'자 모양으로 아홉 등분하여 주위의 여덟 곳은 사전(私田)으로 하고, 가운데 한 구역을 공전(公田)으로 한

다. 이 공전에서 나온 수확을 조세로 바치게 한 제도이다.

- 세습(細褶): 좁은 바지.

- 장군(長帬): 긴 치마.

- 누수(鏤樹): 투루(鬪鏤)나무. 생김새가 귤나무와 비슷하고, 잎이 촘촘하다. 가지는 머리카락처럼 부드럽지만 아래로 드리워 자란다. 유구 여인들은 투루나무 껍질을 가늘게 해서 여러 색깔의 모시와 여러 가지 털을 섞어 짜서 옷을 만든다.(多鬪鏤樹. 似橘而葉密, 條纖如髮, 然下垂. … 織鬪鏤皮, 并雜色紵及雜毛, 以為衣.『隋書』「流求國傳」)

- 목포(木布): 목피포(木皮布). 나무껍질을 모아서 베를 만든 것으로 넓이가 90㎝ 정도 된다.(緝木皮爲布, 闊三尺餘.)

- 금형류(金荊榴): 유구에서 많이 나는 나무. 당나라 문인 장작(張鷟)의『조야첨재(朝野僉載)』「유구국(留仇國)」[*]에, '또 금형류 수십 근을 얻었는데, 나무 색깔이 순금과 같고 매우 촘촘하였다. 그리고 무늬와 주름이 아름다운 비단 같으며, 향이 아주 짙고 은근하여 베개나 탁자의 상판으로 할만하다. 비록 침향이나 단향이라 해도 따라갈 수 없을 정도이다.(又得金荊榴數十斤, 木色如眞金, 密緻. 而文彩盤蹙有如美錦, 甚香極精, 可以爲枕及案面. 雖沈檀不能及.)'라고 하였다.

【작시 배경】　조수삼의『추재집(秋齋集)』권7「외이죽지사(外夷竹枝詞)」에 실려 있는 내용이다. 조수삼은 6번이나 직접 중국에 가서 선진

---

[*]　張鷟,『朝野僉載』, 中華書局, 1997년, 169-170쪽; 鄭瞖暻,「상상공간 속 현실지리-唐代 서사에 보이는 동아시아 해양문화를 중심으로」,『中國小說論叢』第63輯, 한국중국소설학회, 2021, 19쪽 재인용.

문물을 체험한 경험이 있다. 이런 경험과 개인적인 관심사와 함께 그는 중국 주변 여러 나라에 관심을 많이 가졌다. 또한 당시는 다양한 지리정보와 지도가 조선에 들어오면서 지식인들의 대외 인식에 많은 영향을 주고 있던 시기이기도 하다. 조수삼은 『방여승략(方輿勝略)』 등 여러 지리서를 읽으면서 중국 밖의 나라에 관심을 높여갔고, 그런 책들을 종합하여 면밀한 주석을 달면서 시화(詩化)한 『외이죽지사』를 저술하였다.

『외이죽지사』는 조수삼이 서문에서 언급하고 있는 것처럼 지리서를 통해 여러 나라를 간접적으로 견문한 다음, 자신이 알고 있던 정보들을 토대로 다른 자료들과의 비교를 통해 첨삭하며 오류를 시정한 것이다. 그러니까 유구인과 직접 만나 주고받은 시는 아니다. 반면 『해전죽지사(海甸竹枝詞)』는 조수삼이 1789년 처음 중국에 갔을 때 연경에서 본 풍정을 기록한 연행시이다.

【시 해설】 이 시는 시서(詩序)의 내용을 다시 시로 압축하였으므로 모든 구절은 유구의 풍습과 문화 그리고 전설과 관련한 내용이다. 첫 번째 수의 1구는 유구의 의복 형태를 말하고, 2구는 조선과 달리 산꼭대기에 궁궐이 있고, 여기에 여군이 거처함을 알리고 있다. 이 여군은 유구의 상징이다. 3구는 불을 때는 재료 역시 조선과 다른 모습이다. 그리고 4구는 투루나무와 금형류나무가 많다는 것을 유구를 둘러싸고 있다고 표현하였다. 여기까지는 유구의 복식과 제도 및 지리적 특징이라고 할 수 있다.

두 번째 시는 유구 고유 신앙을 그대로 노래했다. 즉, 유구는 천비신과 함께 노란 참새[黃雀]를 신으로 섬기고 있는데, 이는 풍랑과 관계된다. 유구 뱃사람들은 풍랑을 만나면 이마를 바닥에 대고 빌면서 일제히 천비를 부르는데, 이때 참새 한 마리가 돛대 위에 서면 바람은 그친다고 한다. 그리고 나비 수만 마리가 진흙을 물고 와서 배가 새는 곳을 막았다고 한다. 이 시의 1, 2구는 바로 이 문화를 그대로 묘사했다. 3, 4구는 옛날 중산왕이 난리를 만나 천비를 부르니 쌀이 모래로 변하고, 물이 소금 맛이 되어 도적을 물리쳤다는 전설을 묘사하였다.

【시인 소개】   조수삼(趙秀三, 1762~1849): 자는 지원(芝園), 호는 추재(秋齋), 본관은 한양이다. 여항시인 조경렴(趙景濂)의 동생이고, 조선 말기 화원인 조중묵(趙重默)은 그의 손자이다. 중인 서리 출신으로 알려져 있다. 1844년 83세의 나이로 진사시에 합격하였으며, 송석원시사(松石園詩社)의 핵심 인물로 활동하였다. 29세 때인 1789년(정조 13)에 이상원(李相源)을 따라 처음 중국에 갔으며, 68세에 6번째이자 마지막으로 북경을 다녀왔다. 이때 당대 중국의 일류 문사들과 교류하였다. 또한 전국에 발 닿지 않은 곳이 없을 정도로 국내 각지를 빠짐없이 여행하였으며 많은 시를 남겼다. 도시 하층민들의 생기발랄한 모습을 산문으로 쓰고 칠언절구의 시를 덧붙인 형식의 「추재기이(秋齋紀異)」와 중국 주변의 여러 나라에 대한 짧은 산문과 시를 결합한 「외이죽지사(外夷竹枝詞)」 등을 남겼다. 『추재집』 8권 4책이 있다.

유구국

琉球國

이유원

세 왕은 모두 상씨이고 글을 숭상하며

손에 무늬 새기고 부지런히 농사짓는 열대 섬나라.

큰 띠에 접은 관, 옷은 발을 덮고

고관들은 금비녀와 은비녀로 등급 매기네.

三王姓尙以文雅　　黥手勤農炎海潯

大帶圈冠衣覆足　　高官等級金銀簪

(『임하필기(林下筆記)』 권39)

【용어 해설】

• 경수(黥手): 손에 무늬를 새김.

• 염해(炎海): '찌는 듯한 바다'로 몹시 더운 남쪽 지방을 뜻함. 여기서
는 유구를 가리킨다.

【작시 배경】　이 시는 이유원이 『황청직공도(皇淸織貢圖)』를 보고 쓴 「이역죽지사(異域竹枝詞)」 30수[30개 나라. 모두 7언 절구] 중 첫 번째 시로 유구국에 대한 것이다. 그는 각 나라에 대한 시를 읊기 전에 다음과 같은 간략한 서문을 썼다. "청나라 『황청직공도』에 외국 인물이 상세히 기재되어 있는데, 건륭 때 편찬된 것이다. 해외의 이민족들이 당시에 바친 조공(朝貢)은 『해국도지(海國圖志)』*의 숫자와 다르다. 그러나 거기에 기재된 것에 따라 기록한다.(淸職貢圖, 詳載外國人物, 乾隆時輯也. 海外夷人, 當時職貢, 異於海國圖志之數. 然因其所載而錄之.)"

　　여기서는 말하는 『황청직공도』는 청나라 고종 28년인 1763년에 제작된 총 9권의 책이다. 이 책에는 당시 여러 외번국(外藩國)에 대하여 각각 그 남녀의 모습과 부장(部長)·속중(屬衆)·의관(衣冠) 등을 그림으로 그리고 또 성정(性情)·습속(習俗)·복식(服食) 등에 대해서도 상세히 설명하고 있다. 즉, 이유원은 이 책을 보고 각국의 풍속을 7언 절구로 묘사한 「이역죽지사」 30수를 썼다. 그리고 각 시의 끝에는 그 나라의 풍속을 간략하게 설명하고 있는데, 이는 시 내용을 풀이한 것이다.

【시 해설】　이 시의 해설은 먼저 이유원이 시 끝에 붙인 발문으로 제시한다. 시 내용은 발문을 압축한 것이고, 발문은 시 내용을 푼 것이다. 즉, '유구국은 동남쪽 바다 가운데 위치 해 있다. 처음에 세 왕이 있었는데, 모두 상(尙)으로 성씨를 삼았다. 그 풍속은 글을 숭상하고,

---

*　『해국도지(海國圖志)』: 청나라 위원(魏源)이 지은 책으로 총 100권이다. 역대의 사지(史志)와 명나라 이래의 도지(島志) 및 근역(近驛), 외양(外洋)에 관한 여러 기술들을 채집하여 만들었다.

기후는 항상 따뜻하여 곡식과 채소가 잘 자란다. 벼슬의 등급은 금비녀와 은비녀로 차등하였고, 누런 비단을 둥글게 접어서 관을 만들었으며, 헐렁한 옷에 큰 띠를 둘렀다. 부인들의 윗옷은 길어서 발을 덮었고, 민간의 여인들은 먹물로 손에 꽃과 새 모양을 새겼다.(國居東南海中. 初有三王, 皆以尙爲姓. 其俗尙文, 其候常溫, 穀蔬盛. 官級以金銀簪等差, 用黃綾絹摺圈爲冠, 寬衣大帶. 婦人衣長覆足, 民女以墨黥手, 爲花鳥形.)'

　　'처음에 세 왕이 있었다.'라는 것은 '삼산(三山)' 시대를 말하는 것이다. 유구국은 1429년 상파지(尙巴志, 1372~1439)에 의해서 통일되기 전, 산남·중산·산북으로 나누어진 삼산 시대였다. '민간의 여인들이 먹물로 손에 꽃과 새 모양을 새기는 것'은 '하지치(ハジチ, 針突)'라고 하는 문신 풍속을 말한다. '하지치'는 20세기 초반까지 오키나와 제도(諸島)에서 넓게 행해지던 여성들의 문신이다. 오키나와 본섬에서는 초경(初經)이 시작되는 13세부터 25세 전후에 '하지챠(ハジチャ-)'라고 부르는 여성 시술사에 의해 처음으로 시술을 받고, 서서히 문양을 확대해 나간다. 홀수 나이의 해에 길일을 택해서 하며, 가족과 친지 및 친구들이 모여서 축하하는 자리를 마련한다고 한다. 그 의미는 성녀의례(成女儀礼)이기도 하고, 자손 번영과 악귀를 물리치기 위함이다. 손가락이나 손의 등쪽에 시술을 한다. 1899년에 일본 정부가 금지령을 내렸는데, 소화시대(昭和時代, 1926~1988) 초기까지 몰래 행해졌다고 한다.

【시인 소개】　이유원(李裕元, 1814~1888): 자는 경춘(京春), 호는 귤산(橘山) 혹은 묵농(默農), 본관은 경주이다. 고종 초에 좌의정에 올

랐으나 흥선대원군과 반목하여 1865년에 수원 유수로 좌천되었다. 1873년 흥선대원군이 실각하자 영의정이 되었고, 영중추부사가 되었다. 1875년 주청사의 정사로 청나라에 가서 이홍장을 방문하여 회견하고 세자책봉을 공작하였다고 한다. 1880년 치사(致仕)*하여 봉조하(奉朝賀)**가 되었으나 1881년 이유원의 개화를 반대하는 유생 신섭(申檥)***의 강력한 상소로 거제도에 유배되었다가 곧 풀려났다. 1882년 전권대신으로 일본 변리공사 하나부사 요시모토(花房義質)****와 제물포조약에 조인하였다. 『임하필기(林下筆記)』, 『가오고략(嘉梧藁略)』, 『귤산문고(橘山文稿)』 등을 남겼다.

* 치사(致仕): 조선시대에 관리가 70세가 되면 벼슬을 사양하고 물러나던 제도이다. 당상관으로 치사한 경우, 예조에서 매달 고기와 술을 지급하였으며, 국가의 중대한 정치적 일로 인하여 치사하지 못하는 70세 이상 된 1품관에게는 안석과 지팡이를 하사하였다.

** 봉조하(奉朝賀): 조선시대에 전직 관원을 예우하여 종2품의 관원이 퇴직한 뒤에 특별히 내린 벼슬이다.

*** 신섭(申檥, ?~?): 생몰 연대는 미상이다. 그가 1881년에 올린 상소문은 강원도 유생 홍재학(洪在鶴), 충청도 유생 조계하(趙啓夏), 전라도 유생 고정주(高定柱)와 더불어 경기도 유생을 대표한 4도 유생 상소의 하나였다. 이들 상소문은 모두 위정척사사상을 바탕으로 왜양(倭洋)과의 수교 개화를 반대하고, 『조선책략』의 사학성(邪學性)을 지적 비판하고 도일한 김홍집과 개화 정책에 동조한 중신들을 배척하는 내용으로 되어 있었다. 그뿐만 아니라 『조선책략』을 일본에서 가져와 전국에 전파 시킨 장본인 김홍집에 대한 치죄를 강력히 주장하였고, 당시 개화를 주장하고 있던 중국의 이홍장과 접촉하여 밀함(密函)을 주고받은 이유원까지도 비판 대상으로 하였다.

**** 하나부사 요시모토(花房義質, 1842~1917): 조선조 말기 주한일본공사였다. 1872년 내한하여 교역 교섭에 종사하였다. 그해 임시 대리공사를 거쳐 1876년 대리공사에 임명되었으며, 1880년 변리공사가 되었다. 1882년 임오군란을 일으킨 조선 군인들이 일본공사관을 포위 공격하자, 인천으로 탈출하여 나가사키에 도착한 후, 이 사실을 일본 외무성에 보고하였다.

유구 태자의 시
琉球太子詩

이유원

요임금 말씀도 걸과 같은 사람은 깨우쳐 주기 어려우니
난리 통에 어느 겨를에 하늘에 호소할꼬.
세 착한 사람이 순장 당하니 그 누가 대신 죽겠는가
두 아들 배 타고 가다 죽으니 도적들 잔인하구나.
해골은 모래사장에 나뒹굴어 잡초와 엉키고
혼은 고국에 돌아가도 위로할 사람 없네.
죽서루 아래 도도히 흐르는 물
못다 푼 한을 띠고 만세 동안 오열하리.

堯語難明桀服身　　臨難何暇訴蒼旻
三良入穴人誰贖　　二子乘舟賊不仁
骨暴沙場纏有草　　魂飛故國弔無親
竹西樓下滔滔水　　應帶遺寃咽萬春

(『임하필기(林下筆記)』 권28)

【용어 해설】

- 걸(桀): 중국 하나라 마지막 왕. 포악하고 음란하기로 유명하며, 주
지육림(酒池肉林)의 당사자이다.

- 창민(蒼旻): 푸른 하늘.

- 삼량(三良): 자거씨(子車氏)의 세 아들. 춘추시대 진(秦)나라 목공(穆
公)이 죽으면서 자거씨의 세 아들을 같이 순장(殉葬)하라고 유언하
였으므로, 『시경』「진풍(秦風)」<황조(黃鳥)>에서 세 사람의 죽음을
슬퍼하여 '할 수 있다면 백 사람이 대신할 것'이라고 하였다.

- 이자(二子): 『시경』에 <이자승주장(二子乘舟章)>이 있다. 이는 위
(衛)나라 선공(宣公)의 두 아들이 배를 타고 가다가 도적에게 죽은
것을 슬퍼하여 지은 시이다. 모두 어진 사람이 졸지에 죽임당함을
비유하였다.

- 죽서루(竹西樓): 강원도 삼척에 있는 누각. 관동 팔경의 하나이다.
1275년(충렬왕 1)에 이승휴(李承休)가 창건하였다고 한다.

【작시 배경】　이 시는 이유원의 『임하필기』 제28권에 「유구 태자의
시」라고 소개되어 있다. 즉, 유구 태자가 쓴 시라는 것이다. 그리고
그 아래에 '외국 시로서 우리나라에 유입된 것이 거의 없는데, 이 시
는 사람들이 모두 외우고 있다. 『삼척읍지(三陟邑誌)』에 실려 있다.'
라고 부기하였다. 이는 이른바 '유구 왕세자가 조선에서 살해되었다.'
라는 설과 관련된 유구 왕세자의 시라는 것이다. 이 유구 왕세자 살
해 사건은 김려(金鑢)가 작성한 「유구왕세자외전(琉球王世子外傳)」에
의해 거의 정설로 받아들여지기도 하였다. 그러나 최근 연구에 의해

이 살해 사건의 당사자는 유구 왕세자가 아니라 베트남 왕자라는 것이 밝혀졌다.(홍진옥, 「'琉球 세자 살해설'과 김려의 <유구왕세자외전>」, 『대동한문학』 47, 2016.)

그렇다면 이 시는 베트남 왕자의 시이다. 그런데 유구와 관련된 시를 소개하고 있는 이 책에 게재하고 서술하는 것은 혹시 관련 논문을 보지 못한 사람들을 위함이고, 동시에 시 제목이 「유구 태자의 시」라고 하였기에 오해 없기를 바라며 굳이 게재하고 설명하였다.

【시 해설】 수련(1, 2구)의 내용은 아무리 좋은 요임금의 말씀이라도 포악한 걸과 같은 사람을 깨우치기 어려운데, 하물며 난리 통이니 화를 당해도 호소할 길이 없다는 안타까운 탄식이다. 함련(3, 4구)은 『시경』의 시 내용을 인용하여 아무 잘못 없이 졸지에 죽음을 당한 이들에 대해 슬퍼하며, 도적에 대한 분노를 표시하고 있다. 경련(5, 6구)에서는 죽은 신하와 아들의 시신이 수습되지 못한 모습과 설사 혼이 고국으로 돌아간다고 해도 위로할 가족이 없음을 안타까워하였다. 마지막 미련(7, 8구)은 작자의 풀지 못한 한이 죽서루 아래를 흐르는 물에 실려 만세 동안 오열하리라는 비통함을 담았다.

【시인 소개】 베트남 왕자라는 시인에 대해서는 정확하지 않고, 이유원에 대해서는 앞의 시에서 서술하였으므로 여기서는 생략한다.

들으니 유구왕이 일본 도쿄에
억류되어 있어 그의 신하가 상해에 가서
군사를 요청하느라 해를 넘기도록
돌아가지 못하고 있다 한다
聞琉球王在日本東京, 其臣赴滬乞師, 經年不返

김윤식

진나라를 믿다가 제나라와 우호 끊겨

나라 버리고 함양에 기탁 했네.

쇄미한 채 탄식한들 어이하리

유신만 공연히 스스로 상심할 뿐.

特秦絶齊好　　　　捐國寄咸陽

瑣尾嗟何及　　　　遺臣空自傷

(『운양속집(雲養續集)』 제1권 보유(補遺))

【용어 해설】

• 함양(咸陽): 중국 전국시대 진(秦)나라 도읍.

【작시 배경】　1879년 4월 4일 일본 메이지 정부에 의해 이른바 유
구처분(琉球處分)이 단행되면서 유구는 일본의 오키나와현이 되

었다. 이에 유구 제2상씨시대 19대 왕이자 마지막 왕인 상태(尙泰, 1843~1901)는 도쿄에 강제로 억류되었다가 1901년 도쿄 자택에서 타계한다.

유구는 1609년에 일본 사쓰마번(薩摩藩)의 침입으로 사실상 일본의 실효 지배를 받으면서 중국과 일본 양국에 조공하는 양속(兩屬) 관계에 있었으나 독립왕국의 면모는 유지하였다. 그러나 1879년 메이지 정부가 유구처분을 단행함으로써 왕국은 멸망하고 일본의 속현이 되었다. 일본이 유구를 속현으로 처리하게 되는 결정적 계기를 제공한 것은 '모란사 사건(牡丹社事件)'으로 '대만출병(臺灣出兵)' 혹은 '대만정벌'이라고도 부른다. 이 사건의 개요는 이렇다. 메이지 4년인 1871년. 미야코지마(宮古島)의 배 3척이 유구 왕성이 있던 수리에 공물을 수송하고 미야코지마로 돌아가던 도중 폭풍을 만나 대만 토착민이 사는 모란사(牧丹社)에 표착했는데 54명이 살해되고 12명이 도망쳐 살아 돌아왔다. 이 사건을 접한 메이지 정부는 이를 국가적 중대 문제로 여기고 1874년 4월, 5천여 명의 병력을 동원하여 대만의 번사(藩社) 18사(社)를 정벌하여 항복을 받고, 청국과 외교교섭을 통해 유구를 일본 영토로 공식 인정받았으며, 위자료 50만 엔을 받아냈다.[*] 이를 계기로 메이지 정부는 보다 적극적으로 유구처분에 착수한다.

이후 1875년 6월 메이지 정부는 내무대신 마츠다 미치유키(松田道之)를 유구 처분관으로 오키나와에 보냈고, 결국 1879년 유구처분을 단행하였다. 이런 난리 속에 유구왕 상태는 사실상 도쿄에 구금되

---

[*]　真栄田義見,『沖縄·世がわりの思想-人と学問の系譜-』, 第一敎育圖書, 1973, 292쪽.

었고, 유구 관료 가운데 이른바 친청파들은 유구 국왕의 밀명을 받고, 유구국의 존속을 호소하는 청원운동을 전개하기 위해 일본 관원의 눈을 피해 청국으로 탈출하였다. 그러나 청나라에서 진행한 구국운동은 그 어떤 효과도 발휘하지 못하고 유구국은 일본에 병탄되었다. 당시 청나라에서 구국운동을 하던 유구 관리 임세공(林世功)은 이에 항의하여 자결하였으며, 나머지 인사들도 이후 중국에서 객사했다.*

이 시는 김윤식이 이런 유구처분과 관련한 국제 정세를 듣고 읊은 것이다.

【시 해설】 1, 2구는 유구의 상황을 중국 전국시대의 상황으로 비유하고 있다. 전국시대는 전국칠웅(戰國七雄)으로 대표되는 제(齊)·연(燕)·조(趙)·한(韓)·위(魏)·진(秦)·초(楚)의 일곱 제후국들이 싸우기도 하고 연합하기도 하는 등, 복잡한 외교 관계를 맺으면서 생존을 위해 치열한 경쟁을 벌였던 시기이다. 그러나 그 주된 경쟁은 가장 부강해진 진나라와 나머지 육국(六國)의 대립 양상으로 펼쳐졌다. 그리고 이때 펼쳐진 대표적인 외교정책이 합종책과 연횡책이다.

합종책이란 진나라를 제외한 6국을 종(縱)으로 연합시켜 강대한 진나라와 대결하는 전략으로 6국의 입장에서 나온 전략이다. 합종책을 주장한 소진(蘇秦)이 6국을 연합시켜 진에 대항했을 때, 진나라는 15년 동안 함곡관 밖으로 나오지 못했다. 연횡책은 6국을 횡(橫)으로

---

* 이성혜, 「亡國과 絶命, 동아시아 지식인의 忠義의 일면-조선의 黃玹과 유구의 林世功을 중심으로-」, 『퇴계학논총』 제41집, 2023 참조.

연합한다는 뜻이다. 즉, 6국이 횡적으로 각각 진나라와 동맹을 맺자는 전략으로 진나라의 입장에서 나온 전략이다. 이 정책은 진나라가 동맹을 맺은 어느 한 나라와 연합하여 다른 나라를 공격하면 여섯 나라의 합종은 깨지고 만다. 장의(張儀)가 이끈 연횡책은 기원전 328년 위나라가 진나라와 동맹을 맺음으로써 시작되어, 기원전 311년 연나라가 진나라와 동맹을 맺음으로써 완성되었다. 장의의 연횡책이 소진의 합종책을 깨뜨리고 진나라가 전국시대를 통일하는 데 크게 기여하였다.

이런 연횡책으로 위의 시를 읽어보면, 1구는 진나라의 감언이설을 믿고 진나라와 동맹을 맺어 합종책이 와해되면서 결국 나라를 잃고 진나라 수도 함양에 의탁할 수밖에 없는 6국의 상황이다. 이를 다시 유구로 대입하면, 진나라는 일본이고, 제나라는 중국이라 볼 수 있다. 유구는 유구 처분되는 마지막 순간에도 일본이 자신들을 직접 지배하리라고는 생각하지 못했다.

즉, 일본 메이지 정부는 1868년 9월 8일 원호(元號)를 메이지라 개원하고, 11월 21일 유구에도 이것을 명달(命達)하였다. 이는 폐번치현(廢藩置縣, 1871년 8월 29일 단행)을 염두에 둔 메이지 정부가 유구 역시 일본 정부의 직할로써 국내로 취급한다는 것을 명시한 것이다. 그러나 유구에서는 이를 중국에는 중국연호를 사용하고, 일본에는 일본연호를 사용하던 양속시대의 연장으로, 단지 바뀐 연호를 알려준 것으로 해석할 뿐 일본의 속내를 정확히 간파하지 못하였다. 또한 1871년 7월경 일본 내지(內地)에 폐번치현의 움직임이 있을 때, 사쓰마의 유구관으로부터 내보(內報)가 있자, 유구의 관료들은 그에 대한 대처 방안을 논의했는데 요점은 지금과 같이 일본과 중국 양속제를 유지한다는 것이었다. 오히려 한발 더 나아가 오오시마(大島) 등 5개의 섬을 유구에 반환해줄 것을 실현시키고, 구왕국시대의 국세(國勢)를 만회할 좋은 기회라고 생각했던 이들도 있었다.[*] 그 외에도 당시 유구왕과 관료들이 국제 정세를 읽지 못한 상황은 여럿 있다. 그러다가 1879년 4월 4일 유구처분이 단행되면서 상태왕을 비롯한 유구 왕족들이 대거 동경으로 압송되었다.

1, 2구는 이런 국제 혹은 일본의 정세를 정확히 파악하지 못하고, 양속시대가 이어질 것으로 낙관하다가 오키나와현이 되고, 상태왕을 비롯한 유구 왕족들이 도쿄에 억류되었음을 말하고 있다. 3, 4구는 유구 유신(遺臣)들의 탄식과 상심이 이미 때가 늦었음을 말한다. 시의 행간에 흐르는 전체적인 어감은 유구왕과 관료들의 어리석음에 대한 질책이다. 왜냐하면 침략자 일본에 대한 비난이 없다. 특히 3구에서 쇄미한 채 탄식해도 소용없다는 말은 냉정한 이성과 판단력 부족을 탓하는 듯하다.

당시 유구는 이 시의 제목에도 나온 것처럼 중국의 힘을 빌려 상황을 되돌리고자 노력하였으나 청나라는 이미 유구를 포기했다고 할 수 있다. 그런데 문제는 김윤식이 이렇게 유구왕과 관료들의 어리석음을 질타하고 있으나, 조선 역시 멀지 않아 유구와 유사한 상황을 맞이하게 된다는 점이다. 조선이 유구의 일을 타산지석(他山之石)으로 삼지 못한 것인지, 잘 알고 있었지만 어쩔 수 없었는지 안타까울 뿐이다.

---

[*]   真栄田義見,『沖縄·世がわりの思想-人と学問の系譜-』, 第一教育圖書, 1973, 275쪽.

【시인 소개】　김윤식(金允植, 1835~1922): 자는 순경(洵卿), 호는 운양(雲養), 본관은 청풍이다. 유신환(兪莘煥)과 박규수에게 배웠다. 1865년(고종 2) 음직으로 벼슬에 올라 건침랑(健寢郎)[*]이 되었고, 1874년 문과에 급제한 뒤 황해도 암행어사·부응교·부교리·승지·순천 부사 등을 지냈다. 동도서기론(東道西器論)을 주장하였고, 서학을 수용하고자 하였다. 조선의 근대화 방법으로 무비강화(武備强化)를 주요 내용으로 하는 양무자강(洋務自强) 정책에 힘을 기울였으나 외세에 의존하여 수행하려 하였다는 점에서 한계가 있었다.

---

* 　건침랑(健寢郎): 정조와 그의 비 효의왕후 김씨의 능인 건릉(健陵)의 능참봉.

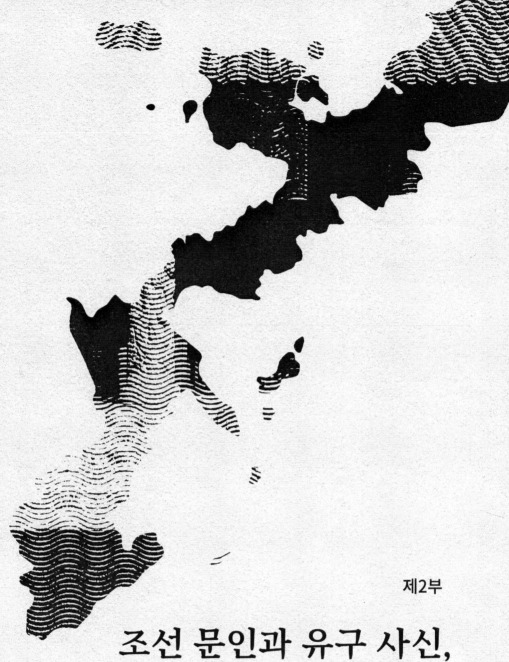

제2부

조선 문인과 유구 사신,
조선에서 만나다

이 장에서는 조선에 온 유구 사신과 조선 문인이 직접 수창했거나, 혹은 그 과정에서 창작된 서로에 대한 시를 게재하였다. 이들 시를 통해 조선에 온 유구 사신의 면면과 조선과 유구의 외교 모습을 일별할 수 있을 것이다. 또한 유구에 대해 조선 문인들이 가지고 있는 정보와 인식 역시 엿볼 수 있을 것이다.

　이 장에 게재된 시의 순서는 작시 배경을 통해 확인된 연도순으로 하되, 같은 연도의 경우에는 시인의 생년이 빠른 순서로 배치하였다. 이곳에는 이석형·신숙주·서거정·이승소·정수강·성현 6명의 조선 문인과 유구 사신 동자단과 경종의 시를 담았다. 시는 모두 17수이다. 이곳에 담은 시인과 시가 많지 않은 것은 조선과 유구의 직접 외교가 조선 중기까지만 이어졌기 때문이다. 즉, 선행 연구에서도 밝혀졌고, 이 책의 앞장에서도 서술하였듯이 조선과 유구의 직접 외교는 조선 전기까지만 이루어졌고, 중기 이후부터는 북경을 통한 우회 외교였다. 직접 외교관계에서도 대부분 유구 사신이 조선으로 왔고, 조선의 관료나 문인이 사신으로 유구에 간 경우는 거의 없다. 이런 저간의 사정이 이 장의 시인이나 시가 보다 풍부하지 못한 이유이기도 하다. 또한 여러 연구와 논의에서 거론된 바와 같이 유구 사신들의 작시(作詩) 능력이 그렇게 뛰어나지 못한 점도 본 장의 시가 많지 않은 이

유의 하나라고 생각된다. 물론 필자가 아직 찾지 못한 시가 있으리라는 점은 두말할 필요가 없다. 따라서 이 장에 게재된 시는 조선 중기 인물인 성현에서 그친다.

한편, 이 장에 담긴 시는 대부분 외교적 수사로 이루어져 있다. 이는 외교 현장에서 창작된 시이기 때문에 어쩔 수 없는 한계이기도 하다. 그렇지만 의미가 없는 것은 아니다. 이른바 외교시도 정밀하게 살피면 상대에 대한 묘사와 인식에서 차이를 볼 수 있다. 또한 외교시라고 해서 반드시 칭송 일변도로 묘사된 것도 아니다. 이들 시에는 당시 조선과 유구의 상황을 파악할 수 있는 역사성이 내재되어 있다. 특히 시의 특징인 정감(情感)과 서정(抒情) 속에서 양국 관계를 넌지시 읽어낼 수 있다는 점은 문학이 이룬 역사적 성과이며, 중요한 역사 자료이기도 하다.

유구국 사신인 스님을 보내면서 드림

贈送琉球國使僧

이석형

스님은 인도에서 와서

공물 바치고 대궐에 절했다네.

여구윤(閭丘胤)이 풍간선사(豐干禪師) 만난 날이요

계찰이 주나라에 들어간 때와 같다네.

세상에 지극히 현묘한 말 깨달았고

사람들은 절묘한 언어에 놀랐다네.

물결 보고 지혜의 바다를 알았고

안개 헤치고 선방의 나뭇가지를 받드네.

잠깐 만났는데도 뜻 맞아 기쁘니

돌아가는 배 누가 멀리까지 뒤쫓으랴.

흰 구름 원래 잡아둘 수 없으니

오가는 것 또한 기약이 없어라.

飛錫從天竺　　　輪琛拜玉墀

閭丘遇豐日　　　季札入周時

悟世窮玄語　　驚人絶妙詞

觀瀾知慧海　　披霧奉禪枝

傾蓋欣相契　　歸帆迥孰追

白雲元不著　　來往亦無期

(『저헌집(樗軒集)』권하)

【용어 해설】

- 비석(飛錫): 승려나 도사가 종교적으로 의미 있는 곳을 찾아 참배하기 위해 돌아다님.
- 옥지(玉墀): 옥돌을 갈아 만든 아름다운 섬돌로 대궐을 뜻함.
- 현어(玄語): 현묘한 말.
- 혜해(慧海): 지혜해(智慧海). 불교에서 부처의 깊은 지혜를 바다에 비유하여 이르는 말.
- 선지(禪枝): 선의 지혜를 나뭇가지에 비유한 말.
- 경개(傾蓋): 수레를 멈추고 일산(日傘)을 기울인다는 뜻. 우연히 길에서 만난 사람과 수레를 멈추고 덮개를 기울여 잠시 이야기한다는 뜻으로, 우연히 한 번 보고 서로 친해짐을 의미하는 말이다. 이는 『사기』권83「추양열전(鄒陽列傳)」에서 가져왔다. 즉, "속담에 흰머리가 되도록 사귀었는데도 처음 만난 사람과 같은가 하면, 수레를 서로 멈추고 처음 대했는데도 오래 사귄 사람과 같다는 말이 있는데, 이는 어째서인가. 제대로 알아주었느냐 그렇지 않느냐의 차이 때문이다.(諺曰: 有白頭如新, 傾蓋如故. 何則? 知與不知也.)"라고 하였다. 한편 당나라 저광희(儲光羲)는 시「이원삼습유적작(貽袁三拾遺

謫作)」에서 '낙수 가에서 처음 만나, 자연스레 마음으로 친해졌다
오.(傾蓋洛之濱, 依然心事親.)'라고 하였다.(『全唐詩』卷138「貽袁三拾
遺謫作」)

【작시 배경】　이 시는 제목 옆에 '정해년 8월(丁亥八月日)'이라고 적
어놓았으므로 1467년(세조 13) 8월에 창작된 것임을 알 수 있다. 이
때 온 유구 사신은 동조와 동혼이다. 그러나 제목에는 '유구국 사승'
이라고만 하고 특정 사신을 지목하지는 않았다. 그리고『조선왕조실
록』세조 13년(1467) 7월 13일에 '유구 국왕이 승려인 동조와 동혼 등
을 보내어 앵무새·큰 닭·호초·서각·서적·침향·천축주 등의 물건을 바
쳤다.'라고 기록하고 있다. 이 기록으로 보면 동조와 동혼 모두 승려
인 것으로 보인다. 다만 '깨달음을 얻으려고 인도로 가서'라고 한 1구
의 내용을 다시 고찰하면 동조와 동혼 모두 구도(求道)를 위해 인도까
지 갔던 것인지, 아니면 이 중 한 사람만 인도에 간 것인지는 알 수 없
다. 당시 조선에 온 유구 사신은 1467년 5월 14일에 조선에 와서 8월
에 떠났다.

【시 해설】　5언 배율로 지어진 이 시는 사신이 승려임을 감안하여
주로 그와 관련한 내용으로 채우고 있다. 1구에서 깨달음을 얻기 위
해 먼 인도로 간 것을 칭송하였고, 2구에서는 조선에 사신 왔음을 묘
사하였다. 3구의 여구윤(閭丘胤)은 당나라 사람으로 태주자사를 지냈
다. 풍간선사(豐干禪師)는 당나라 승려로 천태산(天台山) 국청사(國淸
寺)에 주석하였다. 그의 제자로 유명한 한산(寒山)과 습득(拾得)이 있
다. 풍간, 한산, 습득 세 사람의 시를 모은『삼은시집(三隱詩集)』이 있

는데, 여구윤이 그 서문을 썼다.

　4구에 나오는 계찰(季札)은 중국 춘추시대 오나라 왕 수몽(壽夢)의 막내 아들이다. 오왕 수몽이 형제 중에서 가장 뛰어난 계찰을 후계자로 삼으려 했으나 계찰은 사양하였다. 이에 큰아들 제번(諸樊)이 왕위에 올라 통치하다가 부친의 뜻에 따라 계찰에게 왕위를 양보하려 했으나 계찰은 또 사양하였다. 제번이 죽고 둘째 형 여제(餘祭)가 왕위에 올랐고, 여제가 죽은 뒤 셋째 이매(夷昧)가 왕위에 올랐다. 이매가 죽자 다시 계찰에게 왕위를 주려고 했으나 그는 몸을 피하고 받지 않았다. 이에 이매의 아들 요(僚)가 왕위에 올랐다. 계찰의 신의를 잘 보여주는 일화가 있다. 그가 서(徐)나라를 지날 때, 서나라 임금이 그의 패검(佩刀)을 마음에 들어 하는 것을 알고 돌아가는 길에 주겠다고 하였다. 그러나 그가 패검을 주고자 했을 때, 서나라 왕은 이미 타계하였다. 생전에 약속을 이루지 못한 그는 서나라 왕의 무덤을 찾아가 옆의 나무에 칼을 걸어놓고 돌아왔다. 이 일화는 '계찰괘검(季札掛劍)'으로 전한다.

　4구에 계찰을 가져온 것은 3구의 여구윤과 대구를 맞추면서 신의를 강조하기 위한 장치이다. 5-8구의 내용 역시 승려인 사승에 대한 의례적인 칭송이다. 9-10구의 내용은 사승과의 친분을 강조하면서 시인 이석형의 마음을 드러냈고, 마지막 두 구절은 기약 없는 만남을 아쉬워하면서 담담하게 읊고 있다.

【시인 소개】　이석형(李石亨, 1415~1477): 자는 백옥(伯玉), 호는 저헌(樗軒), 시호는 문강(文康)이며, 본관은 연안이다. 1441년 과거에 급제하여 사간원 정언에 제수되었고, 다음 해 집현전 부교리에 임명되

어 14년 동안 집현전 학사로 재임하였다. 1460년 세조의 특명으로 황해도 관찰사가 되어 왕의 서쪽 지방 순행을 도왔다. 1466년 판한성 부사로 팔도 도체찰사를 겸해 호패법을 정리하였다. 1471년에는 좌 리공신 4등에 책록되고, 연성부원군에 봉해졌다. 저서에『대학연의 집략(大學衍義輯略)』과『저헌집(樗軒集)』이 있다.

유구국 사신인 스님을 보내는 시권에 씀

題琉球國使僧送行詩卷

신숙주

유구국은 남쪽 바다 가운데 있으나
동방에 성인이 났음을 벌써 알고 있다네.
해마다 바다 건너서 정성을 보내주니
곧바로 큰 파도 건너니 이웃 같네.
사신인 스님이 부절 들고 임금께 절하니
앵무는 재잘대고 공작은 순하네.
우리 임금 사신의 뜻 소중히 여겨
총애하고 우대하는 영광을 특별히 했네.
대궐에선 잔치 열어 천제의 음악 울리고
태관은 끊임없이 맛있는 음식 차려내네.
신주 연사 마음대로 다니며 구경하니
눈부신 단청이 서로 빛을 비추네.
상서롭고 기이한 일 실컷 보고 듣고서
붓 잡고 지난 자취 기록하니 시는 맑고 새롭네.
가을바람 시원하니 돌아갈 생각나는데

밝은 둥근달 가을하늘에 떴네.
왕의 은혜 가득 싣고 돌아가는 외로운 배
귀국길엔 섬들이 별처럼 펼쳐 있네.
섬 위로 붉은 불꽃 밝은 해 떠오르고
곳곳에 도깨비불 험준한 산을 불태우듯 하네.
바라보니 맑은 물결 바다엔 파도 없어
사승 보내는 만 리 길 무사히 가겠네.
사승은 돌아가거든 응당 낱낱이 임금께 보고하여
우호를 영원히 돈독하게 천년토록 기약하소.

琉球有國南溟中	已識東方生聖人
頻年航海來送款	徑渡鯨波如比隣
上人杖節拜王庭	鸚鵡喃喃孔雀馴
聖主珍重遠人意	寵待光榮離等倫
禁中錫宴聞鈞天	太官聯絡送八珍
神州蓮社恣遊觀	閃眼金碧相輝陳
殊禎奇事飽見聞	操觚記跡詩清新
西風颯爾動歸思	明月一輪懸秋旻
滿載聖恩回孤帆	歸途島嶼羅星辰
島上赤焰白日起	處處陰火燒嶙峋
今見河清海不波	送師萬里無逡巡
師應歷歷歸告君	隣好永敦期千春

(『보한재집(保閑齋集)』 권11)

【용어 해설】

• 금중(禁中): 대궐의 안.

• 석연(錫宴): 임금이 신하들에게 베푸는 잔치.

• 균천(鈞天): 하늘을 아홉 방위로 나눈 구천(九天)의 하나로 하늘의 중앙이며, 상제궁(上帝宮)을 가리킨다.

• 태관(太官): 왕의 음식을 맡은 요리사.

• 연사(蓮社): 서방 왕생의 정토 신앙을 내용으로 하는 염불 수행 단체. 백련사(白蓮社).

• 유관(遊觀): 사신이 서울에 머무는 동안에 경치 좋은 곳을 구경시켜 주며 주악(奏樂)과 잔치를 베풀어 주는 것.

• 조고(操觚): 집필의 뜻으로 집간(執簡)과 같다. 서진(西晉)의 시인 육기(陸機)의 「문부(文賦)」에 '생각이 즐거움에 이르면 반드시 웃고, 바야흐로 슬픔을 말하면 이미 탄식하니, 혹 목간을 잡아 대강 글씨를 쓰기도 하고, 혹 붓을 잡았으나 생각은 아득하다.(思涉樂其必笑, 方言哀而己嘆. 或操觚以率爾, 或含毫而邈然.)'라고 하였다. 그 주석에 '고(觚)는 네모난 나무인데, 옛사람이 사용하여 글을 썼다.'라고 하였다.

• 추민(秋旻): 민(旻)은 가을의 맑고 밝은 하늘을 뜻한다.

• 음화(陰火): 도깨비불. 인(燐)이나 소금기의 작용으로 어두운 밤에 무덤이나 축축한 땅, 고목, 낡고 오래된 집 등지에서 일어나는 푸르스름한 빛이다.

【작시 배경】 이 시는 제목에 드러난 것처럼 조선에 왔던 유구 사신

이 임무를 마치고 돌아가게 되자 전별의 의미로 지은 것이다. 이 유구 사신은 앞의 시와 마찬가지로 1467년(세조 13)에 온 동조와 동혼 일행으로 보인다. 왜냐하면 6구에 앵무와 공작이 나오기 때문이다. 이때 온 유구 사신이 앵무새와 공작새를 가져왔다. 이에 대해서는 앞의 장, 「앵무」(김종직)에서 자세히 서술하였으므로 여기서는 생략한다.

【시 해설】　7언 고시로 서술하듯이 길게 노래하였다. 1구에서 유구의 지리적 위치를 말하면서 바다 한가운데 멀리 떨어져 있는 유구가 조선에 성인이 났음을 알고 있다며 조선을 치켜세웠다. 3, 4구에서는 해마다 사절을 보내온 유구로 인해 두 나라가 나란한 이웃처럼 교류할 수 있다고 감사의 마음을 전한다. 5구는 유구 사신이 조선에 와서 조선 국왕인 세조에게 절하는 모습이고, 6구의 앵무새와 공작새는 당시 유구 사신이 가져온 물건이다. 이 앵무와 공작이 조선에 오게된 연유에 대해서는 앞의 장에서 서술하였다. 7, 8구는 유구왕을 대신하는 사신의 뜻을 소중히 여기며, 총애와 우대를 다른 사람보다 다르게 특별히 대접함이다.

9, 10구는 유구 사신을 위한 연회가 벌어진 모습이며, 11, 12구는 유구 사신들이 조선을 돌아보는 모습이다. 13, 14구는 시를 짓는 사신의 모습이다. 그런 중에 어느덧 시간이 흘러 가을이 되자(15, 16구) 유구 사신들이 돌아갈 때가 되었음을 말한다. 17구에서 20구는 귀국하는 유구 사신들과 바다의 모습이다. 21구는 화자가 포구에서 떠나는 유구 사신들을 바라보고 있다. 바다에 파도가 없으니 유구 사신들이 무사히 돌아가겠다고 안심한다. 그리고 마지막 두 구절에서는 유구왕에게 조선에서의 성과를 잘 이야기하여 두 나라의 우호를 영원

히 돈독하게 이어가자는 바람을 담았다.

【시인 소개】 신숙주(申叔舟, 1417~1475): 자는 범옹(泛翁), 호는 보한재(保閑齋), 본관은 고령이다. 1442년(세종 24) 서장관으로 일본에 다녀왔다.『훈민정음』을 창제할 때, 왕명으로 유배 중이던 명나라 한림학사 황찬(黃瓚)의 도움을 얻으러 요동을 13차례나 내왕하였다. 1452년(문종 2) 수양대군이 사은사로 명나라에 갈 때 서장관으로 동행하였다. 이때부터 수양대군과 특별한 유대가 맺어졌다고 한다. 수양대군이 계유정난을 일으켰을 때는 외직에 나가 있었으나 수충협책 정난공신 2등에 책훈되고, 곧 도승지에 올랐다. 성종 때,『국조오례의(國朝五禮儀)』를 완성했고,『해동제국기(海東諸國記)』를 지어 일본과의 교빙(交聘)에 도움이 되도록 하였다.

동자단의 시
東自端詩

유구 사신 동자단

동자단이 시의 서문에서 이렇게 말했다. "나의 품성이 비록 우둔하지만 외람되게도 유구국 전하의 사신으로 임명을 받고 두 차례 상국을 찾아와 뵈었는데, 조정의 성대한 일들을 모두 둘러보니 비록 중국의 하은주 3대와 겨루어도 부끄러울 것이 없습니다. 어제 겸판서 신공[신숙주] 각하를 모시었는데 각하의 훌륭한 명성은 본래 일본과 유구에 넘쳐났지만, 어제 존귀한 얼굴을 뵈니 실로 인물 중에 으뜸이었고 문장을 관장하는 능력이 있었습니다. 그러므로 상국이 천하에 소중히 여김은 바로 각하 한 사람의 능력 때문입니다. 이에 대롱으로 하늘을 보는 좁은 견문에 보잘것없는 글 한 편을 엮어 그 명성과 덕과 재주와 능력에 만분의 일이나마 받들어 펴노니 바라건대 한번 빙그레 웃기를 바랍니다."

(東自端詩敍曰, 余稟性雖魯鈍, 猥唧瑠球國殿下使者命, 而再謁于上國, 凡見朝廷盛事, 雖比三代, 蔑以慙焉. 昨日, 辱陪于兼判書申公閤下, 閤下美名, 素溢扶桑及球陽, 昨奉見尊容, 寔是人物領首, 而文章司命也. 能使上國重於九鼎, 盖閤下一人力也. 於是, 以管見綴卑辭一章, 聊奉伸厥名德才力

萬一云, 伏丐莞爾. 申叔舟,「次瑠球國使東自端詩. 幷小序」,『保閑齋集』卷
九.)

한 번 보기를 바라다가 소원대로 공을 뵈니
당당한 의표는 평소 들은 것과 같네.
국정을 다스리는 훌륭한 인물 얻었으니
물살 돌리는 지주처럼 큰 공훈 세울 것이네.
날아오르는 명성은 봉새처럼 높이 올라가고
향기로운 덕의 향기는 난초처럼 더욱더 퍼지리라.
왕실의 영화는 어진 이가 보좌하는 능력에 있으니
뒤엉켜 서린 상서로운 기운이 구중궁궐의 구름 같네.

識荊遂願見申君　　儀表堂堂愜素聞
調鼎鹽梅得良手　　回瀾砥柱立鴻勳
飛騰名舐鵬高擧　　芬馥德香蘭更薰
王室猶榮賢佐力　　輪囷凝瑞九重雲

【용어 해설】

• 식형(識荊): 훌륭한 사람과 사귀고 싶다는 의미. 당나라 때 형주자
사를 지낸 한조종(韓朝宗)의 고사에서 유래한다. 당나라 시인 이백
의 「여한형주서(與韓荊州書)」에 '천하 선비들 모여 말하기를, 살아
서 만호후에 봉해지는 것보다 단지 한 번 한형주가 알아주기를 바

라네.'*라고 하였다. 당시 한조종은 명성이 매우 높아서 모든 사람이 사모하고 만나 보기를 원했다.

• 염매(鹽梅): 나라의 어진 재상을 비유한 말. 상(商)나라 왕이 부열(傅說)에게 한 말을 가져왔다. 『서경(書經)』「열명(說命) 하」에 상나라 고종이 부열에게 다음과 같이 말했다. "내가 술이나 단술을 빚으려고 할 때, 그대가 누룩과 엿기름이 되어 주고, 내가 국을 끓이려고 할 때, 그대가 소금과 매실이 되어 주오."**

• 지주(砥柱): 중국 황하 삼문협(三門峽)에 있는 돌기둥인데, 위가 판판해 숫돌 같다고 해서 '지(砥)'를 붙였다. 지주비(砥柱碑), 지주중류(砥柱中流) 등으로 표현된다. 이 지주는 홍수가 아무리 범람하여도 꼼짝도 하지 않기 때문에 역경에도 흔들리지 않고 의연하게 의리와 기개를 지키는 선비를 비유하는 말로 자주 사용된다.

• 윤균(輪囷): 구불구불 서려 있는 모양.

【작시 배경】　1471년(성종 2)에 유구 사신으로 조선에 왔던 동자단이 성종이 대궐에서 베푼 연회가 끝난 다음 날 신숙주에게 지어 보낸 시와 서문이다. 동자단은 이 시를 지어 주고 신숙주에게 답시를 요구하여 받았다. 당시 유구 사신은 1471년 11월 2일에 조선에 들어와 조회하고, 12월 13일에 하직 인사를 하고 떠났다.

【시 해설】　동자단은 평성 문(文) 운(韻)으로 군(君)·문(聞)·훈(勳)·

---

* 　"白聞天下談士相聚而言曰, 生不用封萬戶侯, 但願一識韓荊州." (『古文觀止』권 7「六朝唐文」.)

** 　"若作酒醴, 爾惟麴蘗, 若作和羹, 爾惟鹽梅." (『書經』「說命」下.)

훈(薰)·운(雲) 자를 운자로 하여 신숙주의 풍모와 덕 및 관료로서의 능력을 칭송하였다. 수련(1, 2구)에서 신숙주를 본 첫인상을 언급하고, 함련(3, 4구)에서는 신숙주의 능력과 공력을 묘사하였다. 그리고 경련(5, 6구)에서는 신숙주의 명망과 인품을 노래하고, 미련(7, 8구)에서는 이런 어진 신하가 있으므로 조선 왕실에 좋은 기운이 서려 있다는 덕담으로 마무리하였다. 특히 '식형(識荊)', '염매(鹽梅)', '지주(砥柱)' 등의 용어로 신숙주의 재상으로서의 능력과 인품 및 임금의 신임까지 칭송하고 있다. 이에 대해 신숙주는 '감당할 수 없다'라고 겸사하였다. 신숙주의 답시를 이어서 제시한다.

【시인 소개】　동자단(東自端)에 대해서는 세조 13년(1467)과 성종 2년(1471)에 유구 사신으로 조선에 왔다는 『조선왕조실록』의 기록 외에는 찾을 수가 없다. 유구 쪽 문헌에서도 아직 찾지 못하여 더 이상의 정보를 알 수가 없다.

유구국 사신 동자단 시에 차운하고 아울러 짧은 서문을 붙임

次琉球國使東自端詩 幷小序

신숙주

　　자단 스님은 일본 승려 중에 뛰어난 사람이다. 일찍이 참방(參訪)을 하기 위해 유구에 갔는데, 유구 국왕이 우리 혜장왕[세조]을 사모하여 막 사신을 보내려고 하다가, 자단 스님의 현명함을 알고 마침내 국서를 주어 보냈으니, 성화 정해년(1467년) 가을이었다. 그때 우리 혜장왕께서는 국내 정치가 이미 융성하게 되자 원대한 계획을 넓히려고 특별한 예로 대우하였다. 그런데 지금 또 자단 스님이 새로 등극한 유구왕의 명을 받들고 선왕[세조]에게 드릴 향과 폐백을 가지고 와서 바쳤다. 우리 전하께서는 온 나라의 신민들과 함께 선왕을 슬피 사모하고 자단 스님을 정중히 대접하였다. 가만히 살펴보건대 해동의 여러 나라에서는 사신을 보낼 적에 반드시 승려들에게 명하여 보낸다. 나는 오래도록 예관을 맡았기에 날마다 스님을 대하였다. 또 일찍이 일본에 가서 그 나라 사람들을 많이 만나 보았지만, 자단 스님처럼 훌륭한 사람은 없었다. 자단 스님은 대궐 아래에서 명을 받고 물러나 예조의 연회에 참석하였기에 그와 조용히 하룻밤을 함께 보냈다. 연회가 끝난 다음 날 스님이 칠언 근체시 1편을 나에게 주었는데, 담긴 뜻이 너무 높아 내가 감당할 수는 없으나 시는 참으로 잘 지었다. 나는 그 시를 받아 보배처럼 간직하였는데, 떠나는 날이 되자 자기 시에 화답을 요구하며, 작별할 때 시를 지어 주던 옛사람들의 풍류를 희망하였다. 나는 단지 스님의 고상한 풍모를 좋아하여 사양하지 않고 거친 글귀를 운자에 따라 엮어 회포를 담아 전별하는 노자로 삼으라고 하였다.

(自端上人, 日本禪林之秀也. 曾因參訪至瑠球, 瑠球國王慕我惠莊王, 方欲來聘. 知上人之賢, 遂授書以送. 時成化丁亥之秋也. 我惠莊王內治旣隆, 圖恢遠略, 待以殊禮, 上人今又承瑠球新王之命, 來進香幣於先王. 我殿下與一國臣民, 悲慕先王而重上人. 竊觀海東諸國, 凡於信禮, 必命緇流, 僕久典禮官, 日與相接, 且嘗東遊日本, 閱其人多矣. 未有如上人者. 上人拜命闕下, 退宴于禮曹, 得與從容一夕. 旣宴之翼日, 以七言近體詩一篇見贈, 雖其屬意太高, 所不敢當, 詩則實佳作也. 受而珍之, 及餞別之日, 乃徵賡韻. 臨別贈言, 敢希古人, 但愛上人之高雅, 不爲之辭, 謹綴荒句, 步韻敍懷, 以爲贐云." 申叔舟, 「次瑠球國使東自端詩. 幷小序」, 『保閑齋集』卷九.)

세상에 없어도 우리 임금 사모하니
성덕과 공렬이 응당 해외까지 소문났네.
우리 임금 화합은 순임금의 덕에 올랐고
사방을 광명케 함은 요임금의 공훈에 이르렀네.
형산의 신정은 천년에 남은 한이요
유구의 좋은 향을 한 오라기 사르네.
머리 흰 늙은 신하 되레 죽지 못하고서

능침 바라보니 시름겨운 구름만 어둡네.

東方沒世慕吾君　聖烈應從海外聞
協我重華升舜德　光于四表放堯勳
荊山神鼎千年恨　蓬島仙香一炷薰
白首老臣猶未死　玄宮望斷暗愁雲

【용어 해설】

• 참방(參訪): 승려가 여러 곳을 돌아다니면서 도를 구하고 수행하는 일.

• 중화(重華): 순임금의 이름.

• 형산신정(荊山神鼎): 왕의 죽음을 뜻함. 전설상의 제왕인 황제(黃帝)가 수산(首山)의 구리를 캐어서 형산 아래에서 솥[鼎]을 주조하여 완성하자 하늘에서 용이 수염을 드리우고 내려와 황제를 태우고 승천하였고, 따라서 이곳의 지명을 정호(鼎湖)라 부르게 되었다고 한다. 황제가 승천할 때 신하들과 후궁 70여 명이 함께 따라 올라갔고, 나머지 작은 신하들은 용의 수염을 잡고 따라 올라갔는데, 수염이 뽑히면서 황제의 활과 함께 땅에 떨어지고 말아 활과 수염을 잡고서 하늘을 우러러 울부짖었다고 한다.(『史記』권28「封禪書」) 또 일설에는 이때 주조한 보정(寶鼎)에 단사(丹砂)를 제조하여 복용한 후, 신선이 되었다고 한다.

• 현궁(玄宮): 제왕의 능침을 일컫는 말.

【시 해설】　　신숙주가 동자단 시에 차운한 2수의 시 가운데 첫 번

째 시이다. 수련(1, 2구)에서 세조의 성덕과 공렬이 유구까지 알려졌다고 칭송하고 있다. 함련(3, 4구)에서 조선 임금의 덕과 공훈을 칭송하고 있는데, 이때 조선왕 역시 세조를 일컫는 것으로 보아야 할 것이다. 순임금의 덕과 요임금의 공을 끌어온 것은 좀 심하다는 생각도 들지만, 유구에 대한 외교적 입지를 확실히 심어주려는 의도된 과장으로 보인다. 경련(5, 6구)에서 세조의 죽음을 한스러워하며, 유구 사신이 가져온 향을 사른다. 미련(7, 8구)은 시인인 신숙주가 늙은 신하로서 먼저 죽지 못하고, 왕의 죽음을 슬퍼해야 하는 심정을 드러내었다.

승려 중에 빼어난 이는 오직 그대뿐
예의 돈독하고 시도 능하다고 많이 들었네.
만 리 먼 길 국서 들고 신의를 전하러
해마다 바다 건너니 공훈록에 이름 올랐네.
다행히 주량 커서 술잔 재촉하는 것 같고
더욱이 회포가 크고 취미가 향기로운 것 기쁘네.
지금 이별하면 어느 때 다시 손을 잡을까
넓고 넓은 큰 파도에 구름 겹겹이 쌓였으니.

禪林挺幹獨惟君　　敦禮能詩衆所聞
萬里函書傳信義　　頻年航海策名勳
幸同偉量杯盤促　　更喜高懷臭味薰
一別何時還把手　　洪濤浩浩隔重雲

【용어 해설】

- 선림(禪林): 선종(禪宗)의 사원.
- 책명(策名): 『좌전(左傳)』에 나오는 말로 신하 된 자를 기록한 간책(簡策)에 이름을 기재한다는 뜻이다.

【시 해설】　신숙주는 이 두 번째 시에서 동자단을 칭송하였다. 수련(1, 2구)에서 동자단의 문학 실력을 칭송하였고, 함련(3, 4구)에서는 사신으로 두 번이나 조선에 온 공을 높였다. 경련(5, 6구)에서는 두 사람이 술로써 교유하는 모습을 묘사했고, 미련(7, 8구)에서는 이별을 아쉬워하고 있다. 특히 조선과 유구, 두 나라 사이에는 험한 바다가 가로 놓여 있기 때문에 '지금 이별하면 어느 때 다시 손을 잡을까'라는 말은 상투적인 표현이라고 하기 어렵다. 그뿐만 아니라 신숙주는 이미 '머리 흰 늙은이'였다.

【작시 배경】　이 두 수의 시는 신숙주의 서문에서도 확인할 수 있는 것처럼 1471년(성종 2)에 유구 사신으로 왔던 동자단이 신숙주에게 시를 지어 주고 답시를 요구하였으므로 신숙주가 동자단에게 답한 시이다. 당시 유구 사신은 1471년 11월 2일에 조선에 들어와 조회하고, 12월 13일에 하직 인사를 하고 떠났다.

【시인 소개】　신숙주에 대해서는 앞에서 서술하였으므로 여기서는 생략한다.

유구국 사신 동조상인을 보내다
送琉球國使同照上人

서거정

가을바람 높이 불자 건장하게 펼친 돛
알고 보니 유구국 사자가 돌아가는 길이라네.
해는 동해에서 나와 고비사막 발해를 다 밝히고
하늘은 오수에 닿아 봉래산을 보호하네.
말 타듯 편안히 뱃전 기대는 걸 잘 알기에
바다를 술잔처럼 여겨 무난하게 건너가겠지.
돌아가거든 만 리 천지를 유람한 눈으로
창 앞의 매화나무를 대하여 읊조리겠지.

秋風百丈健帆開　　知是球陽使者回
日出鯨濤明瀚渤　　天低鼇岫護蓬萊
慣識倚舷平似馬　　等閑渡海小於杯
歸來萬里乾坤眼　　唫對窓前一樹梅

(『사가집(四佳集)』 제14권)

【용어 해설】

- 구양(球陽): 여기서는 유구를 지칭한다. 한편 유구의 역사서인『구양(球陽)』이 있다.『구양』은 1743년부터 1745년에 걸쳐 편찬된 유구 왕국의 정사(正史)이다. 본권정권(本卷正卷) 22권·동부권(同付卷) 4권·외권정권(外卷正卷) 3권·동부권(同付卷) 1권으로 구성되었으며, 한문으로 썼다.『구양』이라는 책명은 유구처분 이후에 넓게 퍼진 것이고, 원명은『구양회기(球陽會記)』이다. 외권은『유로설전(遺老説傳)』이라고도 부르며 별도의 문헌으로 취급하기도 한다.

- 경도(鯨濤): '고래처럼 커다란 물결'이라는 뜻으로 바다에서 이는 큰 파도를 비유적으로 이르는 말이다. 여기서는 해가 뜨는 동해 바다를 비유한 것으로 보인다.

- 한발(瀚渤): '한(瀚)'은 '한해(瀚海)'를 말하는 것이고, '한해'는 고비 사막의 옛 이름이다.

- 오수(鼇岫): 큰 자라가 이고 있다는 신산(神山)을 가리킨다.

- 봉래(蓬萊): 봉래는 신산(神山)의 하나인데, 여기서는 유구를 가리킨다. 발해의 동쪽에 대여(岱輿)·원교(員嶠)·방호(方壺)·영주(瀛州)·봉래(蓬萊) 다섯 신산이 있는데, 이 산들이 조수(潮水)에 표류하지 않도록 천제(天帝)의 명에 따라 금빛자라[金鼇] 15마리가 이 산들을 머리에 이고 있다는 고사에서 온 말이다.

【시 해설】　수련(1, 2구)은 음력 5월에 왔던 유구 사신들이 한 달 반 정도 머물고 가을에 돌아감을 알리고 있다. 경련(3, 4구)은 바닷길에 익숙한 유구 사신들을 육지에서 말을 타는 것으로 비유하고 있다.

그러므로 바다를 술잔처럼 가볍게 또한 무사히 귀국하리라는 바람이 담겨 있다. 그렇게 편안히 귀국한 뒤에, 창 앞의 매화나무를 감상하면서 시를 지으라는 것이다.

미련(5, 6구)에서 매화를 등장시킨 것은 유구 사신들이 돌아가면 겨울일 것이고, 따라서 동지섣달에 가장 먼저 꽃을 피워 봄을 알리는 매화가 필 것이기 때문이다. 유구[오키나와]는 아열대 지역이므로 조선[한국]과 같은 동지섣달은 없다. 그러나 1월 초순은 가장 추운 시기로 14도 내외의 기온을 나타내는데 이때 매화가 핀다고 한다. '만 리 천지'는 조선으로 보아야 할 것이다. 이 시에는 특별한 외교적 언급 없이 유구 사신들이 험한 바닷길을 무사히 돌아가기를 바라고 있다.

【작시 배경】   세조 13년인 1467년에 유구 국왕이 승려인 동조(同照)와 동혼(東渾)을 보내어 앵무새·큰 닭·호초·서각·서적·침향·천축주 등의 물건을 바쳤다. 당시 유구 사신이 가져온 앵무새는 세조 7년에 왔던 유구 사신 보수고(普須古)와 채경(蔡璟)에게 세조가 부탁했던 물건이다. 곧, 세조 7년인 1461년 연말에 유구 국왕이 사신 보수고와 채경을 보내 8명의 조선인 표류민을 송환하였다. 이때 유구에서는 신축한 천계사(天界寺)에 소장하여 나라의 안녕을 기원하려고 한다면서 『대장경』을 요청하였다. 조선에서는 이 요구에 응해 『대장경』을 보내주면서 다음에 올 때는 ①중국에서 해외로 유실한 책을 찾아 달라는 것과 ②앵무새와 공작새를 보내달라고 요청하였다. 유구는 조선의 요청을 받아들여 앵무새와 공작새 그리고 중국에서 유실한 『사찬록(史纂錄)』·『임간어록(林間語錄)』·『나선생문집(羅先生文集)』을 보내

왔다. 이 시는 이때 온 유구 사신들이 돌아갈 때, 서거정이 동조 상인
에게 준 시이다.

유구국 부사 동조상인을 보내다
送琉球國副使東照上人

서거정

유구국의 사자는 본디 일본 스님인데
문채가 산호 가지에 광휘를 발하네.
작년 유구국 어귀에서 배를 띄울 땐
강가의 꽃잎이 비처럼 날렸지.
올해 한강 언덕에 닻줄을 매고 나니
한강은 포돗빛 푸른 물결이 넘실대네.
농서의 앵무는 새장에 넣어 가져왔고
강남의 좋은 술은 호박잔에 농후하네.
머리 조아려 절하고 황금전에 올리니
황금전 앞, 주연을 재촉하시네.
백 년의 문물 전성기를 만나
사해가 한집 되어 봄의 화기 함께했네.
스님의 전대는 예전에 없던 재능이니
구주 밖이라고 어찌 인재 없을까.
쌀쌀한 가을바람에 떠날 배를 손질하니

여구곡 한 가락에 아득한 시름 일어나네.

강루에서 두 항아리 술 다 기울이고

돛 펼친 배 두 척 가는 것을 끝까지 바라보네.

봉래는 맑고 얕지만 약수는 깊으니

하늘 끝, 남과 북에서 그리워만 하네.

球陽使者日本師	文彩照輝珊瑚枝
去年發棹球陽口	江樹江花飛作雨
今年維舟漢水皐	漢水綠漲金葡萄
隴西鸚鵡出雕籠	江南美酒琥珀濃
稽首拜獻黃金殿	黃金殿前催賜宴
百年文物全盛時	四海一家同春熙
師乎專對古無倫	九州之外豈無人
秋風策策理歸舟	驪駒一曲生遠愁
酒盡江樓雙玉缸	目斷牙檣飛鷁雙
蓬萊淸淺弱水深	天涯南北相思心

(『사가집(四佳集)』제14권)

【용어 해설】

· 구양(球陽): 앞에 나왔음.

· 농서(隴西): 중국 감숙성에 있는 현으로 농산(隴山) 서쪽 지역을 두루 칭하는 말이며, 황하 동쪽 지역에 해당한다. 농산은 앵무새의 원서식지로 일컬어진다.

- 구주(九州): ①조선을 가리킴. 통일 신라 시대에 전국을 9개 주로 나눈 것에서 가져온 비유적인 말. ②중국을 가리킴. 중국 고대에 전국을 9개의 주로 나눈 것에서 가져온 말.
- 봉래(蓬萊): 봉래산. 영주산(瀛州山)·방장산(方丈山)과 함께 중국 전설상에 나오는 삼신산(三神山)의 하나. 이 산에는 신선이 살며 불사의 영약이 있고, 이곳에 사는 짐승은 모두 빛깔이 희며, 금은으로 지은 궁전이 있다고 한다.
- 약수(弱水): 신선이 살았다는 전설이 있는 강으로 중국 서부에 있다고 한다. 강의 길이가 삼천 리나 되며, 부력이 매우 약하여 기러기의 털도 가라앉는다고 한다.
- 여구(驪駒): 『일시(逸詩)』*의 편명으로 송별할 때에 부르는 노래이다. 그 가사는 다음과 같다. '검은 망아지가 문에 있으니, 마부가 다 함께 있도다. 검은 망아지가 길에 있으니, 마부가 멍에를 다스리도다(驪駒在門 僕夫具存 驪駒在路 僕夫整駕).'

【시 해설】　2구의 '문채가 산호 가지에 광휘를 발하네.'라는 내용은 당나라 시인 두보의 시 「유인(幽人)」에서 차용한 것이다. 두보는 「유인」에서 '우뚝하게 떠오른 동방의 태양, 산호 가지에 광휘를 발한다(崔嵬扶桑日 照曜珊瑚枝).'라고 노래하였다. 서거정은 이를 차용하여 유구 사신 동혼의 문학 실력이 높음을 말하고 있다. 3, 4구는 유구 사신이 조선으로 오기 위해 이미 작년 봄에 출발했음을 말한다. 그런데 한강에 닻줄을 맨 때는 해가 바뀐 여름이다. 그만큼 조선과 유구

---

* 　『일시(逸詩)』는 『시경(詩經)』에 수록되지 않은 고시(古詩)이다.

의 바닷길은 쉽지 않은 길이다.

7구의 '앵무'는 세조 7(1461)년에 왔던 유구 사신에게 조선이 요청한 물건이다. 이를 유구 사신이 잊지 않고 가져온 것이다. 『금경(禽經)』에 의하면 '앵무새는 농서 지방에서 나오는데, 말을 하는 새이다(鸚鵡出隴西 能言鳥也).' 8구 '강남의 좋은 술은 호박잔에 농후하네.' 역시 두보의 시 「정부마[잠요潛曜] 댁 동네에서 잔치를 열다(鄭駙馬宅宴洞中)」에서 '봄에 빚은 술은 엷은 호박잔에 농후하고, 얼음물은 푸른 마노 사발에 차갑구나.(春酒盃濃琥珀薄 冰漿椀碧瑪瑙寒)'에서 가져왔다. 9, 10구는 이 술을 세조에게 올리고, 세조가 유구 사신들을 위해 연회를 베풀었음을 말한다. 11, 12구는 외교적인 수사로서 조선과 유구가 잘 지내고 있다는 뜻이다.

13구의 '전대(專對)'는 외국에 사신으로 나가서 독자적으로 응대를 잘하여 사명을 완수하는 것을 이르는 말로 유구 부사 동혼의 작시 능력을 높이 평가한 것이다. 일찍이 공자가 "시경 삼백 편을 줄줄 외면서도 정사를 맡겨주면 알지 못하고, 사방에 사명을 받들고 나가서 독자적으로 응대를 하지 못한다면, 아무리 많은 것을 알고 있다 한들 또한 어디에 쓰겠는가."[*]라고 한 말에서 유래하였다. 15구는 떠나는 유구 사신의 모습이고, 16구는 서거정의 마음이라고 하겠다.

'강루에서 두 항아리 술 다 기울이고'라는 17구는 이별의 아쉬움에 차마 헤어지지 못하고 한잔 한잔 수작하다 보니 어느새 두 항아리나 되는 술을 마셨다는 뜻이다. 18구는 드디어 유구 사신들이 배

---

[*] "子曰, 誦詩三百, 授之以政, 不達, 使於四方, 不能專對, 雖多, 亦奚以爲?"(『論語』「子路」)

를 띄우고 돛을 펼쳐 출발하였다. '익새[鷁]'는 큰 새의 이름인데, 옛날에 이 새를 뱃머리에 그려 붙였으므로 배의 별칭으로 쓰이기도 한다. 그러므로 '쌍익(雙鷁)'은 익새를 그린 배 두 척, 즉 정사와 부사의 배를 말한다고 보인다. 배가 시야에서 벗어날 때까지 끝까지 바라보고 있다.

19구의 봉래는 동해에 있다는 신산(神山)이다. '봉래는 맑고 얕지만 약수는 깊으니'라는 말은, 옛날 마고(麻姑)가 왕방평(王方平)에게 "만나 뵌 이래로 벌써 동해가 세 차례 뽕나무밭으로 변하는 것을 보았는데, 아래 봉래산에 이르러 보니 물이 또 지난번 만났을 때보다 절반쯤 얕아졌습니다. 어찌 다시 육지로 변하지 않겠습니까?(接侍以來, 已見東海三爲桑田, 向到蓬萊, 水又淺于往者會時略半也. 豈將復還爲陵陸乎?)"라고 했다는 설에서 가져왔다. 즉, 세상일의 무상한 변천을 의미한다. '약수(弱水)'는 서해의 중앙에 위치한 선경(仙境) 봉린주(鳳麟洲)를 둘러싸고 있다는 강 이름으로, 이 물은 아주 먼 곳에 있어 사람이 갈 수가 없다고 한다. 송나라 문인 소식은 시「금산묘고대(金山妙高臺)」에서, "봉래산은 도달할 수 없고, 약수는 삼만 리나 떨어져 있네(蓬萊不可到, 弱水三萬里)."라고 하였다.

동조 상인에게 준 시와 달리 이 시는 전고(典故)*를 많이 사용하는 등, 지적 능력을 한껏 과시하고 있다. 아마도 동조 상인보다 동혼 상인이 작시와 문학적 능력이 뛰어남으로 이를 의식하여 조선 문인의 실력을 드러내고자 한 듯하다. 한편 아쉬운 점은 이때 동혼이 지은 시가 있을 법한데, 알려진 것이 없다는 것이다.

---

* 전고(典故): 전례(典例)와 고사(故事)를 아울러 이르는 말.

【작시 배경】 이 시의 작시 배경은 앞의 시와 같다. 다만 이 시는 유구 사신들이 돌아갈 때, 서거정이 부사인 동혼 상인에게 준 시이다. '동조(東照)'라고 한 것은 '동혼(東渾)'을 잘못 쓴 것으로 보인다.*

【시인 소개】 서거정(徐居正, 1420~1488): 자는 강중(剛中)·자원(子元), 호는 사가정(四佳亭), 본관은 대구이다. 문장에 일가를 이루었는데 특히 시에 뛰어났다. 1451년(문종 1)에 부교리에 올랐으며, 1453년에는 수양대군을 따라 명나라에 종사관으로 다녀오기도 하였다. 그는 조선 초기인 세종에서 성종 대까지 문병(文柄)을 장악했던 핵심적 학자의 한 사람이었다. 그러므로 그의 학풍과 사상은 이른바 15세기 관학(官學)의 분위기를 대변한다. 그는 우리나라 역대 한문학의 정수를 모은 『동문선(東文選)』을 편찬하였는데, 이는 우리나라 한문학의 독자성을 내세웠다는 평가를 받는다. 서거정의 역사의식은 『삼국사절요(三國史節要)』·『동국여지승람(東國與地勝覽)』·『동국통감(東國通鑑)』에 실린 그의 서문에 잘 나타나 있다.

---

* 보다 구체적인 내용은 이성혜, 『유구 한문학』, 산지니, 2022; 「조선전기 조선 문인과 유구사신 동자단과의 증답시」, 『民族文化』 제59집, 한국고전번역원, 2021 참조할 것.

유구국 사신 자단상인의 시운에 따라 화답함
奉和琉球國使自端上人詩韻

이승소

여행길 눈보라 치니 참으로 쓸쓸한데
병석 들고 훌쩍 다시 조선에 들어왔네.
신선 뗏목 띄워서 만 리 먼 길 유람 와서
상서로운 해 중천에 뜸을 기쁘게 바라봤네.
흥이 일어 붓을 들자 시는 상대할 이 없고
졸다 깨어 끓는 차를 손으로 가늠하네.
세속 인연 따르는 건 기량 많은 탓이거니
은거하여 도끼 자루 썩는 것 묻지 마시게.

征途風雪正蕭條　　瓶錫飄然再入朝
穩泛仙槎遊萬里　　欣瞻瑞日上重霄
興來揮翰詩無敵　　睡罷煎茶手自調
隨世應緣多伎倆　　隱居休問爛柯樵

봄바람이 버들가지 흔드는 걸 알겠으니

고향으로 가는 깃발 꽃 핀 아침 출발하네.
몸은 갈댓잎을 따라 삼도를 지나왔고
꿈은 선소 생각하며 구소로 내려왔네.
영가 화답하려 하나 어찌할 수 있으리오
제슬이라 서로 간에 안 어울려 부끄럽네.
옛 선방에 솔은 이미 가지가 다 누웠는데
어느 때나 차 끓이려 나뭇가지 주우려나.

漸覺春風動柳條　　故園旋旆趁花朝
身隨蘆葉經三島　　夢想仙韶下九霄
欲和郢歌那可得　　自慙齊瑟不相調
舊房松已枝西偃　　煮茗何時拾墮樵

(『삼탄집(三灘集)』제6권)

【용어 해설】

- 자단 상인(自端上人): 유구 국왕 상덕(尙德)이 사신으로 보낸 승려.
  1471년(성종 2) 11월 2일 조선으로 들어와서 조회하고 12월 13일에
  하직 인사를 하고 떠났다.
- 병석(瓶錫): 중들이 여행할 때, 가지고 다니는 물병과 지팡이.
- 난가초(爛柯樵): '신선놀음에 도낏자루 썩는 줄 모른다'라는 속담
  이 있다. 서진(晉) 때, 왕질(王質)이 석실산(石室山)으로 나무를 하
  러 갔다가 동자(童子) 몇 명이 바둑을 두면서 노래하는 것을 보고
  는 곁에서 구경하였다. 동자가 대추씨처럼 생긴 것을 주기에 먹었

는데, 배가 고픈 줄을 몰랐다. 얼마 있다가 동자가 "어찌하여 안 돌아가는가?" 하기에, 왕질이 일어나 도끼를 보니 자루가 다 썩어 있었다. 집으로 돌아오니 함께 살던 사람들은 하나도 남아 있지 않았다.(『술이기(述異記)』 상권)

- 삼도(三島): 중국의 동쪽에 있는 발해 가운데 있다고 하는 삼신산(三神山)으로, 봉래산(蓬萊山)·방장산(方丈山)·영주산(瀛洲山)을 말한다. 이 삼신산에는 신선들이 살고 불사약이 있으며, 새와 짐승이 모두 희고 궁궐이 황금으로 지어졌다고 한다.
- 선소(仙韶): 신선의 음악으로 하늘나라의 음악을 말한다.
- 구소(九霄): 하늘의 가장 높은 곳을 말하는데, 대궐을 뜻하는 말로 쓰인다.
- 영가(郢歌): 중국 전국시대 초(楚)나라의 고아(高雅)한 가곡. 일반적으로 고상하고 아취 있는 곡이나 아름다운 시를 뜻하는 「양춘곡(陽春曲)」을 말한다. 옛날에 초나라의 서울인 영(郢)에서 노래를 잘 부르는 어떤 사람이 처음에는 보통 유행가인 「하리파인(下里巴人)」을 불렀더니, 같이 합창하여 부르는 자가 수백 명이 있었다. 그러나 수준이 높은 노래를 부르니 따라서 합창하는 자가 10여 명에 지나지 않았고, 「양춘백설(陽春白雪)」이라는 최고급의 노래를 부를 적에는 따라 부르는 자가 전혀 없었다고 한다.
- 제슬(齊瑟): 세상일에 오활하여 제대로 어울리지 못하는 것을 비유하는 말. 제(齊)나라 왕이 음률을 좋아한다는 소식을 듣고 어떤 사람이 거문고를 가지고 왕을 찾아가 3년을 대궐 문에서 기다렸으나 제나라 왕을 만나 보지 못했다. 그러자 어떤 사람이 "제나라 왕은 피리를 좋아하는데 그대가 거문고를 가져왔으니 조화될 수 없다."

라고 하였다.(『한비자(韓非子) 해로(解老)』)

【작시 배경】 1471년(성종 2) 11월 2일에 조선으로 왔다가 12월 13일에 떠난 유구 사신 동자단에게 전별의 의미로 지었다. 유구 사신 동자단에 대해서는 앞에서도 여러 번 언급하였으므로 여기서는 생략한다.

【시 해설】 이 시는 평성인 소(蕭) 운(韻)으로 조(條)·조(朝)·소(霄)·조(調)·초(樵) 자를 운자로 하였다. 「유구국 사신 자단 상인의 시운에 따라 화답함(奉和琉球國使自端上人詩韻)」이라는 시 제목으로 보아 이 운자를 사용한 자단 상인의 시가 먼저 있었을 것으로 보이지만 현재 그의 시를 찾을 수 없다.

첫 번째 시는 자단 상인이 조선으로 오는 것을, 두 번째 시는 유구로 돌아가는 모습을 묘사하였다. 첫 번째 시의 1구 '풍설(風雪)'은 1471년 11월 2일 겨울에 조선으로 온 고단한 모습을 묘사한 것이다. 2구의 '재입조(再入朝)'라는 구절에서 자단 상인이 1467년에도 왔음을 상기시킨다. 5, 6구에서는 자단 상인의 작시(作詩) 능력과 다도(茶道)의 경지를 칭송하였다. 7, 8구에서는 승려로서 사신으로 온 그를 변명해주듯 능력이 출중하여 어쩔 수 없다고 하면서도 산속에서 세상일을 묻지 말라고 마무리하였다.

두 번째 시의 1, 2구는 겨울에 조선에 왔던 자단 상인 일행이 봄이 되어 유구로 돌아감을 읊었다. 3구는 자단 상인 일행이 배를 타고 바다를 건너왔음을 묘사하였다. 4구의 '선소(仙韶)'는 하늘나라의 음악을 말하지만 조선 왕실의 덕치를 말하고자 한 것으로 보인다. '구소(九霄)' 역시 하늘의 가장 높은 곳을 말하지만 여기서는 조선의 궁궐을 의미한다. 5구의 '영가(郢歌)'는 자단 상인이 창작한 증시(贈詩)를 칭송한 말이고, 6구의 '제슬(齊瑟)'은 이승소가 자신을 낮춘 표현이다. 마지막 7, 8구는 승려인 자단이 구도가 아닌 사신으로 행락함을 살짝 찌른 것으로, 언제 다시 산속의 선방으로 돌아가서 차를 끓이고 승려 본분을 지킬 것이냐고 묻고 있다.

【시인 소개】 이승소(李承召, 1422~1484): 자는 윤보(胤保), 호는 삼탄(三灘), 시호는 문간(文簡)이며, 본관은 양성(陽城)이다. 1447년 과거시험에 장원으로 급제하여 집현전 부수찬에 임명되었다. 세조가 즉위한 뒤 집현전 직제학으로 원종공신 2등에 책록되었다. 동자단이 사신으로 온 1471년에는 순성좌리공신 4등에 책록되고, 양성군(陽城君)으로 봉해졌다. 그는 여러 차례 과거를 주관하고 인재 등용에 힘썼으며, 왜인과 야인의 접대도 주관하였다. 저서에 『삼탄집(三灘集)』이 있다.

유구국 사신 승려가 읊은 팔영시에 차운함
-그 가운데 2수는 기록하지 않음
琉球國使臣僧八詠次韻·中二首不錄

정수강

「만송산(萬松山)」
푸른 산 오솔길에 온갖 인연 비우고
낙락장송 울창한 푸름은 높기도 하네.
한가로이 처진 가지 잡고 담병을 만드니
불어오는 바람, 속세 바람 아니라네.

靑山一徑萬緣空　　落落長松鬱翠崇
閑把低枝作談柄　　吹來不是世間風

【용어 해설】

• 담병(談柄): 승려들이 담소를 나눌 때 손에 쥐는 불자(拂子). 이야깃
　거리라는 뜻으로 쓰인다.

【시 해설】　　만송산은 일본 후쿠오카의 임제종 사찰인 승천사(承天

寺)가 있는 산이다. 이 소제목 역시 유구 사신으로 온 승려가 붙인 것으로 정수강이 그대로 차용하여 읊고 있다고 보인다. 아래 5수의 소제목도 마찬가지이다. 그러니까 정수강은 유구 사신으로 온 승려가 소제목을 붙인 팔영시를 제목과 함께 운자를 차운하여 시를 읊은 것이다. 당시 유구 사신은 일본 오산 출신의 승려가 대리로 온 경우가 많았다. 그 이유는 한문 해독 능력과 유구 왕부와의 관계 등이 작용했을 것이다. 물론 당시 하카다로 불린 후쿠오카 상인들이 무역을 위해 거짓으로 유구 사신을 참칭한 경우도 적지 않다. 이에 대해서는 선행 연구에서 이미 자세하게 밝혔으므로 여기서는 생략한다.

시로 돌아가 보자. 1구는 좁은 산길을 가면서 하나씩 속세의 인연을 비우며 출가하는 모습이고, 2구는 산속의 낙락장송이 실제 울창하게 높음을 말한 것이면서 동시에 출가로 이룰 도의 경지가 높음을 중의적으로 담고 있다고 하겠다. 3구는 승려로서의 모습이고, 4구는 승려로서 안착한 모습 즉, 속세와 단절된 모습이다. 1, 2구와 3, 4구는 시간적으로 선명한 차이를 드러낸다. 만송산에 일본 임제종의 유명한 사찰인 승천사가 있고, 원운의 시를 읊은 유구 사신이 승려이므로 이런 내용으로 시를 읊었다고 보인다.

「녹강로(綠江路)」
맑은 강 푸른 풀, 들엔 사람 드문데
오솔길 멀리 이어진 바위 위에 사립문 있네.
석장(錫杖) 짚고 가보니 천지가 저문데
머리 흔들며 한가로이 밝은 달빛 밟고 돌아오네.

清江綠草野人稀　　一逕遠連巖上扉
飛錫且看天地暮　　掉頭閑踏月明歸

【용어 해설】
- 비석(飛錫): 승려나 도사가 종교적으로 의미 있는 곳을 찾아 참배하기 위해 돌아다님.
- 도두(掉頭): 머리를 흔듦.

【시 해설】　　　녹강로가 고유명사인지 아니면 푸른 강물을 따라 이어진 일반적인 길을 의미하는지 정확히 알 수 없다. 그러나 팔영시의 일환임으로 고유명사일 가능성이 높다. 1구에서 말한 녹강로에 사람들이 드문 이유는 3구에 나온다. 날이 저물었기 때문이다. 2구에 보이는 멀리 바위 위에 있는 사립문은 석장을 짚고 밝은 달빛을 밟으며 돌아가는 이 승려의 안식처일 것이다. 3구의 내용으로 보아 주인공은 승려이다. '한가로이 밝은 달빛을 밟는다.'라는 4구의 내용은 승려의 득도 경지를 보여주는 듯하다.

「**초가곡(樵歌谷)**」
골짜기 입구 봄 깊어 한낮이 한가롭고
나무꾼의 노랫소리 빈산을 울리네.
송아지 거꾸로 타고 돌아가는 늦은 길

쓸쓸히 저녁 비 맞으며 돌아가네.

谷口春深白日閑　　樵歌一曲響空山
倒騎黃犢歸來晚　　又被蕭蕭暮雨還

【용어 해설】

• 초가(樵歌): 나무꾼들이 부르는 노랫소리.

【시 해설】　　앞의 시들도 마찬가지이지만, 한 폭의 그림을 보는 듯하다. 특히 3구의 '송아지 거꾸로 타고 돌아가는' 모습은 그림에도 자주 등장하는 모습이다. 다만 이때 그림에는 소를 탄 목동이 피리를 부는데, 위의 시에서는 나무꾼이 노래한다. 위의 시는 1, 2구와 3, 4구에 시간적 차이가 있다. 1구에서 '한낮이 한가롭다.(白日閑)'라고 했으므로 낮일 것이고, 비도 내리지 않는다. 그러므로 2구에서 나무꾼이 나무를 하면서 부르는 노랫소리가 빈 산을 울릴 수 있는 것이다. 그런데 3, 4구에서는 '늦은 저녁'이 되었으며, 비까지 내려 쓸쓸히 비를 맞으며 돌아간다. 이 시에서 나무꾼과 송아지를 타고 돌아가는 사람이 동일인인지는 분명하지 않지만, 시인은 관찰자의 입장에서 나무꾼을 객관화하고 있다.

「조월헌(潮月軒)」
이와 같은 강산 만나기 어렵고

가을바람 좋아서 난간에 기대었네.
물가 달빛은 금가루를 부순 듯
아찔하게 두 눈에 들어오니 바로 볼 수 없네.

如此江山得遇難　　秋風好是凭闌干
潮頭月色金紛碎　　眩入雙眸不定觀

【용어 해설】

• 조두(潮頭): 밀물의 물마루.

【시 해설】　　이 시의 화자는 강산도 아름다운 데다 가을바람까지 좋아서 난간에 기대었다. 그런데 그 순간은 물가의 밝은 달빛이 마치 금가루가 부서지듯 하고, 그 모습이 두 눈에 들어오면서 순간 어찔한 현기증을 느낀다. 그만큼 아름답다는 표현이다. 조월헌의 풍광을 그림처럼 펼쳐놓았다.

「이웃 절의 종소리(隣寺鐘)」

한밤중 서풍 불고 달 밝은데
차가운 종소리 역력히 바위 너머 들리네.
가사 걸치고 일어나 앉아 깊은 성찰 일으키니
세상에 끝없는 잡념 사라지네.

半夜西風吹月明　　寒鐘歷歷隔巖聲
袈裟起坐發深省　　消遣世間無限情

【용어 해설】

• 가사(袈裟): 승려가 장삼 위에 걸치는 법복.

• 소견(消遣): 소일(消日)과 같은 뜻. 어떤 일에 마음을 붙여 세월을 보 낸다는 뜻이다.

【시 해설】　　1구의 한밤중이란 동시에 새벽녘이다. 이때 바위 너머 있는 이웃 절에서 종소리가 울린다. 2구의 '차가운 종소리'는 새벽 공기의 서늘함에 실린 종소리이다. 차갑다는 촉감과 종소리의 청각을 동시에 일깨운다. 승려는 일어나 가사를 걸치고 부처가 남긴 화두를 잡고 깊은 성찰을 할 것이며, 세상에 끝없는 잡념은 사라질 것이다.

「기이한 돌길(奇石徑)」

기암괴석에 낀 이끼 아롱지고

우뚝 솟은 사이로 길이 돌아 나 있네.

험한 바위길 다 지나자 점점 넓어지더니

흰 구름 빗긴 곳에 절이 있네.

奇嵒怪石蘚紋斑　　一路縈回卓犖間
歷盡崎嶇稍開曠　　白雲橫處有禪關

【용어 해설】

- 문반(紋斑): 얼룩덜룩한 무늬.
- 탁락(卓犖): 남보다 뛰어남.
- 선관(禪關): 도를 닦는 곳. 사찰을 뜻한다.

【시 해설】

1, 2, 3구는 4구에 나오는 선관, 곧 절로 가는 길목이다. 그 길은 높고 험하여 얼룩덜룩 아롱지고 이끼 낀 기암괴석이 늘어서 있다. 그 기암괴석 사이로 좁은 길 하나가 돌아나 있다. 그 길을 하나하나 지나자 길은 점점 넓어지고, 그 끝 흰 구름 빗긴 곳에 절이 있다.

【작시 배경】

위에 제시한 6수의 시는 정수강의 문집 『월헌집(月軒集)』 권1에 나온다. 정수강은 1482년에 정조사(正朝使)의 서장관으로 명나라에 파견되었으므로 위의 시가 혹시 이때 지은 것이 아닌지 의심된다. 그러나 북경에 파견된 유구 사신이 승려인 경우는 거의 없다. 반면 조선에 온 유구 사신에는 일본 오산 계통의 승려가 많다. 그러므로 유구 사신으로 온 승려의 시에 차운한 위의 시는 조선에서 읊었을 개연성이 높다.

우선 1471년(성종 2)에 조선에 온 유구 사신 승려로 자단서당(自端西堂)이 있다. 자단서당은 1467년(세조 13)에도 유구 사신으로 조선에 와서 서거정에게 시를 받은 인물이다. 그런데 이때 정수강은 18살로 아직 진사시에도 합격하지 않은 때이다. 정수강은 1474년(성종 5) 진사시에 합격했고, 1477년에 식년문과 을과로 급제하여 전교서(典

校署)에 소속되었다.

『조선왕조실록』성종 11년(1480) 6월 7일 자 기사 제목은「유구 국왕 상덕이 경종을 보내어 내빙하다」이다. 그리고 7월 8일 자 기사 제목은「유구 국왕의 사승(使僧) 경종이 하직하다」이다. 즉, 이때 온 유구 사신 경종(敬宗)은 승려이다. 그리고 이때 경종은 김승경(金升卿)에게 시를 지어 주었고(경종이 김승경에게 지어준 시는 아래에서 소개한다), 김승경이 이를 성종 임금에게 아뢰자 성종은 여러 승지에게 화답하라고 하였다. 혹시 정수강의 시도 이때 지은 것이 아닌가 한다. 이때 정수강은 27살이다. 가장 아쉬운 것은 원운 8수의 내용이 무엇인가 하는 것인데, 현재는 자료를 찾을 수가 없다는 점이다.

【시인 소개】 정수강(丁壽崗, 1454~1527): 자는 불붕(不崩), 호는 월헌(月軒)으로 나주 정씨이다. 병조좌랑과 병조정랑, 부제학 등을 역임하였다. 1482년에 정조사(正朝使)의 서장관으로 명나라에 파견되었다. 갑자사화가 일어났을 때 연루되어 파직당하였으나, 중종반정으로 재등용되어 원종공신 1등에 책록되었다. 저서에『월헌집(月軒集)』이 있다.

유구 사신 경종이 김승경에게 준 시

敬宗贈升卿詩

유구 사신 경종

구름이 봉래를 감싸 기운이 왕성한데
새벽에 예관의 인도로 임금을 뵈었네.
문장은 반고와 사마천 같아 당대에는 이분이고
임금 보필은 기와 용 같아 중국과 동일하네.
도성 길 서늘한 바람에 흔들리는 대나무 푸르고
붉은 마음 해를 따르니 이슬 젖은 해바라기 붉다.
남쪽 오랑캐 복장으로 와서 조회하니
함께 황천의 성대한 은혜 가운데 있네.

雲繞蓬萊氣鬱葱　　禮官曉引拜重瞳
文章班馬當今是　　良弼夔龍上國同
紫陌迭涼風竹綠　　丹心傾日露葵紅
卉裳推髻來朝覲　　共在皇天恩沛中

【용어 해설】

- 봉래(蓬萊): 동해 바다에 있다는 신산(神山)의 하나인데, 여기서는 조선을 가리킨다.
- 중동(重瞳): 하나의 눈에 두 개의 눈동자가 있는 것. 귀인의 상(相)을 말하며, 전용하여 임금을 지칭한다.
- 양필(良弼): 훌륭한 보필자.
- 기용(夔龍): 기(夔)와 용(龍)을 일컬음. 두 사람은 모두 순임금 때의 훌륭한 보필자였다. 기는 음악을 관장하였고, 용은 언론을 관장하였다.
- 자맥(紫陌): 자맥홍진(紫陌紅塵)의 준말. 도회지 주변의 도로를 말하며, 번잡한 속세를 의미한다. 도성(都城)의 길이란 의미로도 사용한다.
- 훼상(卉裳): 풀로 만든 옷이란 뜻. 오랑캐[蠻夷]의 복장을 의미한다.
- 추계(椎髻): 방망이 모양의 상투.

【작시 배경】 이 시는 『조선왕조실록』 성종 11년(1480) 6월 7일 기사에 실려 있다. 실록 기사에 의하면, 유구 국왕 상덕이 사신 경종(敬宗)을 보내어 내빙하였다. 유구에서 보낸 서계(書啓)에 의하면, 1476년 빙문(聘問)에서 조선이 많은 예물을 주었기에 이에 대한 보답 차원임과 동시에 동전(銅錢)·면주(綿紬)·목면 등을 요청하기 위함이다. 이때 조선에 온 경종이 도승지 김승경에게 준 시이다. 김승경이 이를 왕에게 아뢰자, 왕은 여러 승지에게 명하여 화답하게 하였다는 내용이 실록에 기록되어 있다. 당시 성종은 도승지인 김승경에게 인정전 남랑(南廊)에서 경종 일행을 대접하게 하였다.

【시 해설】　수련(1, 2구)은 조선에 온 유구 사신 경종이 새벽에 성종 임금을 배알하는 모습이다. 특히 1구는 짙은 구름에 둘러싸인 대궐의 모습이다. 함련(3, 4구)에서 노래하고 있는 칭송의 인물은 김승경일 것이다. 김승경을 반고와 사마천, 기와 용에 비유하고 있다. 과도한 칭송이라고 할 수도 있지만 압축적으로 표현할 수밖에 없는 문학이 갖는 비유라고 볼 수 있다. 물론 이 칭송은 조선을 칭송하기 위한 이중 장치이기도 하다. 또한 외교 사절로 온 사신이 읊은 외교시라는 점을 감안할 필요가 있다. 경련(5, 6구)은 다시 성종 임금을 뵈러 가는 새벽 대궐 길의 모습이다. 바람에 흔들리는 대나무의 푸르름과 이슬 젖은 해바라기의 붉음으로 색채의 시각적 효과를 높였다. 마지막 미련(7, 8구)은 유구를 남쪽 오랑캐로 낮추면서 상대적으로 조선을 높이고 있다. 즉, 7구에서 조선은 유구보다 문명국이라는 뉘앙스를 담았다. 그러면서도 8구에서 조선이나 유구 모두 중국을 종주로 하는 동아시아 한자 문화권에 있음을 상기시키고 있다. 8구에 언급한 황천은 중국을 가리킨다.

【시인 소개】　이 시를 지은 사람은 유구 사신 경종인데, 경종에 대한 정보를 찾기가 어렵다. 그리고 이 시는 김승경에게 준 시이므로 김승경에 대해서도 알 필요가 있으니 김승경에 대한 정보를 간략히 제시한다. 김승경(金升卿, 1430~1493)의 자는 현보(賢甫)이고, 본관은 경주로 계림군 김균(金稇)의 증손이다. 예조참판과 대사헌을 역임했다. 자질과 명성이 뛰어났고, 효성이 지극하였다. 승정원에 재직할 때, 직무에 충실하고 행정 능력이 뛰어나 왕에게 금띠[金帶]를 하사받았다. 특

히 송사 처결에 뛰어난 재능을 보였다고 한다. 그러나 1504년(연산군 10) 갑자사화 때 연좌되어 부관참시를 당하였다.

부산포에 나가서 유구 사신을 위로했는데, 이날 큰비가 내렸다

往釜山浦, 宣慰琉球使臣, 是日大雨

성현

무릎 꿇고 조서 받들고 대궐에서 내려와
한 병 술로 멀리 온 사신 맞아 위로하네.
파도치는 바다는 남북이 헷갈리는데
담소하는 당 안에는 주인과 손님 되었네.
술은 봄빛을 띠어 손님 얼굴 붉게 물들이고
비는 은택과 섞여 하늘이 자욱하네.
조제 훼복한 자들이 다투어 귀화하니
변방에 해마다 전쟁 먼지 일지 않으리.

跪捧綸音下紫宸　　一壺迎慰遠來人
風濤海徼迷南北　　談笑堂中作主賓
酒挾春光釀客面　　雨和恩澤暗天津
雕題卉服爭投化　　邊圉年年不動塵

(『허백당집(虛白堂集)』 권5)

【용어 해설】

- 윤음(綸音): 국왕이 국민에게 내린 훈유(訓諭) 문서.
- 천진(天津): 은하의 별칭.
- 조제(雕題): 꽃무늬 등을 이마에 새긴 것.
- 훼복(卉服): 풀잎으로 엮어 만든 의상. 조제와 훼복은 모두 남쪽 지역의 미개한 오랑캐들을 가리킨다.

【작시 배경】　이 시를 쓴 시기가 언제인지 알기가 어렵다. 다만 성현이 1493년에 경상도 관찰사가 되었으므로 이즈음에 쓴 것이 아닐까 짐작할 뿐이다. 그러나 『조선왕조실록』에 의하면, 1480년(성종 11) 6월에 '유구 국왕 상덕이 사신 경종을 보낸' 일이 있고, 다음으로는 1501년(연산군 7) 1월 10일에 '예조가 유구국 사신이 돌아가는데 20일분의 양식을 주는 야박함을 아뢰니 의논하게 하다.'라는 기사가 있다. 그러므로 1501년에 지어진 것으로 볼 여지도 있다.

【시 해설】　수련(1, 2구)은 유구 사신을 위로하라는 임금의 명을 받고, 술로써 사신을 맞이함을 묘사하였고, 함련(3, 4구)은 부산포 곁에 있는 관아에서 유구 사신과 마주 앉았음을 말하고 있다. '파도치는 바다는 남북이 헷갈리는데'라는 표현에서 비까지 내리는 당시 부산의 바다에 파도가 심함을 알 수 있다. 경련(5, 6구)의 출구(出句)는 술을 마신 유구 사신의 얼굴이 붉게 물든 것을 묘사하였는데, 이와 대를 이룬 대구(對句)에서는 그날 내린 비를 임금의 은택으로 비유하고 있다. 미련(7, 8구)에서 말하는 귀화는 문명으로의 귀화이다. 즉,

유구 사신들이 동아시아 한자 문명권으로 귀화하므로 적어도 동아시아에서는 전쟁이 일어나지 않을 것이라는 의미로 읽을 수 있다.

【시인 소개】　　성현(成俔, 1439~1504): 자는 경숙(磬叔), 호는 용재(慵齋)·부휴자(浮休子)·허백당(虛白堂), 시호는 문대(文戴), 본관은 창녕이다. 1462년 23살로 과거에 급제하였다. 1468년 29살로 경연관이 되었으며, 형 성임(成任)을 따라 북경에 갔다. 그는 가는 길에 지은 기행시를 엮어 『관광록(觀光錄)』이라 하였다. 1475년 한명회를 따라 재차 북경에 다녀왔다. 1493년에는 경상도 관찰사가 되었다. 연산군이 즉위한 뒤에는 한성부 판윤을 거쳐서 공조판서가 되었으며, 대제학을 겸임하였다. 그러나 그가 타계한 뒤 수개월 만에 갑자사화가 일어나서 부관참시당했다. 뒤에 신원되었으며, 청백리에 녹선되었다. 저서에 『허백당집』·『악학궤범』·『용재총화』·『부휴자담론』 등이 있다.

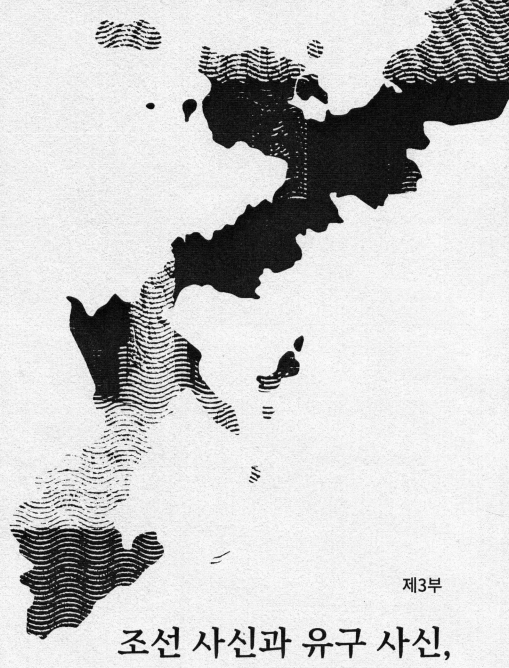

제3부

조선 사신과 유구 사신, 북경에서 만나다

이 장에서는 조선과 유구 사신이 각자 사행을 위해 갔던 북경에서 만나 수창한 시를 게재하였다. 이들 시를 통해 북경에 온 유구 사신의 면면을 알 수 있고, 동시에 조선 사신의 유구에 대한 외교 활동과 정보 수집 및 서로에 대한 인식에 대해서도 일별할 수 있을 것이다.

이 장에는 소세양·이안눌·이정형·이수광·이민성·김상헌·조상경·이의봉·김진수 9명의 조선 문인과 채견·마성기·채세창·정효덕·임세공·채대정 6명의 유구 문인의 시 40수를 담았다. 게재된 시의 순서 역시 작시 배경을 통해 확인된 연도순으로 하되, 같은 연도이거나 작시 연도가 불확실한 경우에는 시인의 생년이 빠른 순서로 배치하였다. 그러나 유구 사신의 시는 수창한 조선 문인의 시에 이어서 게재하였다.

다만, 이 장의 말미에는 북경이 아닌 복건성 복주에서 조선 문인을 만난 유구 문인 채대정의 시 4수를 게재하였다. 왜냐하면 이 4수의 시를 장을 달리하여 정리하기가 어려웠기 때문이다. 그리고 아쉽게도 진사라고 표현한 조선인 이민성에 대한 정보는 현재까지 찾을 수가 없으며, 이민성이 채대정에게 주었을 시도 현재로서는 알 수가 없다. 그러나 이 시는 우리에게 매우 중요한 질문과 시사점을 준다.

아래 시 해설에서도 서술하겠지만 19세기 말, 조선이나 유구 모두 국가 존망의 시기였다. 이때 조선 문인과 유구 문인이 만났다는 사실. 특히 채대정은 유구의 고위 관료이고, 이후 망국의 시기에 구국운동을 했던 대표적 인물이다. 이민성이 조선에서 얼마나 의미 있는 역할을 할 수 있는 위치의 사람인가에 대해서는 아직 알 수 없지만, 진사라는 표현에서 지식인임을 알 수 있다. 아마도 두 사람은 당시의 국제정세에 대해 많은 이야기를 나누었을 것이 분명하다. 이에 대해 우리는 계속 연구의 손길을 놓아서는 안 될 것이다.

유구 사신이 소라 껍데기 세 개를 보냈는데,
작은 것은 배와 같고 검은 점이
무늬를 이루었으며 매우 광채가 났다.
쪼개어 술잔을 만들었다

琉球使, 餉海螺三枚, 小如梨子, 黑點成文, 甚光潤. 剖作酒杯

소세양

유구 사신이 소라 껍데기를 보냈는데

눈길 끄는 아롱진 무늬 영롱하여 만지고 싶네.

뾰족한 끝을 쪼개니 술잔이 되어

술주전자로 잔에 따르니 시 읊는 즐거움 돕네.

琉球使者贈花螺　　奪目斑文瑩可摩

剖却尖頭成飮器　　手斟罎酒助唫哦

(『양곡선생집(陽谷先生集)』권3)

【용어 해설】

• 화라(花螺): 아름다운 무늬가 있는 해라(海螺).

• 담주(罎酒): 술 단지에 담긴 술.

• 금아(唫哦): 시를 읊조린다는 뜻.

【작시 배경】 이 시는 소세양이 1533년(중종 28)에 진하사로 명나라 북경에 갔을 때, 유구 사신에게 해라를 받고 읊은 것으로 추정된다. 『조선왕조실록』중종 29년(1534) 4월 24일 기사에 의하면, 중종이 사정전에 나아가 진하사 소세양을 인견하고 다음과 같이 묻는다. "지난 날 우리나라에 왔던 유구국의 사신도 이번에 북경에 왔었던가?" 그러자 소세양이 답했다. "유구국 사신은 곧 양춘(椿春)이었습니다. 신과 같은 관사에 함께 있었는데 양춘이 사람을 시켜서 '내가 나이 28세 때 조선에 갔다 왔는데 지금 듣건대 사신이 여기 와 있다니 반갑다.'라고 하기에 신도 역시 사람을 보내 사례하였습니다. 그 뒤 유구국의 정사 양춘은 병으로 누웠고 부사와 아랫사람들이 모두 와서 보기를 청하기에 신이 즉시 관대를 차리고 나가서 만나보고 다례(茶禮)를 행하였습니다. 이어 '지난 경인년에 귀국 사람들이 우리나라에 표류해 왔을 적에 우리 전하께서 중국으로 인계하여 귀국으로 돌아가게 했는데 몇 사람이나 살아서 돌아갔는가?'라고 하니 '더러는 중국 지방에서 죽고 단지 4명만 살아서 돌아왔다. 우리나라 국왕이 기뻐하여 감사함을 이기지 못하였지만 길이 멀어서 사례하지 못하였다. 지금 재상에게 고마움을 표하고 싶다.'라고 하면서 즉시 일어나 절을 하고 재삼 감사하다는 말을 하다가 물러갔습니다."

여기서 '지난 경인년'은 1530년으로 추정된다. 『조선왕조실록』에 의하면, 중종 25년(1530)이 경인년이고 이해 10월 1일 기사 제목은 「표류한 유구국 사람을 추문한 후 연접 도감으로 옮기도록 하다」이다. 1533년에 소세양이 북경에서 유구국 부사와 사신단 사람들과 대화한 내용으로 미루어 보면, 1530년 조선에 표류한 유구국 사람들을 중국을 통해 유구로 돌아가게 하였던 것이다.

【시 해설】 1구는 유구 사신에게 해라를 받았다는 내용이고, 2구는 그 해라의 무늬가 눈부시게 아름다워서 자꾸 어루만지게 된다는 것이다. 3구와 4구는 해라를 반으로 쪼개어 술잔을 만들어 거기에 술을 따라 마시며 시를 짓고 있음을 묘사하였다.

【시인 소개】 소세양(蘇世讓, 1486~1562): 자는 언겸(彦謙), 호는 양곡(陽谷), 시호는 문정(文靖), 본관은 진주이다. 수찬에 재직할 때, 단종의 어머니 현덕왕후의 복위를 건의하여 현릉(顯陵)에 이장하게 하였다. 1533년 지중추부사에 올라 진하사로 명나라에 다녀왔다. 문명이 높고 시를 잘 지었는데, 특히 율시에 뛰어났다. 글씨도 잘 썼는데, 특히 송설체(松雪體)를 잘 썼다. 익산의 화암서원에 제향되었다. 저서에 『양곡집(陽谷集)』이 있다.

유구국 사신 장사 채규에게 삼가 드림
奉贈琉球國使臣蔡長史奎

이안눌

만 리 유구국
바다 가운데 있다는 말 일찍 들었네.
북경에서 유구 사신 만나니
왕사가 가을바람 알게 하네.
지역은 멀어 산천의 형세도 다르지만
하늘은 이어져 비와 이슬 함께 내리네.
남쪽으로 돌아가 혹 서로 그리우면
고개 돌려 동쪽 하늘 달을 보겠지.

萬里琉球國　　曾聞在海中
帝京逢使節　　王事度秋風
地隔山川異　　天連雨露同
南歸儻相憶　　回首月生東

(『동악선생집(東岳先生集)』권2)

【용어 해설】

· 제경(帝京): 중국에 조공하는 나라 입장에서 제경은 북경을 뜻한다.

【작시 배경】　이 시는 이안눌의 『동악선생집』 권2 「조천록」에 실려 있다. 이안눌이 쓴 사행기록은 「조천록」(1601)과 「조천후록」(1632)이 있다. 그러니까 이안눌은 1601년(선조 34)에는 진하사 서장관으로, 1632년에는 주청(奏請) 부사로 명나라에 갔다. 1601년 4월 28일 출발하여 육로로 압록강을 넘어 북경으로 갔으며, 10월 10일 의주로 돌아왔다. 1632년 6월 1일에는 인조의 아버지인 정원군(定遠君)이 습작을 받지 못하고 일찍 죽었으므로 정원군의 추봉을 주청하기 위한 주청 부사로 두 번째 사행을 떠나게 되는데 이때는 해로로 갔다. 이안눌은 이 두 번의 사행에서 많은 사행시를 남겼는데 1601년에는 157제의 시를 남겼고, 1632년에는 180제의 시를 남겼다. 이안눌이 사행했던 시기는 명나라가 명운을 다해가던 시기로, 곧 1636년 청나라가 공식적으로 공표되었다. 당시 중국 정세는 명청 교체기로 혼란했다.

　　이안눌의 사행기록인 「조천록」과 「조천후록」은 사행 출발에서 귀국까지의 여정에 따라 일자별로 기록되어 있는데, 위의 시는 「조천록」 8월 26일과 9월 1일 사이에 있다. 이때 역시 북경으로 사행 왔던 유구 사신 채규(蔡奎)를 만난 것이다.

　　유구 사신 채규에 관한 정보는 많지 않다. 유구의 외교 역사를 기록한 『역대보안(歷代寶案)』 1600년 8월 19일 기사에, 유구 세자 상녕(尙寧)의 책봉을 받기 위해 장사(長史) 채규 등을 북경에 파견했다고 적고 있다.* 채규 등은 표문(表文)을 받들고 토선(土船)에 말 4필과 생유황 1만 9천근 등을 싣고 갔다. 「사단법인 오키나와 완씨 아화회(沖繩阮氏我華會)」홈페이지**에도 『역대보안』과 같이 1600년 유구의 장사 채규 등이 유구 세자 상녕의 책봉을 받기 위해 표문을 가지고 북경으로 갔다고 적고 있다. 새로운 내용은 채규 일행이 귀국길에 길을 잘못 들어 복건성 아문에 도움을 청하게 되었고, 이에 명나라에서는 완국(阮國)과 모국정(毛國鼎)을 파견하여 채규 일행을 안내하여 유구로 보냈다고 한다.

즉, 이안눌과 유구 사신 채규는 1601년 8월 26일경에 북경에서 만나 대화했을 것이다. 어쩌면 이안눌에게 주는 채규의 시도 있었을 법한데, 현재 알 수 없다.

【시 해설】   수련(1, 2구)은 유구의 지리적 위치에 대해 말하고 있는데, 이전에 들어서 알고 있었을 뿐 잘 알지 못했다는 뉘앙스가 읽힌다. 3구는 북경에서 직접 유구 사신을 만났다는 점을 확인하고, 4구는 따뜻한 나라인 유구에서는 가을을 알 수 없을 터인데 사신으로 국가의 일을 위해 북경에 와서 가을바람을 느끼게 된다는 채규의 생각을 대신 말한 듯하다. 경련(5, 6구)은 조선과 유구가 각기 다른 나라이지만 동아시아라는 공간 속에 함께 존재한다는 물리적 사실로 동질감을 느끼고자 하였다. 당시 이안눌의 입장에서는, 중국을 중심으로 하는 동아시아 한자문화권에 속해 있음을 말한다고도 보인다. 이때 하늘은

---

*   『歷代寶案 譯注本』第2冊, 沖繩縣敎育委員會, 1997, 210쪽.

**   https://www.gakakai.com

중국이고, 비와 이슬은 중국 천자의 은택을 비유한 것으로 볼 수 있다. 마지막 미련(7, 8구)은 귀국 후에도 서로 잊지 말자는 뜻이다.

【시인 소개】　이안눌(李安訥, 1571~1637): 자는 자민(子敏), 호는 동악(東岳), 본관은 덕수로 좌의정 이행(李荇)의 증손이다. 18세에 진사시에 수석 합격하였으나 동료들의 모함을 받자 관직에 나갈 생각을 버리고 오직 학문에 열중하였다. 이때 권필(權韠)·윤근수(尹根壽)·이호민(李好閔) 등과 교유를 맺었는데, 이들의 모임을 동악시단(東岳詩壇)이라고 한다. 29세 되던 해인 1599년(선조 32)에 다시 과거시험에 응시하였고, 문과에 급제했다. 1601년(선조 34) 서장관으로, 1632년에는 주청 부사로 명나라에 다녀왔다. 임진왜란과 정유재란이 끝난 10년 뒤인 1608년 2월에는 동래부사로 부임하여 1609년 7월까지 1년 6개월 동안 재임하였다.

유구국 사신에게 드림
贈琉球國使臣

이정형

여러 번 여기서 만나니 긴 인연 있는 듯
잠깐 만나 많은 말 해도 싫어하지 마시게.
시서예악의 만남은 천 년의 기회라오
남북동서 사해의 사람들아.
하나의 이치 어찌 풍토 따라 다를까
두 마음 도리어 형제같이 친하네.
외로운 잠자리 맑은 꿈 아니면
이후로는 서로 만나보기 어려우리.

屢此相逢似有續　　休嫌傾盖語頻頻
詩書禮樂千年會　　南北東西四海人
一理豈緣風土異　　兩心還似弟兄親
除非孤枕淸宵夢　　此後難□會面辰

【용어 해설】

- 경개(傾盖): 제2부의 「유구국 사신인 스님을 보내면서 드림(贈送琉球國使僧)」의 용어 해설에서 설명하였음.

【작시 배경】 이 시는 이정형의 문집 『지퇴당집(知退堂集)』 권3 「조천록(朝天錄)」에 실려 있다. 이정형은 1578년에 하지사(賀至使) 서장관으로 명나라에 갔다 왔으며, 1602년에는 성절사(聖節使)로 다시 명나라를 다녀왔다. 이 시는 1602년 사행 때 북경에서 창작된 것이다. 그런데 이때 만나 시를 준 유구 사신이 누구인지 알 수 없다. 유구측 자료인 『역대보안』을 참고하면, 1602년 9월 4일에 황제와 황태자를 위한 경하사절로 왕구(王舅) 모계조(毛繼祖)와 장사 채조신(蔡朝信), 사자 마성룡(馬成龍), 통사 양기(梁基)를 파견했다고 하는데, 위의 시를 받은 사람이 누구인지 알기 어렵다.

【시 해설】 1구에서 '여러 번 여기서 만나니'라는 표현은 동일인이라는 뉘앙스가 강하지만 단정하기 어렵다. 소박하고 넓게 해석하자면, 유구 사신을 다시 만났다는 의미로 이해할 수도 있다. 그러나 이정형이 1578년에도 사신으로 북경에 갔으므로 당시 만난 유구 사신을 또 만났다는 뜻도 배제할 수가 없다. 만약 이전에 만났던 동일 인물이라면 더할 나위 없이 반가웠을 것이다. 혹은 사람은 다르지만, 다시 만난 유구 사신이라는 점에서도 좀 더 친근감이 생겼을 것이다. 따라서 말이 많아졌다고 보인다. 함련(3, 4구)은 동아시아 여러 나라에서 북경으로 사신 오고, 서로 만나게 되는 계기와 인연을 말하고 있다. 이를 유가사상을 상징하는 시서예악으로 표현하였다. 경련(5,

6구) 역시 함련(3, 4구)의 내용을 이어서 확대하는데, 여기서 말하는 '하나의 이치'는 유가사상에서 말하는 이치일 터이다. 이 이치는 조선이나 유구나 풍토가 다르다고 해서 달라지지 않는다. 그러므로 마음은 두 개이지만 형제와 같이 친밀할 수 있다고 한다. 이런 친밀한 관계이지만 사신의 임무가 끝나면 각자 고국으로 돌아가야 한다. 그리고 이후에는 쉽게 다시 만나기 어렵다. 그러므로 '맑은 꿈에서나 만날 수 있겠다.'라고 하였다. 마지막 구절은 한 글자가 누락 되었는데, 네 번째 글자가 누락 되었으며, 그 글자는 '당(當)' 혹은 '구(求)'로 추정된다.

【시인 소개】   이정형(李廷馨, 1549~1607): 자는 덕훈(德薰), 호는 지퇴당(知退堂) 또는 동각(東閣)이며, 본관은 경주이다. 1567년(명종 22) 사마시에 합격하고, 이듬해 별시 문과에 갑과로 급제하여 평시서직장(平市署直長)이 되었다. 1578년 하지사 서장관으로 명나라에 다녀왔으며, 1602년에는 성절사로 다시 명나라에 다녀왔다. 곧, 그는 임진왜란 전후로 명나라에 다녀왔다. 1592년 임진왜란이 일어났을 때는 우승지로 왕을 호종하였다. 1606년 삼척 부사로 나갔다가 다음 해 임지에서 타계하였다. 저서에 『황토기사(黃兎記事)』·『수춘잡기(壽春雜記)』·『용사기사(龍蛇記事)』·『지퇴당집』 등이 있다.

유구국 사신에게 드림. 근체시 14수
贈琉球國使臣. 近體十四首

이수광

제1수
우연히 황제의 성에서 서로 만나
눈으로 보자마자 뜻이 절로 통함을 알았네.
상서로운 구름 낀 대궐에 패옥소리 들리는 아침
달 밝은 옥하관엔 술동이를 비우는 밤.
해외의 하늘과 땅이 다르다 말하지 마시게
하늘의 비와 이슬 같음이 문득 기쁘다네.
남쪽 고을 매화 소식 빠르다고 들었으니
봄빛을 기러기에 부쳐 보내주시길.

相逢萍水帝城中　　目擊從知意自通
金闕瑞雲朝佩響　　玉河明月夜尊空
休言海外乾坤別　　却喜天心雨露同
聞道南州梅信早　　肯將春色寄來鴻

【용어 해설】

- 평수(萍水): 물 위에 뜬 개구리밥이라는 뜻으로 이리저리 떠돌아다 님을 비유적으로 이르는 말.
- 제성(帝城): 황성(皇城)이라는 뜻. 명나라 수도인 북경을 가리킨다.
- 금궐(金闕): 천제(天帝)나 신선이 거주하는 황금궐(黃金闕). 여기서 는 천자가 거처하는 궁궐, 즉 북경에 있는 명나라 대궐을 뜻한다.
- 옥하(玉河): 옥하관(玉河館)을 가리킨다. 명나라 때 외국 사신의 숙 소로 사용하기 위해 북경에 설치한 객관(客館)이다. 회동관 남관으 로 옥하교 곁에 있었기 때문에 옥하관으로 불리었다. 회동관은 명 나라 초기 남경에 설치된 관원 접대 겸 역참의 장소로 출발하여 영 락제 때 북경에도 설치되었다. 이후 1441년에 남관(3개소)과 북관 (6개소)으로 분리되었다. 우리나라 사신이 북경에 가면 주로 이곳에 묵었다.
- 건곤(乾坤): 글자의 뜻은 하늘과 땅이지만, 나라 혹은 강산을 뜻하 기도 한다.
- 우로(雨露): 글자의 뜻은 비와 이슬이지만, 임금의 은택을 뜻하기도 한다. 여기서는 중국 천자의 은택을 가리킨다.
- 남주(南州): 남쪽에 있는 유구국을 가리킨다.

【작시 배경】

이수광이 처음 북경에 갔던 때는 1590년(선조 23)이 다. 당시 성절사의 서장관으로 중국에 간 그는 북경에서 안남[베트남] 의 사신을 만났다. 당시 그는 안남의 사신과 별다른 접촉을 하지 않 았다. 아마도 접촉의 필요성을 느끼지 못한 듯하다. 그러나 귀국하자

선조가 그를 승정원으로 불러 안남 사신의 의복제도와 그 나라의 풍속 및 주고받은 시가 있는지 등에 대해 물었다. 임금의 질문에 제대로 된 답을 내놓지 못한 이수광은 안남의 사신과 문답하거나 수창하지 못한 것을 한스럽게 여겼다. 이 깨달음으로 1597년(선조 30) 겨울 진위사로 두 번째 북경에 갔을 때는 안남국 사신과 만나 대화하고「안남국 사신 창화 문답록(安南國使臣唱和問答錄)」을 남겼다.

이수광은 1611년(광해군 3) 8월, 명나라 조정에 왕세자의 면복(冕服)을 내려주기를 청하기 위해 동지사 겸 주청사의 부사로 차출되어 세 번째로 명나라에 갔다. 이때 즉, 1612년 정월에 명나라 수도 북경 오만관에서 유구 사신 채견(蔡堅)과 마성기(馬成驥)를 만나 문답하고 창화했다. 그리고「유구 사신 증답록-신해년 북경에서(琉球使臣贈答錄-辛亥 赴京時)」를 남겼다. 당시 이수광이 유구 사신에게 지어 준 시는 7언 율시 14수인데 반해, 유구 사신이 화답한 시는 2수이다. 이수광은 또 유구 사신이 칼과 부채를 주자 이에 대해서도 감사의 시를 한 편 지었다. 당시 사행단의 정사는 이상의(李尙毅), 서장관은 황경중(黃敬中)이었다.

이수광이 유구 사신에게 준 14수의 시들은 북경 오만관에서 서로 만났으나 다음 날 유구 사신이 귀국길에 오르게 됨을 염두에 두고 읊었다. 아래 이수광의 연작시 배경은 모두 같다.

【시 해설】　수련(1, 2구)은 이수광이 북경에서 유구 사신을 우연히 만났음을 말하고 있다. 이들이 북경에 오는 길은 간단하지 않다. 특히 유구는 해로와 육로를 거쳐야 하는 먼 곳이다. 그러니 특별한 말도 필요 없이 눈으로 보자마자 절로 뜻이 통함을 강조하였다. 원문의

'상봉평수(相逢萍水)'는 부평초가 물을 따라 정처 없이 떠다니다가 아무런 기약도 없이 우연히 모이고 흩어진다는 말로 사람이 객지에서 우연히 서로 만나는 것을 비유한다. 당나라 시인 왕발(王勃, 647~674)의 「등왕각서(滕王閣序)」에 "물 위의 부평초처럼 서로 만나니, 모두가 타향의 나그네로다.(萍水相逢, 盡是他鄕之客.)"라는 구절이 있다.

함련(3, 4구) 출구(出句, 3구)는 사신들의 하루 시작을 묘사하였고, 대구(對句, 4구)는 하루의 마침을 그렸다. 즉, 아침에 들리는 패옥소리는 이수광과 유구 사신 등이 천자에게 조회를 드리고 사신의 임무를 수행하기 위해 대궐로 걸어갈 때, 허리에 찬 패옥이 울리는 소리이다. 저녁에는 일과를 마친 사신들이 숙소인 옥하관으로 돌아와 달빛 비추는 밤에 서로 술을 권하며 하루의 피로를 푸는 모습이다. 경련(5, 6구)의 '천심'은 일반적으로 하늘을 뜻하지만 여기서는 중국 황제를 뜻한다. 따라서 우로(雨露)는 중국 황제의 은택을 가리킨다. 곧, 조선과 유구 두 나라가 모두 중국에 조공하는 같은 처지임을 나타낸 것이다. 미련(7, 8구)에 나오는 남주는 남쪽에 있는 유구를 가리킨다. 유구가 남쪽에 있어 봄이 빨리 오기 때문에 매화 소식이 빠르다고 표현하였고, 이때는 각자 사신의 임무를 끝내고 고국으로 돌아간 뒤이다. 따라서 기러기를 통해 조선에 있는 자신에게 봄소식을 전해달라는 뜻인데, 이는 외교 관계를 잘 이어가자는 의미이다.

제2수

만 리 북경의 누대에서 한바탕 웃었나니
해 뜨는 곳으로 돌아갈 그대가 부럽구려.

중원 땅은 남해에서 끝나고

가는 뱃길은 백월에서 시작되네.

안개 짙은 귤포에는 비취새가 울고

비에 젖은 용계에는 양매가 익었으리.

동풍이 절기에 맞아 파도가 잔잔하니

훗날에 행여 다시 사신으로 오시는지요.

一笑燕雲萬里臺　　羨君行色日邊回

中原地向南溟盡　　去路船從百越開

橘浦煙深啼翡翠　　龍溪雨濕熟楊梅

東風入律波濤息　　爲問他年倘再來

【용어 해설】

- 연운(燕雲): 연주(燕州)와 운주(雲州)의 병칭. 여기서는 명나라 수도 북경 지역을 가리킨다.

- 만리대(萬里臺): 글자의 뜻은, 만 리나 떨어진 북경에 있는 누대(樓臺)라는 말이지만, 황금대(黃金臺)를 가리킨다. 황금대는 전국시대 연(燕)나라 소왕(昭王)이 지어서 그 위에 천금(千金)을 쌓아 놓고 천하의 어진 선비를 초빙하였다는 누대이다.

- 일변(日邊): 태양 주변이라는 말. 천변(天邊)과 같이 매우 먼 지방을 가리키는 표현이다. 여기서는 해가 뜨는 동남쪽 바다에 위치한 유구를 가리킨다.

- 백월(百越): 중국 남방에 사는 월인(越人)들의 총칭. 부락이 많았기

때문에 백월이라 하였다. 또 월인들이 거주하는 지역을 가리키기도 한다. 여기서는 중국 복건성 연안 지역을 가리킨다. 유구 사신이 임무를 마치고 북경을 떠나 귀국하는 노정은 먼저 육로를 통해 복건성으로 가서, 복건성에서 배를 타고 해로를 통과하여 유구로 돌아간다.

- 귤포(橘浦): 귤주(橘洲)라고도 한다. 중국 호남성 장사시 서쪽 상강(湘江) 가운데에 위치한 지역으로, 지금은 귤자주(橘子洲)라고 불린다.

- 용계(龍溪): 중국 복건성 장주(漳州)에 있는 지명.

- 양매(楊梅): 소귀나뭇과의 상록 활엽 교목으로 열매가 빨갛고 크기가 탄알만 하다. 5월에 익으며, 맛이 달고 신 것이 매실과 같으므로 양매라고 한다. 열매는 식용하고 껍질은 물감으로 쓴다.

- 동풍입률(東風入律): 율려(律呂) 가운데 양기(陽氣)인 율(律)이 조화를 이루어 봄바람이 온화하게 분다는 뜻으로, 태평성대를 칭송하는 말로 쓰인다. 『해내십주기(海內十洲記)』「취굴주(聚窟洲)」에 한나라 무제 때, 월지의 사신이 "신의 나라는 이곳과 30만 리나 떨어져 있는데 나라에서 항상 점을 치면, 양기가 조화를 이루어 동풍이 온화하게 불되 백순이 되도록 그치지 않으며, 음기가 조화를 이루어 청운이 모여 있되 수개월 동안 계속해서 흩어지지 않고 있으니, 이를 통해 중국에 현재 도를 좋아하는 군주가 있음을 알 수 있다는 점괘가 나왔습니다.(臣國去此三十萬里, 國有常占, 東風入律, 百旬不休; 靑雲干呂, 連月不散者, 當知中國時有好道之君.)"라고 한 것에서 온 말이다.

- 파도식(波濤息): 태평성대를 비유하는 말. 주나라 성왕 때 주공(周

公)이 섭정하여 천하가 태평해지자, 월상씨(越裳氏)가 교지(交趾) 남쪽에서 세 번의 중역(重譯)을 통해 와서 주공에게 백치(白雉)를 바치며, "저희가 우리나라 장로들의 말을 들으니, '하늘에는 거센 바람과 궂은비가 없고, 바다에는 큰 파도가 일어나지 않은 지 3년이 되었습니다. 이는 아마도 중국에 성인이 계시기 때문일 것이다.'라고 하였습니다.(吾受命國之黃耈, 天無烈風淫雨, 海不揚波, 三年矣. 意者中國有聖人乎!)"라고 하자, 주공이 그들을 성왕에게 보내고 그들이 바친 백치를 종묘에 올렸다는 고사에서 온 말이다.(『십팔사략(十八史略)』권1)

【시 해설】　수련(1, 2구)은 이수광이 멀고 먼 북경에 사신으로 와서 유구 사신을 만나 서로 교류하며 즐겁게 지낸 것을 표현하였다. 2구를 보면, 유구 사신이 임무를 마치고 먼저 귀국길에 오른 것을 알 수 있다. 함련(3, 4구)은 유구 사신의 귀국 노정(路程)을 말한 것이다. 유구 사신의 귀국길은 먼저 육로를 통해 중국의 땅끝이라고 할 수 있는 복건성으로 간다. 그러므로 '중원 땅은 남해에서 끝나고'라고 묘사하였다. 그리고 여기서 배를 타고 유구로 돌아가야 하는데, 이를 '가는 뱃길은 백월에서 시작되네.'라고 하였다. 이 짧은 문구는 유구 사신들의 사행길이 얼마나 멀고 힘든 길인지를 알려준다.

　　당시 이수광이 유구 사신과 주고받은 필담 내용을 보면, 유구 사신단은 1610년 9월에 본국을 떠나 바닷길 5일 만에 복건성에 이르렀고, 복건성을 경유하여 육로로 7천 리를 지나 1611년 8월에 북경에 도착했다.(自言庚戌九月離本國, 水行五日抵福建, 由福建陸行七千里, 辛亥八月達北京. 李睟光, 「琉球使臣贈答錄-辛亥 赴京時」後, 『芝峯集』권

9.) 약 1년 만에 북경에 도착한 것이다. 『지봉유설(芝峯類說)』권2「제국부(諸國部)」<유구국> 항목에도 '유구국은 동남쪽 바다 가운데 있는데, 복건 매화소의 항구에서 배를 타고 7일을 가면 도착할 수 있다.(琉球國在東南海中, 自福建梅花所開洋, 七日可至.)'라고 하였다.

경련(5, 6구)의 내용 역시 함련(3, 4구)의 내용을 이어서 유구 사신들이 복건성 연해의 안개가 짙게 끼고 비가 많이 오는 귤포와 용계 지역을 거쳐 가야 함을 말하고 있다. 미련(7, 8구)은 마침 유구 사신들이 돌아가는 때가 동풍 부는 절기여서 파도가 잔잔할 것이라는 안도이다. 마지막 구절, '훗날에 행여 다시 사신으로 오시는지요.'라는 말은 다시 만나고 싶다는 뜻을 담고 있다.

제3수

그대가 장기 낀 바닷가에 산다고 하니
하늘 닿는 큰 파도 가없이 펼쳐지겠소.
강역이 오랫동안 탐라와 가까웠으니
풍속은 틀림없이 낙월과 비슷하리라.
남극의 별들은 일천 섬을 비추고
북산의 꽃과 풀은 사시사철 봄빛일세.
교린의 오랜 우호 생각해야 할지니
이역에서의 새로운 만남 어찌 꺼리겠는가.

聞說君居瘴海潯　　拍天鯨浪闊無津
封疆久與耽羅近　　風俗應將駱越親

南極星辰千島曙　　北山花卉四時春
交隣舊好須相念　　異域何嫌識面新

【용어 해설】

- 장해(瘴海): 장기(瘴氣) 낀 바다. 장기는 축축하고 더운 땅에서 생기는 독한 기운이다.
- 경랑(鯨浪): 고래처럼 커다란 물결이라는 뜻으로, 바다에서 이는 큰 파도를 비유적으로 이르는 말이다.
- 탐라(耽羅): 삼국시대 제주도에 있었던 나라. 삼성혈(三姓穴)에서 나온 고(高)·양(良)·부(夫) 삼신(三神)이 그 시조라고 전한다. 조선 초기까지 제주도 지역을 지칭하는 행정구역 명칭이었으며, 그 후에도 제주도의 별칭으로 사용되었다.
- 낙월(駱越): 옛날 백월(百越)의 하나. 현재 중국 남방에 위치한 운남·귀주·광서 일대이다. 백월은 위 제2수의 용어 해설에 나온다.

【시 해설】　　수련(1, 2구)은 유구의 지리적 풍토 상황을 묘사하면서 친근감을 드러내고 있다. 함련(3, 4구)에서도 유구가 제주도와 가깝다는 말로 조선과의 거리감을 줄이고 있다. 풍속이 낙월과 비슷할 것이라는 말은 유구와 중국 남쪽 지역이 물리적 거리의 가까움과 함께 역사적으로도 유구가 중국 복건성과 교류가 많음을 함의한 것이다. 낙월은 중국 남방에 위치한 운남·귀주·광서 일대를 말한다. 경련(5, 6구)에 나오는 남극과 북산은 모두 유구 지역을 가리킨다고 보인다. '일천 섬[千島]'은 유구가 본섬 외에 많은 섬으로 이루어진 나라이기 때

문에 이렇게 말하였다. 모두 유구를 뜻한다. '북산의 꽃과 풀은 사시
사철 봄빛'이라는 6구의 말은 유구의 위치가 아열대 지역이므로 늘
따뜻하기에 이렇게 묘사하였다.

마지막 미련(7, 8구)에서는 조선과 유구가 이미 오랫동안 교린
을 쌓아왔으니 이역인 중국 북경에서 양국 사신이 처음 만났다고 해
서 어찌 꺼릴 것이 있겠느냐는 말이다. 이 말을 보면 이수광이 조선
과 유구, 두 나라의 교린의 역사를 잘 알고 있다고 하겠다. 한반도와
유구와의 관계는 『고려사절요』 공양왕 1년(1389) 8월에 유구국의 중
산왕 찰도가 사신 옥지(玉之)를 보내어 칭신(稱臣)하고 왜적에게 잡혀
간 고려인을 돌려보냈다는 기사가 있다. 또 『조선왕조실록』 태조 1년
(1392) 8월 18일 기사에도 '유구국 중산왕이 사신을 보내어 조회하였
다.'라는 내용이 있다. 이후에도 두 나라의 관계는 이어져 조선 전기
에 유구에서 조선에 사절을 보낸 것만 46회나 된다. 물론 조선에서도
유구에 사절을 3회 보냈다. 조선 중기 이후에는 북경을 통한 우회 외
교 등 두 나라의 관계는 조선조 말기까지 이어졌다.[*]

제4수

아득한 바다 가운데 무더운 섬나라
예로부터 바람과 안개 백만과 닿았지요.
지세는 용백국을 웅장히 마주하고
바다엔 제령산이 우뚝이 솟아 있네.

---

[*]   이성혜, 『유구 한문학』, 산지니, 2022 참조.

가벼운 비단엔 예전부터 곱디고운 파초가 있었고
기이한 보물로는 일찍부터 아롱진 대모가 있었지.
돌아갈 때 응당 황은의 성대함을 알 터이니
유쾌하게 봄빛 따라 함께 귀국하리라.

炎鄕杳在海中間　　從古風煙接百蠻
地勢雄臨龍伯國　　溟濤屹立濟靈山
輕綃久識芭蕉細　　異貨曾聞玳瑁斑
歸去應知皇澤厚　　好隨春色一時還

【용어 해설】

- 염향(炎鄕): 몹시 더운 고장이란 뜻으로 유구를 가리킨다.
- 풍연(風煙): 바람과 안개.
- 백만(百蠻): 고대 중국 남방에 살던 소수 민족의 총칭. 또는 백만이 살던 지역.
- 용백국(龍伯國): 고대 전설 속에 거인들이 살던 나라 이름. 『열자(列子)』「탕문(湯問)」에 다음과 같은 이야기가 있다. 발해 동쪽에 대여(岱輿)·원교(圓嶠)·방호(方壺)·영주(瀛洲)·봉래(蓬萊)라는 다섯 곳의 신선이 사는 산이 있었다. 이 산들은 모두 바다에 떠 있는 탓에 항상 조수를 따라 오르락내리락하므로 상제가 사방으로 떠내려갈까 걱정스러워서 열다섯 마리의 자라에게 머리로 떠받치고 있게 하였다. 그리고 3교대로 6만 년마다 한 번씩 교대하게 하였다. 그러자 다섯 곳의 신선이 사는 산이 비로소 움직이지 않게 되었다. 그런데

용백국의 거인이 나타나 낚시질을 하여 여섯 마리의 자라를 잡아서 짊어지고 그 나라로 돌아가자, 대여와 원교 두 산이 북극으로 흘러가서 큰 바다 아래로 가라앉았다고 한다.

- 제령산(濟靈山): 유구에 있는 산 이름.
- 경초(輕綃): 가벼운 깁, 즉 고운 비단.
- 파초(芭蕉): 파초포(芭蕉布). 파초에서 뽑아낸 실로 짠 베를 말한다.
- 대모(玳瑁): 열대와 아열대에 사는 바다거북과에 속하는 동물. 대모갑(玳瑁甲)은 대모의 등과 배를 싸고 있는 껍데기인데 관자(貫子), 비녀 등의 장식품을 만드는 재료로 쓰인다.

【시 해설】   수련(1, 2구)은 유구의 지리적 위치와 기후를 나타내고 있다. 이수광이 말하고 있듯이 유구는 아열대 지역으로 남쪽 바다에 있는 섬나라이다. 그리고 중국 남방과 가깝다. 그러므로 바람과 안개가 백만과 닿았다고 표현하였다. 백만이라는 용어는 고대 중국에서 자신들을 중화라는 문명국으로 지칭하고, 사방에는 오랑캐가 산다고 하였는데, 남방을 만(蠻)으로 일컬었던 것에서 유래한다고 볼 수 있다. 함련(3, 4구)에 나오는 용백국은 고대 전설 속에 나오는 거인들이 살던 나라인데, 이 용백국도 남방에 있었다고 한다. 함련(3, 4구)에서는 '웅장히[雄]', '우뚝이[屹]'라는 용어로 유구의 지세를 높이고 있다. 그리고 경련(5, 6구)에서는 유구의 특산물인 파초포와 대모갑을 언급하였다. 『조선왕조실록』에 의하면, 유구 사신이 조선에 올 때, 파초포와 대모갑을 종종 가지고 왔다. 7구에서 유구 사신이 임무를 마치고 고국으로 돌아갈 때, 황제의 은택이 성대함을 알리라는 것은 외교적 수사라고 보인다. 또한 이는 사신의 임무를 무사히 마쳤음을 뜻하

기도 한다. '유쾌하게 봄빛 따라 함께 귀국하리라.'라는 8구에서 유구 사신이 귀국하는 때가 봄임을 알 수 있다. 그리고 '유쾌하게[好]'라는 글자는 임무를 마친 '홀가분함'이라는 의미와 '봄'이라는 계절적 요인 도 함께 담았다고 하겠다.

제5수

사명을 받들고 해외에서 오면서
역로에 산천을 얼마나 지나오셨소.
황가에서 수레와 문자 통일한 날
사신들이 함께 예악을 보는 해라네.
연 땅의 바람서리는 봄날 붓에서 일어나고
절강의 안개비는 저녁 돛배에 내리겠지.
알겠다, 이별한 뒤 서로 그리는 마음 있어
밤마다 분명 조각달이 걸리리라.

銜命來從海外天	驛程行盡幾山川
皇家一統車書日	使節同觀禮樂年
燕地風霜春筆下	浙江煙雨暮帆前
遙知別後襟期在	夜夜分明片月懸

【용어 해설】

• 역정(驛程): 역과 역 사이의 거리. 목적지에 이르는 동안 거쳐 지나

는 길이나 과정을 뜻한다. 흔히 역로(驛路)라는 말을 쓰는데, 이는 벼슬아치가 역마(驛馬)를 갈아타고 숙박을 하는 곳으로 통하던 길을 말한다.

- 연지(燕地): '연나라 땅'이라는 뜻이지만, 중국의 북경을 의미한다. 북경은 과거 연(燕) 지역이었다. 청나라 때에는 북경을 연경(燕京)이라고 하였다.
- 절강(浙江): 중국 절강성. 유구 사신은 절강성 복주에서 배를 타고 유구로 돌아간다.

【시 해설】　　수련(1, 2구)은 멀리 동해에 있는 유구의 사신으로 북경까지 온 노고에 대한 치하이다. 함련(3, 4구) 출구(3구)의 '황가(皇家)'는 명나라를 가리킨다. 곧, 중국을 동아시아 한자문화권의 종주국으로 칭송하고 있다. 이수광이 조선 사신으로 북경에 갔으니 빠뜨릴 수 없는 외교적 수사일 것이다. 그리고 '일통거서(一統車書)'는 지역마다 혹은 나라마다 각기 다른 궤도(軌道)와 문자가 하나로 통일되었다는 뜻으로 천하가 통일되었음을 의미한다. 이 말은『중용장구』제28장에 나오는 "지금 천하에 수레는 바퀴의 궤도가 같으며, 글은 문자가 같으며, 행동은 차서가 같다.(今天下, 車同軌, 書同文, 行同倫.)"에서 가져온 것이다. 물론 여기서는 명나라가 중국의 주인이며, 조선과 유구 등의 종주국 혹은 상국(上國)이라는 의미이다. 대구(4구)의 원문 '관예악(觀禮樂)'은 중국의 예악을 관찰한다는 말이다. 춘추시대 오나라 공자 계찰(季札)이 사신으로 상국(上國)을 두루 유람하면서 당세의 어진 사대부들과 사귀었고, 특히 노나라에 사신으로 가서는 옛 주나라의 음악을 차례로 관찰하고 돌아왔던 고사를 인용한 말

이다.(『史記』卷31「吳太伯世家」. 『春秋左氏傳 襄公29年』) 여기서는 여러 나라 사신이 명나라에 조회하러 왔음을 뜻한다.

경련(5, 6구)은 유구 사신들이 고국으로 돌아가는 노정과 주변 풍경을 묘사하고 있다. 유구 사신들은 바람과 서리가 몰아치는 봄철에 연경을 떠나며, 아마도 그 모습을 읊을 것이다. 그리고 중국 육로가 끝나는 절강성에서 배를 타고 유구로 돌아간다. 절강의 연해 지역에는 안개비가 자주 내리므로 '절강의 안개비는 저녁 돛배에 내리겠지.'라고 노래하였다. 마지막 미련(7, 8구)은 유구 사신들을 잊지 않겠다는 말인 동시에 잊지 말자는 뜻이다. 밤마다 걸리는 조각달을 보면서 서로를 생각하자는 것이다. 당나라 두보의 시 「이백을 꿈에서 보다(夢李白)」에, "지는 달이 지붕마루 가득히 비추니, 그대의 얼굴을 보는 듯하네.(落月滿屋梁, 猶疑見顏色.)"라고 하였다.(『古文眞寶』前集 卷3, 『全唐詩』卷218「夢李白」.)

제6수

불바다가 아득히 대황에 이어지니
나무배에 의지해 진량을 삼는다오.
파도 속의 일월은 봉역을 환히 열고
변방 밖의 산하는 직방에서 빠졌도다.
땅은 주향이 나오니 공물에 채우고
몸은 옥백을 받드니 반열에 끼었네.
사신이 돌아가면 사람들에게 말하리라
지금 중국에 성스러운 황제가 계신다고.

火海茫茫接大荒　　秪憑刳木作津梁
波間日月開封域　　徼外河山漏職方
地產珠香充貢篚　　身將玉帛側班行
使歸定向居人道　　中國于今有聖皇

【용어 해설】

- 화해(火海): 불바다라는 뜻. 유구가 남방에 있어 그 주위 바다의 온
  도가 높으므로 이렇게 말하였다.
- 대황(大荒): 중국에서 아주 먼 변방 지역을 이르는 말. 여기서는 유
  구를 가리킨다. 『산해경』권9 「대황동경(大荒東經)」에 '동해의 밖,
  대황의 안에 대언이란 산이 있는데, 해와 달이 나오는 곳이다.(東海
  之外、大荒之中, 有山名曰大言, 日月所出.)'라는 말이 있다.
- 고목(刳木): 나무를 파낸다는 뜻으로 '배'의 별칭으로 쓰인다. 『주
  역』「계사전 하」에, '나무를 파내어 배를 만들고, 나무를 깎아서 노
  를 만들어, 배와 노의 이로움으로 통하지 못하는 것을 건너 먼 곳까
  지 도달함으로써 천하를 이롭게 하였다.(刳木爲舟, 剡木爲楫, 舟楫之
  利, 以濟不通, 致遠以利天下.)'라고 하였다.
- 작진량(作津梁): 나루와 다리를 삼는다는 뜻. 나루와 다리는 모두
  물을 건너는 수단이므로 여기서는 바다를 건넌다는 뜻이다. 유구
  가 섬나라이므로 배를 이용하여 다른 나라와 교류하기 때문에 이렇
  게 말하였다.
- 직방(職方): 고대 주나라 때 하관(夏官)에 속한 관명(官名)인 직방씨

(職方氏). 천하 구주(九州)의 지도와 공물을 관장하였다.

- 주향(珠香): 구슬과 향.

- 공비(貢篚): 『서경』「우공(禹貢)」에 '공물은 옻과 생사이고, 광주리에 담아서 바치는 폐백은 무늬 있는 직물이다.(厥貢漆絲, 厥篚織文.)'에서 가져온 말로, 공물을 뜻한다. 유구에서 토산물인 구슬과 향을 명나라에 조공(朝貢)으로 바친다는 말이다. 조선이 초기 유구와 직접 교류할 때, 유구에서 조선으로 보내온 물품에 향 종류로 단향(檀香)·침향(沈香)·목향(木香) 등이 있었다.

- 옥백(玉帛): 옥과 비단. 고대에 제후가 천자를 조회할 때 예물로 바치던 물건이다. 『춘추좌씨전』「애공 7년」에 '우임금이 도산에서 제후들과 회합하였는데, 옥백을 받든 자가 만국이었다.(禹合諸侯於塗山, 執玉帛者萬國.)'라고 하였다.

【시 해설】　　　수련(1, 2구)의 '대황'은 유구를 뜻하며, 유구가 남쪽 바다 한 가운데 위치함을 묘사하였다. 섬나라인 유구에서는 배가 중요한 이동 수단이 된다. 따라서 '나무배에 의지해 진량을 삼는다오.'라고 노래했다. 그뿐만 아니라 유구 스스로 '동아시아 여러 섬나라의 나루와 다리[만국진량(滿國津梁)]'가 되고자 하였다. 함련(3, 4구)에서는 유구가 명나라에 조공하고 있지만, 대륙과 이어지지 못한 섬나라인 까닭에 직방씨가 관장하는 나라들 가운데에 끼지 못하였다고 표현하였다. 이 구절 역시 남쪽 섬나라인 유구의 지리적 위치를 담고 있다.

　　경련(5, 6구)에서는 유구의 특산물인 구슬과 향을 언급하며, 유구 역시 중국의 조공국임을 말하고 있다. 즉, 유구 사신이 옥백을 받들고 명나라의 조정 반열에 끼여 명나라 황제에게 조회하였음을 말하

였다. 미련(7, 8구)은 역시 같은 맥락으로 중국을 상국으로 하는 조공
국의 외교적 수사로 마무리하였다. 특히 '지금 중국에 성스러운 황제
가 계신다.'라는 마지막 구절이 그러하다. 이 구절에서는 반드시 유구
만을 말하는 것은 아니고, 조선을 포함한다고 하겠다.

제7수

박초풍이 불어오매 바다 기운 비릿한데
교룡굴 위로 어둑어둑 비가 오누나.
그늘진 절벽엔 시월에도 매화가 하얗고
굽은 언덕엔 겨울 내내 여지가 푸르리라.
동쪽 끝이라 양곡의 해가 먼저 보이고
남쪽 바다라 노인성이 굽어본다오.
우리 만남은 전생의 인연 덕분이니
기이한 얘기 지금 모두 들을 만하구려.

舶趠風來海氣腥	蛟龍窟上雨冥冥
陰崖十月梅花白	曲岸三冬荔子靑
東極先看暘谷日	南溟俯瞰老人星
相逢自是前緣在	異說如今儘可聽

【용어 해설】

• 박초풍(舶趠風): 초여름에 부는 계절풍. 송나라 문인 소식(蘇軾)의

시 「박초풍」에, '한 달 만에 황매우가 이미 지나가니, 만 리 밖에서 박초풍이 비로소 불어오네.(三旬已過黃梅雨, 萬里初來舶趠風.)'라는 구절이 있다. 그 자서(自序)에 이런 말이 있다. '오땅에 매우가 이미 지나가면 맑은 바람이 열흘 정도 솔솔 불어오는데, 해마다 이와 같으므로 호중 사람들이 박초풍이라 부른다. 이때 바다에 나간 배들이 처음으로 돌아오는데, 사람들은 이 바람이 해상에서 배와 함께 이른다고 하였다.(吳中梅雨既過, 颯然清風彌旬, 歲歲如此, 湖人謂之舶趠風. 是時海舶初回, 云此風自海上與舶俱至云爾.)'(『東坡全集』卷11 舶趠風)

- 교룡굴(蛟龍窟): 교룡은 고대 전설상에 깊은 물 속에 사는 동물로 홍수를 일으킬 수 있다고 한다. 여기서는 유구를 포함한 주변 바다를 비유한 말이다.

- 여자(荔子): 여지(荔枝)를 말한다. 남방에서 나는 과일 이름이다.

- 양곡(陽谷): 중국 동방의 해 뜨는 곳을 말한다. 『서경』 「우서(虞書) 요전(堯典)」에, '희중에게 따로 명하여 동쪽 바닷가 우이에 머물게 하니 그곳이 바로 양곡인데, 떠오르는 해를 공손히 맞이하여 봄 농사를 고르게 다스리도록 하였다.(分命羲仲, 宅嵎夷, 曰暘谷, 寅賓出日, 平秩東作.)'라고 하였다. 『회남자』 「천문훈(天文訓)」에는, '해는 양곡에서 떠올라 함지에서 목욕한다.(日出於暘谷, 浴於咸池.)'라고 하였다.

- 노인성(老人星): 남쪽 하늘에 나타나서 밝은 빛을 발하는 2등성 별. 남극성이라고도 하고, 노인의 장수를 상징하는 별이라 하여 수성(壽星)이라고도 한다. 『사기』 권27 「천관서(天官書)」에 '낭비 땅에 큰 별이 있는데 남극노인이라 한다. 남극노인성이 나타나면 정치가

안정되고, 나타나지 않으면 전쟁이 일어난다.(狼比地有大星, 曰南極
老人. 老人見, 治安; 不見, 兵起.)'라고 하였다.

【시 해설】　1구에서 박초풍이 불어온다는 말에서 초여름의 계절
을 알 수 있다. 위의 제5수에서 '연 땅의 바람서리는 봄날 붓에서 일
어나고'라고 하여 유구 사신이 봄에 북경을 떠남을 시사하였으니, 아
마도 절강성에 도착할 때는 박초풍이 불어오는 초여름임을 감지한
것으로 보인다. 2구의 교룡굴은 유구가 위치한 넓은 바다를 비유하
였다고 보이는데, 어쩌면 유구만을 지칭하였는지도 모르겠다.
　함련(3, 4구)에서는 유구가 남방에 위치하고 있어 기후가 따뜻하
기 때문에 그늘진 절벽에 시월에 매화꽃이 하얗게 필 것이며, 우리가
생각하는 한겨울에도 따뜻한 남쪽 지역에서 자라는 푸른 여지가 겨
울 내내 달려 있을 것이라고 말하고 있다. 사실 유구[오키나와]는 아열
대 지역이므로 조선[한국]과 같은 동지섣달은 없다. 그러나 1월 초순
은 가장 추운 시기로 14도 내외의 기온을 나타내는데 이때 매화가 핀
다고 한다.
　경련(5, 6구)에서는 유구가 중국의 동남쪽 바다에 있으므로 양곡
에서 떠오르는 해를 먼저 본다고 하였으며, 또한 남쪽 하늘에 나타난
다는 노인성[남극성]을 볼 수 있다고 하였다. 이 역시 유구의 지리적
위치를 묘사하고 있다. 미련(7, 8구)에서는 유구 사신과의 만남을 전
생의 인연으로 묘사하면서 친근감을 나타내었다. 그런데 이 표현이
가능한 것은 조선과 유구는 서로 만나자는 약속 없이 만났다. 두 나
라 모두 중국에 조공하는 나라이지만 두 사신이 반드시 만난다는 것
은 기필할 수 없기 때문이다.

제8수

오만관에서 처음 만나 함께 담소 나누니

마음으로 친해져 상서의 통역 필요 없다오.

나그네 시름에 연산의 밤 달을 마주했고

고향 생각은 해교의 봄바람을 따라가리라.

땅은 파도 아래로 들어가니 상하가 모호하고

하늘엔 별이 떠 있으니 동서가 분별되네.

그대는 돛 달고 편안하게 돌아가리니

흥취가 허무를 가리키는 데 있겠구려.

傾蓋烏蠻笑語同　　心親不待象胥通

羈愁夜對燕山月　　鄉思春隨海嶠風

地入波濤迷上下　　天懸星斗辨西東

知君掛席歸程穩　　興在虛無指點中

【용어 해설】

- 경개(傾蓋): 제2부의 「유구국 사신인 스님을 보내면서 드림(贈送琉球國使僧)」의 용어 해설에서 설명하였음.

- 오만(烏蠻): 오만관(烏蠻館)을 말한다. 본디 오만은 고대 중국 서남 지역에 거주하던 소수 민족의 이름이다. 그런데 명나라 때 외국 사신의 숙소로 사용하기 위해 연경에 설치한 객관의 명칭으로 사용하

였다.

- 상서(象胥): 역관(譯官)이라는 의미. 고대 주나라 때, 사방에서 온 사신들을 접대한 관원의 이름인데, 전하여 역관을 뜻하게 되었다.
- 연산(燕山): 연경(燕京). 송나라 선화(宣和) 4년(1122)에 연경을 연산부(燕山府)로 바꾸었다. 이후로 연경을 가리키는 말로 쓰인다.
- 해교(海嶠): 바닷가의 산이라는 말. 여기서는 섬나라인 유구를 가리킨다.
- 괘석(掛席): 돛을 단다는 말. 돛을 달고 배를 띄운다는 뜻이다. 남조(南朝) 송나라 사영운(謝靈運)의 시「유적석진범해(游赤石進帆海)」에, '돛 올려 석화를 캐고, 돛 달고 해월을 줍는다오.(揚帆采石華, 挂席拾海月.)'라고 하였다.(『文選』卷22「游赤石進帆海」)

【시 해설】　　　수련(1, 2구)은 이수광이 오만관에서 유구 사신 채견과 마성기를 만났음을 전한다. 오만관은 유구 사신들이 머무는 곳이고, 조선 사신들은 주로 옥하관에 머문다. '통역이 필요 없었다.'라는 표현은 친분을 드러내기 위함도 있고, 동시에 직접 소통했음을 강조한 것으로도 보인다. 이수광의 기록을 보면, 그는 유구 사신과 필담으로 대화했다. 함련(3, 4구)에서 말한 '나그네 시름'은 반드시 유구 사신만을 지칭하지는 않을 것이다. 이수광 역시 사신으로 객지 생활의 시름이 있을 것이다. 이른바 동병상련의 마음을 담았다. 그런데 이제 유구 사신은 봄바람을 따라 고향으로 돌아갈 예정이다. 유구 사신이 자신보다 먼저 귀국함을 표현하였다.

　　경련(5, 6구)의 묘사는 유구가 섬나라로 사방이 망망한 바다로 둘러싸여 있어서 육지가 해수면보다 낮아 육지와 바다의 구분이 모호하다고 표현하였다. 그러나 하늘에 떠 있는 별은 당연히 유구에도 비추므로 그를 통해 동서 방위를 분별할 수 있다는 말이다. 약간 익살스런 표현이라고도 할 수 있다. 마지막 구절에서 표현한 '허무'는 망망한 바다, 혹은 텅 비고 아득한 선경(仙境)을 이르는 말이다. 당나라 두보의 시 「송공소보사병귀유강동겸정이백(送孔巢父謝病歸游江東兼呈李白)」에, '봉래의 직녀가 구름 수레를 돌려서, 허무를 가리켜 귀로를 인도하네.(蓬萊織女回雲車, 指點虛無引歸路.)'라고 하였다. 당나라 시인 백거이는 「장한가(長恨歌)」에서, '갑자기 들으니 해상에는 신선이 사는 산이 있는데, 그 산은 허무의 아득한 사이에 있다 하네.(忽聞海上有仙山, 山在虛無縹渺間.)'라고 하였다. (『全唐詩』卷216,『古文眞寶』前集 卷9「長恨歌」) 마지막 구에서 이수광이 이렇게 표현한 것은, 유구 사신이 배를 타고 고국으로 돌아갈 때, 아름다운 바다를 지나가기 때문이기도 하고, 유구가 아름다운 바다 가운데 있기 때문이기도 하다.

제9수

일찍이 여지지에서 상고하여
풍속이며 산천을 잘 알고 있었다오.
일월은 해내와 해외를 나란히 비추고
파도는 동쪽이며 남쪽에 막힘없이 통하네.
만 리의 무더운 수륙 노정 몹시 험난했고
세 번의 통역을 거치며 온갖 고생 겪었구려.
오늘 우연한 만남 참으로 다행스러우니

사신이 돌아가면 후일의 기담거리 많으리라.

曾從輿地誌中參　　風俗山川已熟諳
日月竝明天內外　　波濤不隔海東南
間關水陸炎程萬　　辛苦梯航象譯三
邂逅今朝眞自幸　　使還他日足奇談

【용어 해설】

- 간관(間關): 길이 험하므로 가기가 어려운 모양.
- 제항(梯航): 제산항해(梯山航海)의 준말로, 험한 산에 사다리를 놓고 올라가고, 배를 타고 바다를 건넌다는 뜻이다. 아주 먼 곳으로부터 오는 것을 의미한다.
- 상역(象譯): 통역 또는 통역하는 사람. 『예기』「왕제(王制)」에 다음과 같은 말이 있다. '오방의 백성은 언어가 서로 통하지 않고, 기욕이 서로 같지 않으니, 그 뜻을 전달해 주고, 그 기욕을 통해 주어야 한다. 그러므로 동방의 통역을 기(寄)라 하고, 남방의 통역을 상(象)이라 하며, 서방의 통역을 적제(狄鞮)라 하고, 북방의 통역을 역(譯)이라 한다.(五方之民, 言語不通, 嗜欲不同, 達其志, 通其欲. 東方曰寄, 南方曰象, 西方曰狄鞮, 北方曰譯.)'

【시 해설】　　수련(1, 2구)은 이수광이 유구에 대해 이미 문헌을 통해 잘 알고 있다는 말이다. 함련(3, 4구)에서 일월이 해내와 해외를 모두 비춘다는 것은, 같은 지구상에 살고 있다는 뜻임과 동시에 조선이

나 유구 모두 중국을 종주국으로 하는 한자문화권에 편입되어 있다는 의미이기도 하다. 경련(5, 6구)은 조선보다 험한 사행길을 거치는 유구 사신들을 위로하였다. 유구는 명나라 수도인 북경과 멀리 떨어져 있으므로 바닷길과 육로를 거쳐야 한다. 그뿐만 아니라 육로의 경우에는 중국이라고 해도 사실상 문화와 언어가 다른 복건성과 절강성 등 여러 지역을 수개월에 걸쳐 지나와야 하므로 '만 리'와 '세 번의 통역을 거쳤다.'라는 표현은 결코 과장되었다고 할 수 없다. 그러므로 미련(7, 8구)에서 표현한 '만남'은 정말 특별하다고 하겠다.

제10수

신선은 본디 바다에 살고
남두성 궤도는 태허를 돈다네.
바람은 서불의 나라를 왕래하고
산천은 축융의 땅에서 출몰하네.
밝은 해에 떠 있는 나무는 상역과 이어지고
푸른 하늘에 치솟는 파도는 미려로 들어가네.
어찌하면 그대 따라 가벼이 노 저어
함께 봉래 찾아 고래를 탈꼬.

神仙本自海中居　　南斗星躔切太虛
風汎往來徐市國　　山川出沒祝融墟
樹浮白日連桑域　　浪蹴青天入尾閭
安得隨君輕棹去　　共尋蓬島跨鯨魚

【용어 해설】

- 남두성(南斗星): '남두(南斗)'는 이십팔수(二十八宿)의 하나인 두수(斗宿)이다. 북두칠성처럼 술구기[斗] 모양이라서 남두라고 한다. 전통 신앙에서 북두칠성이 죽음의 별이라면, 남두육성은 생명의 별이라고 한다.

- 풍신(風汛): 바람 또는 바람 소리.

- 서불(徐巿): 기원전 255년경에 제(齊)나라 산동반도 낭야군에서 태어났다. 천문·지리·해양학 등 다양한 분야에 뛰어난 방사(方士)로 서복(徐福)이라고도 한다. 『사기』「진시황본기」에 의하면, 서불이 진시황에게 글을 올려, '바다 가운데 삼신산이 있어 봉래·방장·영주라고 하는데 이곳에 신선이 살고 있습니다.(海中有三神山, 名蓬萊方丈瀛洲, 僊人居之.)'라고 하였다. 이에 진시황이 서불에게 동남동녀 각각 5백 명씩 데리고 불사약을 구해오라며 동해의 봉래산으로 뱃길을 떠나도록 하였는데, 다시 돌아오지 않았다고 한다. 당시 서불은 우리나라도 지나갔다고 하며, 남해 금산 기슭 바위에 새겨진 '서시과차(徐巿過此, 서복이 이곳을 지나갔다)'라는 암각문은 그가 새겼다고 전해진다.

- 축융(祝融): 고대 화신(火神)의 이름으로 남방 또는 남해를 관장하는 신의 이름이기도 하다. 『관자(管子)』「오행(五行)」에, '사룡을 얻어 동방을 다스리고, 축융을 얻어 남방을 다스렸다.(得奢龍而辯於東方, 得祝融而辯於南方.)'라는 말이 있다.

- 상역(桑域): 부상(扶桑)이 있는 강역(疆域)이란 말. 여기서는 동남쪽

바다에 있는 유구를 가리킨다.

- 미려(尾閭): 고대 전설상에 바닷물이 쉴 새 없이 빠져나간다고 하는 바다 밑의 큰 구멍으로 동쪽 큰 바다에 있다고 한다. 『장자』「추수(秋水)」에, "천하의 물 가운데 바다보다 큰 것이 없으니, 온갖 하천의 물이 바다로 흘러 모여도 찰 줄 모르고, 미려로 끊임없이 새어나가도 마를 줄을 모른다.(天下之水, 莫大於海. 萬川歸之, 不知何時止而不盈, 尾閭泄之, 不知何時已而不虛.)"라고 한 데서 왔다.

- 경도(輕棹): 작은 배.

- 봉도(蓬島): 봉래산. 동해 가운데 신선이 산다는 영주산·방장산과 함께 삼신산의 하나이다.

- 과경어(跨鯨魚): 고래를 탄다는 말. 당나라 시인 이백이 일찍이 술에 취해 채석강(采石江)에서 뱃놀이하다가 물속에 비친 달을 건지려고 뛰어들었다가 고래를 타고 하늘로 올라갔다는 전설에서 가져왔다. 송나라 시인 매요신(梅堯臣)은 시「채석월증곽공보(采石月贈郭功甫)」에서, '채석강 달빛 아래 적선을 찾으니, 한밤중 비단 도포로 낚싯배에 앉아 있네. 취중에 강 밑에 매달린 달 사랑하여, 손으로 달을 희롱하다 몸이 뒤집혔다오. 굶주린 교룡 입에 떨어지진 않았을 터, 응당 고래 타고 하늘로 올라갔으리라.(采石月下訪謫仙, 夜披錦袍坐釣船. 醉中愛月江底懸, 以手弄月身翻然. 不應暴落飢蛟涎, 便當騎鯨上靑天.)'라고 하였다.

【시 해설】 이 시는 유구의 지리적 위치를 전고(典故)를 동원하여 칭송하고 있다. 수련(1, 2구)은 일본 남쪽, 곧 북위 26도 동경 127도를 중심으로 위치한 섬나라 유구를 신선의 나라로 슬쩍 띄운다. 남두성

은 남방에 위치하는 6개의 별인데, 국자 모양을 이루므로 남두성이라고 한다. 북두성의 성질이 굳센 반면, 남두성의 성질은 유하다고 한다. 함련(3, 4구)에 '바람은 서불의 나라를 왕래하고'라는 표현은 기원전 219년부터 기원전 210년 사이에 진시황의 명을 받아 불로초를 구하러 삼신산을 찾아 떠났다고 하는 그 삼신산이 있는 곳이 바로 유구라는 의미이다. 서불이 유구에 도착했다는 의미가 강하다. '축융'은 남방의 불을 담당하는 화신이므로, 역시 남쪽에 위치한 유구를 묘사하였다.

경련(5, 6구)의 '상역'은 해가 뜨는 동쪽 바다에 있다고 하는 상목(桑木)이 무성한 곳 부상(扶桑)이며, '미려(尾閭)'는 바다 깊은 곳에 있어 물이 끊임없이 새어 나간다는 곳으로, 유구가 동남쪽 바다에 있으므로 이렇게 표현하였다. 시의 마무리는 유구 사신과 함께 배를 타고 신선이 산다는 봉래산을 찾아가 당나라 시인 이백처럼 고래를 타고 하늘로 올라가 신선 세계에 들어가고 싶다고 표현하였다.

이 시는 유구의 지리적 위치를 최고의 지성으로 노래했다고 보인다. 이수광의 학식과 문식이 돋보이는 시이다.

제11수

석목진이 아스라이 바다에 이어지는데
다행히도 사신들이 중화에 모였구려.
누선은 풍이의 굴을 멀리서 건너왔고
사신은 해객의 뗏목을 타고 왔도다.
만 리 땅에서 연북의 눈을 밟았고

이 년 동안 일남의 꽃이 피고 졌으리.
사람이 태어나면 모두 다 형제인데
하물며 거서를 같이하는 일가임에랴.

析木津連積水賒　　幸逢冠蓋會中華
樓船遠涉馮夷窟　　使節來乘海客槎
萬里踏殘燕北雪　　二年開盡日南花
人生落地皆兄弟　　況值車書共一家

【용어 해설】

- 석목진(析木津): 고대 유연(幽燕) 지역의 대칭(代稱). 여기서는 연경
  [북경]을 가리킨다. 석목(析木)은 별자리 이름으로 미성(尾星)과 남
  두성(南斗星) 사이에 있는데 그 영역 안에 한진(漢津), 즉 은하가 있
  으므로 석목진이라 부른다. 또한 석목의 별자리가 유연 지역에 해
  당한다.(『춘추좌전』소공 8년 『진서(晉書)』권11 「천문(天文) 상」)
- 적수(積水): 쌓인 물. 여기서는 연경에서 유구로 이어지는 동해를
  가리킨다.
- 관개(冠蓋): 관원의 관복과 수레. 여기서는 사신을 가리킨다.
- 풍이굴(馮夷窟): 풍이궁(馮夷宮). 수신(水神)의 궁전, 즉 수궁(水宮)
  을 뜻한다. 풍이는 황하의 신인 하백인데, 넓게 수신으로 일컬어진
  다. 송나라 시인 소식의 「후적벽부(後赤壁賦)」에, '새매가 살고 있는
  높은 둥지에 올라가고, 풍이의 물속 깊숙한 궁전을 굽어보았다.(攀
  棲鶻之危巢, 俯馮夷之幽宮.)'라는 구절이 있다.

- 연북(燕北): 연경[북경]을 뜻한다.
- 거서(車書): 수레바퀴의 궤적과 글자. 『중용장구』 제28장에, '지금 천하에는 수레는 바퀴의 궤도가 같으며, 글은 문자가 같으며, 행실은 윤리가 같다.(今天下, 車同軌, 書同文, 行同倫.)'라고 하였다. 천하가 통일되었다는 뜻이다.

【시 해설】　수련(1, 2구)은 중국 북경[연경]이 동남쪽 바다에 있는 유구와는 멀리 떨어져 있는데, 다행히도 유구 사신들이 북경에 도착했음을 강조하고 있다. 즉, 유구 사신의 노고가 행간에 살짝 깔려 있다. 함련(3, 4구) 역시 유구 사신들의 먼 사행길을 묘사하였다. 유구 사신들이 명나라에 사신 오기 위해 배를 타고 험한 바다를 건너왔다는 뜻이다. 『조선왕조실록』 1415년(태종 15) 8월 5일 기사에 의하면, '유구국에 사신을 보내어 왜구가 노략질하여 전매(轉賣)한 사람을 돌려보내도록 청해야 한다.'라는 의견에 대해 '바다가 험하고 멀다.'라는 이유로 조선 관리가 아무도 가려고 하지 않았다. 논의 끝에 이예를 파견하기로 하였지만, 호조판서인 황희가 '물길이 험하고 멀며, 비용도 대단히 많이 드니 파견하지 않는 것이 낫겠다.'라고 건의하였다. 그만큼 유구국이 있던 바다는 왕래에 목숨을 걸어야 하는 험한 곳이었다. '사신은 해객의 뗏목을 타고 왔도다.'라는 '해객(海客)'은 바다를 항해하는 사람을 이르는데, 일반적으로 한나라 때 명을 받들고 뗏목을 타고서 바다를 끝없이 항해한 끝에 천상의 은하에 이르러 견우와 직녀를 보았다는 전설의 주인공인 장건(張騫)을 가리킨다.(『박물지(博物志)』) 그러나 여기서는 장건처럼 사명을 받들고 배를 타고서 머나먼 사행길을 온 유구 사신을 지칭한다.

경련(5, 6구)에 나오는 '연북'은 연경을 말하며, 남쪽 아열대 지역에 위치한 유구의 사신이 만 리나 되는 연경에 동지사로 추운 북방에 왔으므로 이렇게 표현하였다. '이 년 동안 일남의 꽃이 피고 졌으리.'라는 구절의 '일남(日南)'은 태양의 남쪽이란 말로, 역시 남방에 위치한 유구를 가리킨다. 이수광의 「유구사신증답록(琉球使臣贈答錄)」<후기>에 의하면, "유구 사신 일행이 경술년(1610, 광해군 2) 9월에 본국을 떠나 해로로 항해한 지 5일 만에 복건성에 도착하였고, 복건성에서 육로로 7천 리를 가서 신해년(1611, 광해군 3) 8월에 북경에 도착하였다."라고 하였다. 이 구절을 자세히 살펴보면, 유구 사신은 사명을 받고 고국을 떠난 지 1년 만에 북경에 도착했다. 귀국길은 다시 1년의 시간이 필요하니 유구 사신의 사행은 2년의 세월이 지나간다. 그러므로 고국의 꽃들이 두 차례 피고 졌을 것이라고 하였다.

마지막 미련(7, 8구)의 '사람이 태어나면 모두 다 형제'라는 말은 사람이 서로 다른 곳에서 태어났더라도 형제간처럼 친한 사이가 될 수 있다는 말이다. 진(晉)나라 도잠(陶潛)의 「잡시(雜詩)」 제12수(首)에, '땅에 떨어져 태어나면 모두가 나의 형제이니, 하필 골육지친을 따질 것 있으랴.(落地爲兄弟, 何必骨肉親)'라는 구절을 염두에 둔 말이다.(『陶淵明集』 권4) 마지막 구절에 나오는 '거서를 같이 한다.'라는 말은 천하가 통일되었다는 뜻이다. 즉, 명나라가 온 천하를 통일시켰으므로 지역마다 다르던 수레바퀴와 문자가 같다졌다는 것이다. 나아가 조선과 유구가 모두 명나라의 법과 제도 및 문화 등을 똑같이 본받아 사용하므로 한집안 사이와 같다는 외교적 발언이다.

제12수

남쪽 바다 가운데 약목의 서쪽

봉역이 예로부터 조제와 가깝다오.

땅은 남기에 닿아서 성신이 크고

하늘은 동해에서 탁 트여 일월이 낮도다.

산에는 기이한 새가 나오니 취우가 넉넉하고

물에는 신령한 짐승이 사니 문서가 풍부하네.

돛 펼치면 장쾌한 순풍을 맞을 터이니

발아래 큰 파도에도 길 헤매지 않으리.

漲海之中若木西　　提封自昔近雕題

地窮南紀星辰大　　天豁東溟日月低

山出異禽饒翠羽　　水藏靈獸富文犀

揚帆會得長風便　　脚下洪濤路不迷

【용어 해설】

- 창해(漲海): 남해의 옛 이름. 『구당서(舊唐書)』권45「지리지 4」에, '남해는 해풍현 남쪽 50리에 있으니, 곧 창해로 끝없이 아득하다.(南海在海豐縣南五十里, 卽漲海, 渺漫無際.)'라고 하였다.

- 약목(若木): 전설상의 신목(神木). 해가 지는 서쪽에 있다고 한다. 『산해경』권12「대황북경(大荒北經)」에, '대황 가운데 형석산, 구음산, 형야지산이 있다. 그 산 위에 붉은 나무가 있는데 잎은 푸르고

꽃은 붉으니, 약목이라 부른다.(大荒之中, 有衡石山, 九陰山, 洞野之山, 上有赤樹, 靑葉赤華, 名曰若木.)'라고 하였다.

- 조제(雕題): 칼로 이마에 문신을 새겨 넣는다는 뜻. 고대에 남방의 소수 민족 사이에 유행했던 풍속이다. 여기서는 남만(南蠻)을 지칭하는 말로 쓰였다. 『초사(楚辭)』 「초혼(招魂)」에, '조제와 흑치는 인육을 얻어 제사를 지내고, 그 뼈로 젓을 담근다.(雕題黑齒, 得人肉以祀, 以其骨爲醢些.)'라고 하였다.
- 남기(南紀): 남방(南方)을 가리키는 말. 『시경』 「소아」<사월>에, '도도한 강한이, 남국의 강기(綱紀)가 되도다.(滔滔江漢, 南國之紀.)'라고 한 데서 온 말이다.
- 취우(翠羽): 비취새의 깃털. 장신구나 공예품의 재료로 쓰였다.
- 문서(文犀): 무늬가 있는 수우각(水牛角). 활을 만들거나 혁대 만드는 재료로 쓰였다.

【시 해설】　수련(1, 2구)은 남쪽 바다 한가운데 있는 유구의 지리적 위치를 말하고 있다. 함련(3, 4구) 역시 지리적 위치를 확대해서 설명하고 있다. 즉, 유구가 남방에 위치하므로 별들이 가까이 걸려 있으며, 커 보인다. 또 바다 한가운데 있는 유구의 하늘은 동해와 맞닿아 광활하게 트여 있어 일월이 낮게 떠 있다고 묘사하였다. 경련(5, 6구)은 유구의 토산물에 대해 말했다. '기이한 새'는 유구의 비취새와 공작새 등을 가리킨다. 『조선왕조실록』에 의하면, 1467년(세조 13) 5월 14일 유구 사신이 부산포에 이르자 이극돈(李克墩)을 선위사로 보냈다. 그런데 이때 유구 사신이 가져온 물건 중에는 앵무새와 공작새가 있었다. 유구 국왕이 보낸 이 앵무새와 공작새는 1461년(세조 7)에

조선에 왔던 유구 사신 보수고와 채경에게 세조가 특별히 부탁했던 물건이었다. 그리고 '신령한 짐승[靈獸]'이란 유구에서 생산되는 수우(水牛), 즉 물소를 가리킨다. 유구와 직접 교류하던 조선 전기에 유구에서 조선으로 가져온 물품에는 앞에서 말한 앵무새와 공작새 외에도 수우각, 서각(犀角), 상아(象牙)와 함께 물소, 원숭이 등의 진귀한 동물이 있었다. 마지막 미련(7, 8구)은 거친 바닷길을 무사히 가기를 빌면서 순풍이 불기를 희망하였다.

제13수

익숙하게 중역 통해 천자를 알현하니
유구의 국호가 당나라에서 비롯됐다오.
천고의 산천은 향으로 경계를 이루고
한 지방의 백성은 바다로 고향을 삼는다.
고래가 물 뿜어대니 언제나 비가 오고
귤과 유자는 겨우내 서리를 맞지 않누나.
성화가 지금 원근의 차이 없으니
문교가 궁벽한 변방까지 미치리라.

慣憑重譯覲天王　　國號流求肇自唐
千古山川香作界　　一方民物海爲鄉
鯨鯢噴水恒成雨　　橘柚經冬不見霜
聖化秖今無遠邇　　想看文教洽窮荒

【용어 해설】

- 중역(重譯): 이중 번역.
- 경예(鯨鯢): 고래의 수컷과 암컷.
- 귤유(橘柚): 귤과 유자.

【시 해설】

수련(1, 2구)의 낙구(1구)에 '중역을 했다'라는 것은 오키나와 말을 중국말로 통역했다는 의미일 것이다. '익숙하다.'라는 말에서 유구와 중국의 관계가 오래되었음을 알 수 있다. '유구의 국호가 당나라에서 비롯됐다오.'라는 것은 당나라 문인 한유(韓愈)의 「정상서를 전송하는 서(送鄭尙書序)」를 염두에 둔 말이다. 즉 그 시에, '영남의 해외 잡국으로 탐부라·유구·모인·이단 등의 나라와 임읍·부남·진랍·우타리 등과 같은 나라가 있다.(其海外雜國, 若魋浮羅·流求·毛人·夷亶之州, 林邑·扶南·眞臘·于陀利之屬.『韓昌黎文集』권21「送鄭尙書序」)'라고 하였다.

이수광은 한유의 이 글귀에 의하여 유구라는 나라 이름이 당나라 때에 비롯되었다고 한 것이다. 그러나『수서(隋書)』권81에「동이유구국열전(東夷流求國列傳)」이 실려 있는 것으로 보면, '유구'라는 국호가 중국 역사에 나타나는 것은 당나라 이전이다. 그리고 이때 한자는 '流求'이다. 그런데 명나라 홍무제가 1372년에 유구에 국교를 수교하자는 국서를 보내면서 '유구(瑠求)'를 '유구(琉球)'로 고쳐주었다고 한다.* 그렇다면 '瑠求'라는 한자도 사용되었다고 볼 수 있다. 하

---

* 이성혜,『유구 한문학』, 산지니, 2022, 21쪽.

지만 이수광은 명나라 이전인 당나라 때 사용했던 한자를 사용한 것이다. 어쩌면 명나라 때 수정된 한자를 몰랐을지도 모르겠다.

함련(3, 4구)은 유구에서 향이 많이 생산됨을 말하고 있다. 유구에서는 단향·침향·목향 등의 다양한 종류의 향을 많이 생산하기 때문에 천고의 오래된 유구 산천이 그곳에서 생산되는 향으로 인하여 경계가 구분된다는 말이다. 하지만 이 말은 전고가 있다. 즉, 『능엄경』권3에 비식계(鼻識界)에 대해 논하면서 "아난아, 너는 평소에 밝힌 대로 비근(鼻根)과 향진(香塵)이 인연 관계를 이루어 비식이 일어난다고 한다. 그렇다면 이 비식은 다시 비근으로 인하여 생기므로 비근으로 비식의 경계를 삼겠느냐? 아니면 향진으로 인하여 생기므로 향진으로 비식의 경계를 삼겠느냐?(阿難! 又汝所明, 鼻香爲緣, 生於鼻識. 此識爲復因鼻所生, 以鼻爲界? 因香所生, 以香爲界?)"라고 하였다. '한 지방의 백성은 바다로 고향을 삼는다.'라는 것은 유구가 섬나라로 사방이 바다라는 뜻이다.

경련(5, 6구) 역시 유구의 지리적 환경을 묘사하고 있다. 사방이 바다이니 고래가 늘 물을 뿜고, 남방 아열대 지역에 있으니 귤과 유자가 서리 맞을 일이 없다. 마지막 미련(7, 8구)에서 말한 '성화'는 명나라 황제의 덕화를 뜻한다. 성스런 명나라 천자의 덕화가 멀리 유구까지 미쳐서 유구가 조공을 왔으며, 그러니 유구 역시 문(文)을 숭상하는 문화가 있으리라는 말이다. 이는 조공국임을 잊지 않는 이수광의 외교적 발언이며, 유구 역시 같은 한자문화권이므로 수용하려는 의미이다.

제14수

더운 변방의 마을이 그대 고향이니
만 리 이역의 봄바람이 돌아가는 수레 이끈다오.
호숫가의 푸른 풀잎엔 봄빛이 일렁이고
고갯마루 밖 누런 띠풀에는 장기가 자욱하리.
길은 칠민에서 끝나 바다만 아득하고
하늘은 남극과 잇닿아 땅이 없어지려 하네.
저무는 연산의 객지에서 서글퍼하노니
한없는 석별의 정에 한 말씀 드리겠소.

炎徼人煙是故園　　東風萬里引歸軒
湖邊靑草春光動　　嶺外黃茅瘴氣昏
路盡七閩惟有海　　天連南極欲無坤
客中惆悵燕山夕　　多少離情贈一言

(『지봉집(芝峯集)』권9)

【용어 해설】

- 인연(人煙): 인가의 밥 짓는 연기. 인가의 의미로 쓰기도 한다.
- 귀헌(歸軒): 돌아가는 수레. 유구 사신이 귀국길에 타고 가는 수레를 가리킨다.
- 장기(瘴氣): 축축하고 더운 땅에서 일어나는 독한 기운. 장독(瘴毒).
- 칠민(七閩): 고대 중국 복건성 일대에 있었던 종족. 혹은 나라 이름.

『주례(周禮)』「하관(夏官) 사마하(司馬下) 직방씨(職方氏)」에, '직방씨는 천하의 지도를 관장하고 천하의 땅을 관장하여, 그 방국·도비·사이·팔만·칠민·구맥·오융·육적의 인민을 분별한다.(職方氏掌天下之圖, 以掌天下之地, 辨其邦國·都鄙·四夷·八蠻·七閩·九貉·五戎·六狄之人民.)'라는 말이 있다.

- 남극(南極): 남쪽 끝자락에 있는 지방이란 뜻. 여기서는 유구를 가리킨다.
- 연산(燕山): 앞의 용어 해설에서 설명하였음.

【시 해설】 수련(1, 2구)은 유구 사신이 임무를 마치고 봄에 귀국길에 오르게 되었으므로 이렇게 표현하였다. 유구 사신들의 귀로는 육로로 멀리 복건성까지 가서, 그곳에서 다시 배를 타고 아득히 펼쳐진 바다를 건너가야 한다. '호숫가의 푸른 풀잎'과 '고갯마루 밖 누런 띠풀'은 그런 상황을 그린 것이다. 경련(5, 6구) 역시 같은 맥락이다. 유구가 망망대해 가운데 위치한 섬나라임을 다시 한번 강조하였다. 미련(7, 8구)은 헤어짐의 아쉬움을 시로 읊조림을 말하고 있다.

【시인 소개】 이수광(1563~1628): 자는 윤경(潤卿), 호는 지봉(芝峯), 본관은 전주이다. 1582년(선조 15)에 진사가 되었고, 이후 성균관 전적, 호조 좌랑, 병조 좌랑을 지냈다. 1590년(선조 23)에 성절사의 서장관으로 명나라에 갔다. 1592년 임진왜란이 일어나자 경상도 방어사 조경(趙儆)의 종사관이 되어 종군하였으나, 아군의 패배 소식을 듣고 의주로 돌아가 북도선유어사(北道宣諭御史)가 되어 함경도 지방의 선무 활동에 공을 세웠다. 1597년(선조 30)에는 진위사로 다시 명나라

를 다녀왔으며, 1611년(광해군 3) 8월에는 동지사 겸 주청사의 부사로 세 번째로 명나라에 갔다. 1628년(인조 6) 7월 이조판서에 임명되었으나 그해 12월에 세상을 떠났다. 이수광의 「행장」에는 '평생 의복에다 향을 뿌리지 않았고, 촛불을 켜지 않았다.(平生不薰香, 不燃燭.)'라는 문구가 있다. 사치하지 않고 매우 검소했다는 뜻이다. 저서에 『지봉집(芝峯集)』이 있다.

조선 대사에게 전별의 뜻으로 공경히 답하여 올림

奉酬贐敬朝鮮台使

채견

해외에서 만남은 특별한 만남인데

한번 보고 받아줄 줄 어찌 알았으리.

넓은 황은은 모두 고루 입었지만

화려한 주옥은 나 홀로 많이 얻었네.

훌륭한 재주와 뛰어난 지략 짝할 사람 없고

나라와 왕을 위한 계책 천하에 으뜸이네.

감사하는 내 마음 참으로 잊지 못하니

뒷날 다시 가르쳐주기를 기다립니다.

海外覿面是奇逢　　詎知一見卽包容

皇恩浩蕩均露被　　珠玉淋漓我獨深

長才偉略靡雙匹　　幹國謀王第一人

予心感佩眞忘寐　　崦嵫他年敎復臨

- 대사(台使): 대사(臺使)와 같은 말로 사신을 뜻한다.
- 주옥(珠玉): 진주와 옥. 매우 뛰어난 시문을 비유한다. 당나라 시인 두보의 시「가지 사인의 <조조대명궁>에 받들어 화답함(奉和賈至舍人早朝大明宮)」에 "조회 파하면 향연을 소매 가득 끌어오고, 시 이루니 주옥이 붓 휘두르는 데 있어라.(朝罷香煙携滿袖, 詩成珠玉在揮毫.)"라고 하였다.(『全唐詩』권225) 여기서는 유구 사신 채견이 이수광의 시 14수를 얻은 것을 이렇게 표현하였다.

【작시 배경】 기록에 의하면 유구는 명나라 초기부터 중국에 조공했다. 이 시와 관련하여, 1610년 유구 구메무라 총역이며 자금대부인 채견이 진공사의 일원으로 명나라에 파견되었다. 총역은 구메무라 최고 장관이며, 자금대부는 종2품에 해당한다. 당시 유구 사신단을 이끈 채견과 마성기는 17사람을 거느리고 갔다고 한다. 유구 사신 일행은 1610년 9월에 유구를 떠나 1611년 8월에 북경에 도착했다. 1년여의 긴 여정이었다. 유구 사신은 통상 북경 오만관에 머문다. 조선 사신으로 온 이수광과는 다음 해 1월, 그러니까 1612년 1월에 오만관에서 만났다. 이 시는 이수광이 준 14수에 대한 답시이다.

【시 해설】 「조선 대사에게 전별의 뜻으로 공경히 답하여 올림」이란 이 시는 제목에서뿐만 아니라 내용도 매우 겸손하다. 제목에 붙인 '봉(奉)'자도 그렇고, 2구에서 자신을 받아줘서 고맙다는 말도 그렇다. 또 마지막 7, 8구에서 표현한 '감사하는 내 마음 참으로 잊지 못하니, 뒷날 다시 가르쳐주기를 기다립니다.'라는 말은 외교적 수사라

기보다 진심으로 읽힌다. 3구의 '넓은 황은은 모두 고루 입었지만'이라는 것은 조공국으로서 할 수 있는 외교적 수사로 보이지만 이와 짝을 한 4구의 '화려한 주옥은 나 홀로 많이 얻었네.'라는 표현은 이수광이 지은 14수에 대한 칭송과 감사한 마음을 동시에 드러냈다. 5, 6구 역시 이수광을 칭송한 말이다. 주어가 이수광이다. 7구 원문의 '망매(忘寐)'는 어떤 생각에 사로잡혀 잠자는 것을 잊는다는 말인데, 이는 한나라 환관(桓寬, BC74~BC49)의 『염철론(鹽鐵論)』* 권3「자복(刺復)」에, "이 때문에 밤낮으로 국가에서 쓸 인재를 생각하느라 자리에 누워도 잠자는 것을 잊고 배가 고파도 먹는 것을 잊는 것이다.(是以夙夜思念國家之用, 寢而忘寐, 飢而忘食.)"에서 가져왔다. 여기서는 이수광에 대한 감사의 마음을 표현한 것이다. 이렇게 겸손한 채견이지만 유구에서 그의 위치는 만만하지 않다.

【시인 소개】 채견(蔡堅, 1585~1647): 중국 복건성에서 유구로 이주한 이른바 36성의 일원으로 유구 구메무라(久米村) 출신이다. 유구에서 구메무라는 사실상 유학의 메카이다. 그의 1세 선조인 채숭(蔡崇)은 복건성 천주부 남안현 출신으로 송나라의 유명한 서예가인 채양(蔡襄)의 6세손이며, 1392년 명나라가 유구로 보낸 중국 관리이다. 유구로 이주한 그의 집안은 8세 선조까지 통사(通事)로 일했는데, 9세인 채견에 와서 협지두직(脇地頭職)**을 받고 상급 사족으로 승격하였

---

* 『염철론(鹽鐵論)』: 기원전 81년인 전한(前漢) 소제(昭帝) 때 있었던 염철회의(鹽鐵會議)에 관한 자료를 선제(宣帝) 때에 환관(桓寬)이 정리하여 편찬한 책이다. 모두 12권 60장이다.

** 협지두(脇地頭): 유구의 지두직은 '총지두(總地頭)-협지두-부지두(夫地頭)'가 있다.

다. 그는 희우명친방(喜友名親方)의 벼슬을 지냈다.

　방계 후손인 채탁(蔡鐸)과 그의 아들 채온(蔡溫)은 구메무라 채씨 문중에서 배출한 많은 인물 중에서도 특히 뛰어난 인물이다. 채탁은 구메무라 최고 실력자인 총역이었고, 채온은 30살인 1711년에 황태자의 교사가 되었으며, 다음 해 황태자 상경이 왕이 되자 국사(国師)의 지위에 올라 1752년 상경왕의 서거로 자리에서 물러나기까지 40여 년 동안 유구의 2인자였다. 한마디로 유구의 역사에 있어서 채씨 집안은 매우 중요한 부분을 차지하며, 채견은 그 초기 인물로 한문학적 지식도 제법 갖추었으리라 짐작된다.

　유구에서 석전(釋奠)을 시작한 것은 1612년 이후부터인데, 여기에는 채견의 역할이 크다. 1610년 진공사의 일원으로 명나라에 파견된 채견은 산동성 곡부의 공자묘를 참배하고, 공자·안자·증자·자사·맹자의 초상화를 구입하여 귀국했다. 그리고 자신의 향촌인 구메무라의 유지들과 의논하여 각자 돈을 내어 구메무라 안의 사대부 집을 돌아가면서 선비들을 모아 제전(祭典)을 행했다. 이것이 유구에서 공자를 제전한 효시이다.

협지두는 보통 종2품에서 종4품 사이의 관료들에게 부여된다.

삼가 조선 대사에게 전별의 뜻으로 드림

蕭勤申贐朝鮮台使

마성기

요순 같은 덕화 먼 지방을 비추니
바다 건너, 산 너머 황제 나라에 왔다네.
천하의 모든 나라 약속 없이 모였으니
혈기 있는 온갖 생령 다 복종하네.
비록 부평초같이 오다가다 만났지만
우연이 아니라 전생에 이미 정한 인연.
그대와 만나 가르침 받기를 참으로 바랐는데
어느새 동남으로 헤어져 돌아가는구나.

堯天舜日照遐方　　航海梯山來帝邦
不期而會天下國　　凡有血氣悉稱降
邂逅相遇雖萍水　　前緣夙定非偶然
喜承晤敎固所願　　倏爾東南兩分還

【용어 해설】

• 요천(堯天): 요임금의 하늘.

• 순일(舜日): 순임금의 시대. 즉 요천과 순일은 요임금과 순임금의 덕화와 태평성대를 칭송한 말이다. 그러나 여기서는 명나라 황제의 덕을 칭송한 것이다. '요천'은 『논어』 「태백」에 나온다. "위대하도다. 요의 임금노릇 하심이여. 높고 크도다. 오직 저 하늘이 가장 크거늘 오직 요임금만이 하늘과 같으셨으니, 그 공덕이 넓고 넓어서 백성들이 뭐라 형용하지 못하는구나.(大哉, 堯之爲君也! 巍巍乎! 唯天爲大, 唯堯則之. 蕩蕩乎! 民無能名焉.)"라고 하였다.

• 평수(萍水): 물 위에 뜬 개구리밥. 이리저리 떠돌아다님을 비유적으로 이르는 말이다.

【작시 배경】 앞의 채견 시의 배경과 같다. 즉 마성기는 1610년 채견과 함께 유구의 진공사 일원으로 명나라에 파견되었다. 그리고 1612년 정월 오만관에서 채견과 함께 이수광을 만나 수창하였다.

【시 해설】 「삼가 조선 대사에게 전별의 뜻으로 드림」이란 이 시는, 1구에서 6구까지 조선 사신과 유구 사신이 만나게 된 동기를 적고 있다. 요순 같은 덕화야 외교적 수사이겠으나 결과적으로 중국에 대한 조공 문제가 없었다면 만나지 못했을 것이라는 점은 분명하다. '천하의 모든 나라 약속 없이 모였으니'라는 3구의 말은 역시 북경이 당시 동아시아의 외교 무대라는 것을 확인시킨다. 다만 원문의 '불기이회(不期而會)'는 『사기』 권4 「주본기(周本紀)」에서 가져왔다. 주나라 무왕이 은나라 주왕(紂王)을 치려고 할 때, "제후로서 기약하지

않고도 맹진에 모인 자들이 8백 명의 제후였다.(諸侯不期而會盟津者, 八百諸侯.)"라고 하였다.

그리고 4구의 원문 '범유혈기(凡有血氣)'는 『중용장구』 제31장에서 가져왔다. 즉, "이 때문에 명성이 중국에 넘쳐 만맥에 뻗쳐서 배와 수레가 이르는 곳, 인력이 통하는 곳, 하늘이 덮어주는 곳, 땅이 실어 주는 곳, 해와 달이 비추는 곳, 서리와 이슬이 내리는 곳에 사는 모든 혈기를 지닌 생령 치고 존경하고 친애하지 않음이 없다. 그러므로 하늘과 배합한다고 이른 것이다.(是以聲名洋溢乎中國, 施及蠻貊, 舟車所至, 人力所通, 天之所覆, 地之所載, 日月所照, 霜露所墜, 凡有血氣者莫不尊親. 故日配天.)"라고 한 데서 온 말이다.

5구에서 사용한 '평수'는 부평초가 물을 따라 정처 없이 떠다니다가 아무런 기약도 없이 모이고 흩어지듯이 사람이 객지에서 뜻밖에 서로 만나는 것을 비유한다. 이는 왕발(王勃)의 「등왕각서(滕王閣序)」에 "물 위의 부평초처럼 서로 만나니, 모두가 타향의 나그네로다.(萍水相逢, 盡是他鄉之客.)"에서 가져왔다고 하겠다. 그러나 그 우연은 전생의 인연이 있었기 때문이라는 의미를 부여하였다.

특히 7구는 매우 겸손하면서도 솔직한 마음을 담고 있다. 각국의 사신으로서 대등한 관계일 것인데 가르침 받기를 바란다는 표현은 외교적 수사로만 보기는 어렵다. 특히 이수광의 시에는 이런 표현이나 뉘앙스가 없다는 점을 생각하면 더욱 그러하다. 마지막 구절은 이별의 아쉬움을 간명하게 표현하였다.

【시인 소개】 마성기(馬成驥): 현재 마성기에 대한 정보를 찾을 수 없다.

유구 사신이 시와 칼과 부채를 줌에 감사하며

謝琉球使臣贈詩及刀扇

이수광

연경에서 만나 의기투합했는데

귀한 선물까지 주시니 감사드리오.

전수받은 묘한 서법 금해를 펼치고

특별히 맑은 시구 채호를 발휘했네.

밝은 달빛 문득 난미선을 비추고

붉은 서리가 새로이 안령도에 뿌려진 듯.

행장 속에 고이 싸서 감상해야 할지니

바라보며 생각하고 끊임없이 매만지리.

燕市相逢意氣豪　　感君持贈重鵝毛

傳來妙墨披金薤　　格外淸詞動彩毫

明月乍隨鸞尾扇　　赤霜新洒鴈翎刀

歸裝十襲須珍玩　　眼裏長思手亦勞

【용어 해설】

- 연시(燕市): 원래는 중국 전국시대 연나라 국도(國都)를 이르는 말인데, 북경을 뜻한다. 이곳에는 진시황을 암살하려고 했던 형가(荊軻)*와 고점리(高漸離)**를 비롯하여 예로부터 의기가 높은 협객들이 많이 모였다.

- 아모(鵝毛): 기러기 깃털. 어떤 사람의 선물이 비록 변변찮아도 그 정성은 지극함을 비유하는 말로 쓰인다. 옛날 운남(雲南)의 토관(土官)인 면씨(緬氏)가 사신을 파견하여 당나라 조정에 천아(天鵝)를 바치게 하였다. 그런데 면양호(沔陽湖)를 건너던 중에 천아가 날아가 버리자, 사신은 천아의 깃털 하나만을 가지고 와서 이렇게 말하였다. "예물은 가볍고 사람의 정성이 중한 법이니, 천 리 길을 와서 기러기 깃털 하나를 바칩니다.(禮輕人意重, 千里送鵝毛.)" 또 송나라 문인 구양수(歐陽脩)의 시 「매성유가 은행을 보내주어(梅聖俞寄銀杏)」에, '아모를 천 리 땅에서 보내주니, 중히 여기는 것은 사람의 정성 때문이라오.(鵝毛贈千里, 所重以其人.)'라는 구절이 있다.(『歐陽脩全集』 권5)

- 금해(金薤): 전서(篆書)의 일종인 도해서(倒薤書)의 미칭으로 뛰어난 필체를 뜻한다. 당나라 문인 한유(韓愈)의 시 「조장적(調張籍)」

---

* 형가(荊軻): 중국 전국시대 말기의 자객이다. 위(衛)나라 사람으로 연나라 태자 단(丹)의 부탁을 받고 진시황제를 암살하려 하였으나 실패하고 죽임을 당하였다. 그가 장도에 오르면서 불렀다는 「역수가(易水歌)」가 전한다. 사마천의 『사기』 「열전」에 나온다.

** 고점리(高漸離): 연나라 출신으로 축(筑)이라는 악기를 매우 잘 연주하여 칭찬하지 않는 사람이 없었다. 형가의 친구로 형가가 진시황의 암살에 실패하자 고점리가 다시 암살을 시도하였는데, 그 역시 실패하여 죽임을 당했다.

에, '평생토록 천만 편 글을 지으니, 금해로 주옥같은 시구를 드리웠네.(平生千萬篇, 金薤垂琳琅.)'라는 구절이 있다.(『韓昌黎文集』권5)

- 채호(彩毫): 채필(彩筆)과 같은 말로 훌륭한 시문 혹은 뛰어난 문재(文才)를 비유한다. 중국 남조 양나라의 강엄(江淹)이 어릴 적에 어떤 사람이 오색필을 주는 꿈을 꾸고부터 문장이 크게 진보하였는데, 10여 년 뒤에 곽박(郭璞)이라 자칭하는 사람이 다시 붓을 회수해 가는 꿈을 꾼 뒤로는 좋은 문장이 나오지 않았다는 고사에서 유래하였다.(『太平御覽』권398)

- 난미선(鸞尾扇): 백란미선(白鸞尾扇). 신선이 사용하는 흰 난새의 꼬리로 만든 부채 또는 빗자루를 말한다. 당나라 시인 이하(李賀)의 시「선인(仙人)」에 '손으로 백란미선을 잡고, 밤에 남산의 구름을 쓸어내네.(手持白鸞尾, 夜掃南山雲.)'라는 구절이 있다.(『全唐詩』권392)

- 안령도(鴈翎刀): 단도(短刀)의 이름. 원나라 장헌(張憲)의 시「아유(我有)」에, '나에게 안령도가 있으니, 차가운 검광이 빙설을 비추네.(我有鴈翎刀, 寒光耀冰雪.)'라고 하였다.(『元詩選』권54)

- 십습(十襲): 열 겹으로 싼다는 말. 어떤 물건을 소중히 여긴다는 뜻이다.

【작시 배경】　유구 사신은 조선 사신이 소지한 황필(黃筆. 황모필. 족제비의 꼬리털로 맨 붓)을 사고자 했고, 이에 이수광은 두 자루의 붓과 두 개의 먹을 선물로 주었다. 그러자 채견 등도 칼과 부채 각각 1개씩을 답례로 주었다. 이수광은 이에 대해 다시 시로써 감사의 마음을 전했다.

【시 해설】　　1구는 이수광이 연경에서 채견과 마성기를 만난 일을 묘사했는데 의기가 투합했다는 표현에서 능동적이고 적극적이다. 그런데 칼과 부채까지 선물로 줌으로 고마움을 표시하였다. 특히 이 선물은 만 리나 떨어진 먼 유구에서 가져온 것이므로 그 정성을 강조하였다. 3구는 유구 사신의 필체를 칭송하였고, 4구는 유구 사신의 시를 칭찬하였다. 5구에서 난미선을 인용한 것은 유구 사신이 준 부채가 흰색을 띠기 때문이고, 6구는 유구 사신이 보내준 칼이 붉은빛을 띠는 단도이기 때문에 이렇게 표현하였다고 보인다. 마지막 7, 8구는 난미선과 안령도를 준 것에 대한 고마움을 다시 한번 표현하며 시를 마무리하였다.

【시인 소개】　　이수광(1563~1628): 앞에서 서술하였으므로 생략함.

유구국 사신 마승련, 임국용이
청봉의 일로 와서 순풍청에 머물다가 왔기에
관사에서 만났는데, 단정하고 준수하여
사랑스러웠다. 다만 문장을 짓지 못해
한스러웠다

琉球國使臣馬勝連, 林國用, 以請封事, 來寓巡風廳. 因來見館中.

端秀可愛, 但恨不文耳

이민성

들으니 유구국은

민 땅 남쪽 바다 섬에 있다는데

의관은 오히려 한나라 제도이고

문물 역시 당나라풍이라네.

섬나라 유구는 하늘과 땅처럼 다른데

기자를 봉한 조선과 비와 이슬이 같네.

부여받은 성정이 같으니

말 통하기 어려움 괴이하지 않네.

(고화서는 유구국 서쪽에 있다.(高華嶼, 在國西.))

聞道琉球國　　　閩南海島中

衣冠猶漢制　　　文物亦唐風

華嶼乾坤別　　　箕封雨露同

性情均所賦　　　休怪語難通

【용어 해설】

· 고화서(高華嶼): 센카쿠 열도(尖閣列島)를 가리킨다.

【작시 배경】 이 시는 이민성(李民宬)의 『경정선생집(敬亭先生集)』 권8 『연사창수집(燕槎唱酬集)』(하)에 실려 있다. 이민성이 1623년 두 번째 북경에 갔을 때, 유구 사신 마승련과 임국용을 만나 창수했던 시이다. 이와 관련해서는 『경정선생속집』 권3 「조천록」(하)에 관련 내용이 있다. 잠시 읽어보자.

'갑자년(1624) 2월 15일 기해. 자시(밤 11시에서 새벽 1시 사이)에 월식이 있었다. 유구국 사신 마승련, 임국용 등이 와서 서관에 묵었 다. 유구는 복건성 천주부 동남쪽 바다 섬 가운데 있다. 홍무 초에 중 국과 교통하기 시작하였다. 그 나라는 중산, 산북, 산남이 있는데 중 산에서 지금 조공을 왔다. 산남과 산북은 병탄되었다고 한다.(甲子二 月十五日己亥. 子時, 月有食之. 琉球國使臣馬勝連, 林國用等來寓西館. 琉 球在福建泉州府東南海島中. 洪武初, 始通中國. 其國有中山, 山北, 山南, 而中山至今朝貢. 山南北爲其所倂云.)'

그리고 『경정선생집』 「연보」에도 다음과 같은 내용이 있다. '갑 자년(1624) (선생 55세) 새해 하례에 참석하였다. 2월 11일, 회동관에 이르러 말에서 내려 잔치에 참석했다. 유구국 사신에게 시를 드렸다. (마승련과 임국용이 그 나라 청봉의 일로 와서 순풍청에 머물렀다. 선생의 문 장을 흠모하여 와서 보고 시를 요구했으므로 그에게 시를 지어 주었다.) (甲

子. 先生五十五歲. 參正朝賀禮. 二月十一日, 詣會同館, 領下馬宴. ○贈詩
琉球國使臣. 馬勝連, 林國用, 以其國請封事, 來寓順風廳. 欽先生文章, 來
見求詩, 故贈之.)

위의 내용에서 말하는 '서관'은 북경에 온 외국 사신들이 머무는
회동관 서관을 말하는 듯하며, 회동관 서관을 순풍청이라 부른다는
것을 알 수 있다. 그러나 유구 사신들이 북경에 가면 주로 오만관에
머문다. 오만관은 중국 남쪽 지방의 오랑캐인 오만(烏蠻)의 사신들이
북경에 왔을 때 묵던 관소라고 하는데, 회동관 북관으로 판단된다.
조선 사신들은 회동관 남관인 옥하관(玉河館)에 자주 머물렀다. 옥하
관은 옥하교의 곁에 있으므로 그렇게 불렀으며, 조선 사신들이 주로
머문다하여 '조선 사신관' 또는 '조선관'이라고 불렀다고 한다. 그러
나 북경에 오는 각국 사신들의 숙소는 고정된 것은 아니었던 듯하다.
조선 사신들이 옥하관을 이용할 수 없을 때는 오만관을 사용했다고
한다. 김일손이 1491년 북경에 갔을 때도 오만관에 머물렀고, 김상헌
이 1627년 북경에 갔을 때도 오만관에 머물렀다. 회동관은 명나라 초
기 남경에 설치된 관원 접대 겸 역참의 장소로 출발하여 성조 영락제
때 북경에도 설치되었다.

【시 해설】　수련(1, 2구)은 유구 사신에게 들은 유구의 지리적 위
치를 말하고 있다. 3구는 이민성이 눈으로 본 유구 사신의 의관인 듯
하고, 4구는 유구 사신에게 들은 내용일 것이다. 곧 유구의 의관과 문
물이 중국 제도를 따르고 있다는 의미이다. 경련(5, 6구)은 함련(3, 4
구)의 내용을 이어받아, 유구와 중국은 지리적으로 하늘과 땅처럼 먼
거리에 있으므로 많은 문화 차이가 있을 터인데 중국의 제도와 문물

을 받아들이고 조선처럼 명나라의 자장 속에 있다는 말이다. '유구국 서쪽에 있다.'라고 주석을 붙인 '고화서'는 센카쿠 열도를 가리킨다. '비와 이슬'은 중국의 문명적 은택을 비유한다. '부여받은 성정이 같으니'라는 미련(7, 8구)의 말은 조선이나 유구나 천성이 순박하다는 동일성으로 외교적 친근함을 드러냈고, 따라서 말이 비록 통하지 않지만 문제될 게 없다는 뜻이다.

【시인 소개】   이민성(李民宬, 1570~1629): 경상북도 의성 출신으로 자는 관보(寬甫), 호는 경정(敬亭), 본관은 영천(永川)이다. 19세 때 부친과 친분이 두터운 학봉 김성일의 문하에 들어가 가르침을 받았다. 33세인 1602년에 세자 책봉을 청하는 사절단의 서장관으로 명나라를 다녀왔다. 1613년(광해군 5) 영창대군 옥사와 관련한 상소를 올린 이덕형을 구하려다가 함께 파직당했고, 1617년(광해군 9) 폐모론이 일자 윤리와 기강에 죄를 얻음이 심하다는 내용의 차자(箚子)를 올렸다가 이이첨 등의 모함을 받아 관직을 삭탈당했다. 이후 인조반정이 일어날 때까지 산림에 묻혀 살았다. 1623년 사헌부장령에 복직하였고, 인조의 '반정(反正)'을 추인받는 주청사의 서장관으로 두 번째 북경에 갔다. 1627년 정묘호란이 일어났을 때는 좌도 의병대장에 천거되어 왕세자를 보호하는 일을 맡았으며, 청나라와 굴욕적인 강화를 한 뒤에 인조를 모시고 조정으로 돌아와서는 사직했다. 1629년 8월 15일 빙월당(氷月堂)에서 타계했다. 저서에 『경정집(敬亭集)』과 『조천록(朝天錄)』 등이 있다.

유구 사신 채전에게 주다
贈琉球使臣蔡廛

김상헌

만 리 길 조천함이 우연히도 같은 때라

적막한 관소에서 조용히 서로 기대었네.

깊은 가을인데 고국에선 소식 없고

푸른 바다 망망하여 기러기조차 날지 않네.

萬里朝天偶一時　　寂寥孤館靜相依

三秋故國無消息　　碧海茫茫鴈不飛

(『청음집(淸陰集)』권9 「조천록」)

【용어 해설】

- 조천(朝天): 천자를 만나 뵙는다는 뜻으로 조선시대에 명나라로 사
  신 가는 일을 말한다.
- 삼추(三秋): 가을 석 달 중, 음력 9월을 말한다.

【작시 배경】 이 시는 1626년 성절사 겸 사은 진주사로 명나라에 갔던 김상헌이 마침 북경에 온 유구 사신 채전을 만나 그에게 준 시이다. 이 시는 김상헌이 당시 사행 과정에 있었던 감회를 읊은 시와 산문을 모은 「조천록」에 수록되어 있다.

김상헌이 명나라로 사신을 가던 1626년 전후, 즉 17세기 중엽의 동아시아 국내외 정세는 매우 혼란하였다. 먼저 국내적으로는 인조반정의 여파로 정세가 안정되지 못하였고, 국제적으로는 후금과 명나라가 대치하고 있었다. 특히 1621년 후금의 요동 공격으로 인해 조선으로 도망쳐온 명나라 장수 모문룡(毛文龍)이 후금의 배후에서 싸운다는 명분으로 1629년까지 평안도 철산 앞바다의 가도(椵島)에 머무르며 조선 정부를 불편하게 하였다. 곧, 모문룡은 조선 정부에 무기 공급 및 여러 가지 물질적 요구를 하였다. 그리고 이런 요구가 받아들여지지 않자 명나라 조정에 터무니없는 무고를 하였다. 그러므로 조선 정부로서는 그 무고를 해명하기 위해 김상헌을 사신으로 보냈다. 사실 이 모문룡은 1627년 정묘호란 발발의 원인이 되기도 하였다.

【시 해설】 시의 내용으로 보아 1626년 가을 북경의 외국 사신 공관인 회동관 혹은 오만관에서 두 사람이 만났다. 그런데 시의 전체적인 분위기는 매우 쓸쓸하고 스산하다. '유구 사신 채전에게 주다'라는 제목만을 보면 두 사람의 만남, 두 나라의 관계 혹은 유구나 채전에 대한 외교적 칭송 등의 내용이 담기리라고 생각되는데, 의외로 시의 내용이 침울하다. 1구에서 두 사람이 만나게 된 계기를 설명하고 있는데, 2구의 내용은 두 사신 모두 관소에서 적막하게 지내는 처지이

다. 그리고 2구에서 말한 관소에 유폐된 듯한 이유는 3구에 나온다. '고국에서 소식이 없다'라는 것이다. 그런데 이 고국이 조선인지 유구인지 정확히 알 수 없다. 다만 4구에서 '푸른 바다가 망망하여 기러기조차 날지 않는다.'라는 표현으로 보아 유구를 지칭한 듯하다. 또한 시 제목이 「유구 사신 채전에게 주다」라는 것에서 유구를 가리킨다고 보인다. 이렇게 시를 읽으면 당시 유구 사신 채전이 매우 어려운 처지에 놓여 있었으며, 김상헌이 이런 상황을 채전을 대신하여 담담하게 묘사하면서 위로한 것으로 보인다.

사실 1626년은 조선은 물론 유구도 외교적으로 매우 복잡하고 어려운 상황이었다. 1616년 누르하치가 여진족을 통일하고 후금을 세운 뒤, 명나라 군대를 물리치고 성경[심양]에 도읍을 정했다. 특히 1626년에는 누르하치의 아들 태종이 재위에 올라 명나라를 대대적으로 몰아붙이던 때이다. 따라서 조선은 물론 유구도 명과 청 사이에서 어떤 선택을 해야 할지, 매우 고심하면서 정세를 관망하던 때이다. 그러므로 당시 채전이 유구 사신으로 북경에 가서 중국 상황을 고국에 전하는 동시에 고국의 명령을 기다리고 있었을 터이다. 채전은 구지견친운상(具志堅親雲上)으로 유구 상녕왕(尙寧王. 재위 1589~1620) 때, 통사를 지냈다. 친운상은 정3품에서 종4품을 일컫는 칭호이다.

【시인 소개】　김상헌(金尙憲, 1570~1652): 자는 숙도(叔度)이고, 호는 청음(淸陰)이며, 본관은 안동이다. 1596년 전쟁 중에 실시한 정시 문과에 병과로 급제하여 권지승문원부정자(權知承文院副正字)에 임명되었다. 1626년 성절 겸 사은 진주사로 명나라에 다녀왔다. 병자호란 때는 예조판서로 주화론(主和論)을 배척하고 주전론(主戰論)을 펴다

가 인조가 항복하자 안동으로 물러났다. 1639년 청나라가 명나라를 공격하기 위해 요구한 출병에 반대하는 소를 올렸다가 청나라에 압송되어 6년 후 풀려나 귀국하였다.

유구국 사람

琉球國人

조상경

검은 도포 누런 모자 지닌 물건 화려한데
알 수 없는 말을 지껄이며 몇 번이나 예를 행하네.
바다 가운데 어느 곳에 유구국 있나
만 리의 파도 치는 하늘 끝에 있다네.

黑袍黃帽襯身華　　鴂舌啁啾禮數加
海中何處琉球國　　萬里波濤天一涯

(『학당유고(鶴塘遺稿)』 2책. 『연사록(燕槎錄)』)

【용어 해설】

- 츤신(襯身): 몸속에 물건을 지님.
- 결설(鴂舌): 남방의 미개한 민족이 알아들을 수 없게 지껄이는 말을 뜻한다. 『맹자』 「등문공 상」에 "지금 남만의 때까치처럼 말하는 사람은 선왕의 도가 아니다.(今也南蠻鴂舌之人, 非先王之道.)"라고 하

였다. 그러므로 '결설지인(鴂舌之人)'은 말도 안 되는 소리를 하는 사람을 이르는 말로 사용되기도 한다.

• 조추(啁啾): 짹짹거리며 우는 새소리. 여기서는 유구 사람의 말을 낮추어 표현한 것이다.

【작시 배경】　이 시는 조상경이 1731년 사은 겸 동지부사로 청나라에 갔을 때, 유구 사람을 보고 지은 것으로 보인다. 이 시가 실려 있는 『연사록(燕槎錄)』은 그가 북경에 간 1731년 11월부터 1732년 5월 귀국하여 임금에게 복명(復命)하기까지 여정과 그 여정 중에 수창한 시 143제를 묶어 놓은 것이다. 이들 시에는 북경에서 접한 이방인과 천주교에 대한 묘사와 감회를 읊은 것도 있다.

　　이 시의 끝에는 군경(君敬)의 시를 부기하였다. 즉, "긴 도포 넓은 띠에 화려한 모습, 누런 머리띠에 금비녀로 상투를 틀었네. 그대 어디에서 왔는가 물으니, 멀리 남극 바다 끝에서 왔다하네. 군경.(長袍博帶爛生華, 黃帕金簪束髮加. 問爾邦鄕何許杳, 高瞻南極海無涯. 君敬.)"이다. 그런데 '군경'이 누구인지 알 수가 없다. 자(字)가 군경인 인물로 권지(權持, 1656~1709)*와 박안흠(朴安欽)**이 있는데, 시기가 맞지 않은 듯하다.

---

* 　권지(權持, 1656~1709): 자는 군경(君敬)이고, 본관은 안동(安東)이다. 1677년(숙종 3) 알성문과에 병과로 급제하였다. 1701년부터 정언(正言)과 지평(持平)을 거쳐 시종인(侍從人)으로 평안도 어사에 차출되었다. 장령(掌令)·서장관을 거쳐 좌부승지로서 입시하여 올린 추안(推案: 죄인에 대한 심문조서)을 보고 임금이 노하여 관작이 삭탈되었다. 뒤에 오랫동안 승지로 지내다가 물러났다.

** 　박안흠(朴安欽): 자는 군경(君敬)이며, 호는 남헌(南軒)이다. 1639년(인조 17) 생원시에 합격하였다.

【시 해설】　1구는 유구인이 입은 옷과 모자 그리고 지닌 물건의 화려함, 곧 외모를 묘사하였다. 2구는 유구인의 말을 알아들을 수 없는 미개인의 말이라는 비하의 용어인 결설로 표현했는데, 이 표현과는 맞지 않게 그들이 여러 번 예를 행하고 있음을 놓치지 않고 포착하고 있다. 시인의 입장에서 이 '결설'과 '예' 사이에는 뭔가 모순이 있다고 느낀 것이다. 3구와 4구는 유구의 지리적 위치를 나타내는 말이면서 동시에 그 나라가 어디에 있는지도 모르겠다는 무시의 뉘앙스가 담겨있다.

【시인 소개】　조상경(趙尙絅, 1681~1746): 자는 자장(子章), 호는 학당(鶴塘), 시호는 경헌(景獻)이며, 본관은 풍양(豊壤)이다. 김창협의 문인이며, 노론의 중심인물이다. 1720년 경종이 즉위한 후 대사간·승지·이조참의 등을 거쳤다. 1722년 신임사화(辛壬士禍) 때 노론 계열이라 하여 안주에 유배되었다가 아산에 이배되었으며, 1725년 풀려났다. 1727년 정미환국(丁未換局)으로 노론인 정호(鄭澔)·민진원(閔鎭遠) 등이 탄핵당하자 이를 변호하다 파직되었으나 1729년 다시 기용되었다. 1731년 사은 겸 동지부사로 청나라에 가서 『명사조선열전(明史朝鮮列傳)』을 가지고 돌아왔다.

유구국 채세창 드림

琉球國蔡世昌具

유구 문인 채세창

멀리 남쪽 섬에서 하늘 북쪽에 와 노닐다가

다행히 요해의 어진 이를 만났네.

재주는 삼한의 으뜸이라 대적할 사람 없는데

다시 문장이 하늘을 찌를 듯하네.

遠從南島遊天北　　何幸得逢遼海賢

才冠三韓無敵手　　更將詞藻欲凌烟

【용어 해설】

• 요해(遼海): 자구적 해석은 아주 먼 곳까지 펼쳐져 있는 바다이지
만, 여기서는 조선을 가리킨다고 보아야 할 것이다.

• 삼한(三韓): 한반도. 조선을 가리킨다.

【작시 배경】　이 시는 이의봉(李義鳳)의 연행록인『북원록』제4권,
1761년(영조 37) 1월 9일에 적혀 있다. 이의봉과 채세창은 전날, 곧 1

월 8일 국자감 이륜당(彝倫堂)에서 만났다. 8일, 이의봉은 아버지 이
휘중과 함께 숙소인 옥하관을 나와 동천주당과 순천부학(順天府學)
을 돌아보고 국자감까지 가서 둘러보았다. 이륜당을 둘러보던 중, 국
자감에서 공부하고 있던 채세창을 만났다. 당시 채세창은 국자감 선
생[敎習]인 중국인 반상(潘相) 및 반상의 아들과 함께 나와 주변을 둘
러보고 있었다. 이의봉과 채세창은 함께 앉아 땅에 획을 그으며 필담
했다. 이때 이의봉은 유구의 산천 풍토와 역사 등에 대해 물었다. 필
담을 하던 이들은 좀 더 대화하기 위해 채세창의 숙소로 이동하였다.
이때 채세창은 자신이 지은 시「원조시필(元朝試筆)」을 보여주면서
평을 청했다고 하는데 이 시는 기록되어 있지 않다. 그리고 이날 헤어
질 때, 채세창이 이의봉에게 작은 부채와 담뱃대를 주었고, 이의봉은
답례로 청심환 2개를 주었으며, 이후 조선 사신의 숙소를 방문하겠다
고 약속했다.

　　다음 날인 9일. 이의봉이 7언 절구를 부채에 쓰고 짧은 편지를 써
서 사람을 시켜 채세창에게 보냈다. 그러자 채세창이 위의 시와 함께
다음과 같이 답서를 보냈다. "이전에 맑은 가르침을 들어 어리석음을
조금이나마 깨치게 되었습니다. 진실로 삼생의 요행이라 생각합니다.
지금 빛나는 편지가 갑자기 이르러 받들어 읽으니 다정하고도 다정한
마음을 다시 느낍니다. 또 약환 두 알과 좋은 부채 하나를 주시니 보답
할 도리가 없어 부끄럽습니다. 밤새 글귀 하나 지어 선생께 드리니 비
웃음 면치 못할 듯합니다. 아울러 부채 하나 담뱃대 하나를 보내드립
니다. 받아 주시기 바랍니다. 큰 복이 끝없으시길 바랍니다."*

---

*　　金玲竹,「『北轅錄』의 1760년 北京기록」,『大東文化研究』제90집, 89-102쪽 참조.

【시 해설】　　1구는 채세창 자신이 먼 남쪽 섬나라 유구에서 북쪽 북경에 왔다는 말이고, 2구는 이의봉을 만났음을 압축해서 묘사하였다. 3구는 이의봉의 재주를 조선에서 제일이라고 치켜세웠는데, 이는 외교적 멘트라고 할 수도 있겠으나 실제로 이의봉의 문학적 능력은 매우 뛰어났다. 이는 그의 연보와 문집을 보면 알 수 있다. 4구에서 다시 한번 이의봉의 문장을 높게 평가하였다.

【시인 소개】　　채세창(蔡世昌, 1737~1798): 자는 여현(汝顯)으로, 유구 구메마을의 명문 채씨(蔡氏) 가문의 13세손이다. 1758년 유구 상목왕(尙穆王) 7년의 관생으로 뽑혀 1760년에 중국 국자감에 입학했다. 1782년 진공 부사를 거쳐 자금대부(紫金大夫)로 승진하고 고도친방(高島親方)이 되었다. 친방은 정1품에서 종2품이 받는 칭호이다. 이후 상온왕(尙溫王)의 즉위와 함께 사실상 국사(國師)가 되었다. 그는 곧바로 왕에게 진언하여 유구의 관생제도를 개혁하였고, 자신은 왕성이 있는 수리에 설립되는 국학의 최초 학사(學師)에 내정되었으나, 그 실현을 보지 못하고 병으로 죽었다. 채세창의 문하에서 양문봉(楊文鳳)이라는 학자가 배출되었다. 『유구과율(琉球科律)』을 편집하였다.[*]

---

[*]　　이성혜, 「유구 유학(儒學)의 계보와 학통」, 『유구 한문학』, 산지니, 2022 참조.

이선생의 부채 선물에 감사하며 아울러 운에 화답하여 가르침을 구함

謝李先生惠扇併和尊韻求敎

유구 문인 채세창

솔 부채 만든 것은 신의 솜씨요
훈현곡(薰絃曲) 한 수가 흰 비단 속에 있네.
더운 여름날 오면 흰 깃 부채 펼쳐
온 자리에 어진 바람 일으키는 것 보리라.

製成松篁盡神工　　一曲薰絃白繭中
願待炎天舒素羽　　試看滿座拂仁風

【용어 해설】

- 훈현곡(勳絃曲): 임금의 시문을 일컫는 말. 순임금이 오현금(五絃琴)을 만들어 타면서 「남풍시(南風詩)」를 지어 노래하였다. 그 노래 '남풍의 훈훈함이여, 우리 백성의 성냄을 풀어 줄 만하도다.(南風之薰兮, 可以解吾民之慍兮.)'에서 가져온 말이다. 오현금은 다섯 줄로 된 옛날 거문고의 하나로 순임금이 만들었다고 한다.

【작시 배경】　이 시는 『북원록』 제4권, 1761년(영조 37) 1월 14일 자에 기록되어 있다. 이날 채세창이 동료 정효덕(鄭孝德)과 함께 이의봉의 관소로 찾아갔다. 이날의 방문은 두 사람이 처음 만났던 지난 8일 채세창의 요청으로 이의봉이 채세창의 숙소를 방문했던 일에 대한 답방이었다. 이때 채세창이 위의 시를 내어 보였다. 그리고 시 끝에 '유구국 채세창 쓰다(中山蔡世昌具稿).'라고 적었다. 이 시를 본 이의봉은 '훌륭한 솜씨'라고 칭찬하였다. 이후 이휘중과 이의봉 및 채세창과 정효덕은 서로의 나라에 대해 대화했는데, 대화의 주제는 의관과 문물·조공의 물품·인재 등용 방법·농업 경영 방법 등 다양했다.

당시 채세창은 가지고 온 시고(詩稿) 한 권을 꺼내어 첨삭을 요청하였고, 정효덕은 만금단(萬金丹) 20편(片)을 주었다. 만금단은 복통, 중풍, 혼절, 술독 등을 치료하는 데 효과가 있다고 한다.

【시 해설】　1구에서 솔 부채라고 한 것은 소나무 가지를 깎아 부채대를 만들었으므로 그렇게 표현한 것으로 보인다. 신의 솜씨라 한 것은 부채가 매우 잘 만들어졌음을 칭찬한 말이다. 2구에서 훈현곡 한 수가 흰 비단 속에 있다고 표현한 것은 부채에 적은 시를 높게 평가한 것이다. 더운 여름날 부채를 펼쳐 온 자리에 어진 바람 일으키는 것을 보고 싶다는 3, 4구의 말은 그렇게 하고 싶다는 채세창의 바람이다. 시인 채세창의 인품을 엿볼 수 있다.

고려 사람 이백상에게 드림
酬高麗李伯祥

유구 문인 정효덕

만 리에서 기쁘게 군자의 교분 맺어
하루아침에 직접 배워 마음자리 넓혔네.
진실로 사해 모두 형제이니
만나서 뜻 맞음 칠교 같네.

萬里欣同締淡交　　一朝薰炙豁心茅
信哉四海皆兄弟　　邂逅相投似漆膠

【용어 해설】

- 담교(淡交): 군자의 사귐.『장자』「산목(山木)」에, '군자의 사귐은 담
  담하기가 물과 같고, 소인의 사귐은 달기가 단술과 같다.(君子之交
  淡若水, 小人之交甘若醴.)'라고 하였다.
- 칠교(漆膠): 옻칠과 아교. 아교를 옻칠 속에 넣으면 딱 달라붙는다.
  그러므로 교칠지교(膠漆之交)라고 해서 정이 깊은 교유를 비유한다.

【시 해설】　　시 제목에 나오는 '백상(伯祥)'은 이의봉의 자이다. 1구는 이의봉이나 정효덕이 각자 서로의 나라에서 만 리나 되는 북경에서 만나게 되어 기쁘다는 마음을 드러내었다. 2구는 정효덕이 이의봉에게 한 수 배웠다는 겸손이다. 3구는 중국을 중심으로 한 동아시아 한자문화권이 모두 형제라며 친근함을 나타냈고, 4구는 서로의 교분을 잘 이어갔으면 좋겠다는 바람을 교칠지교로 비유하였다.

하늘가에서 기쁘게 시인 한 분 만나니
훌륭한 기량 예로부터 사군의 보배라네.
만 리에서 교분 맺어 의기가 투합하니
두 나라 사람이 머리 맞대 양춘을 노래하네.
꽃 속에서 술을 마시니 얼굴 붉음 재촉하고
눈 속에서 시를 지으니 시구가 새롭네.
역 앞에서 수레 덮개 기울이며 이별한 후에
태학[橋門]에서 마음 내달리지 않은 날 없다네.

天邊欣遇一騷人　　偉器由來四郡珍
萬里締交投意氣　　兩邦聚首咏陽春
花中酌酒催顔艶　　雪裡敲詩摘句新
傾蓋驛前分袂後　　橋門無日不馳神

【용어 해설】

• 소인(騷人): 소객(騷客)이라고도 하며, 시인과 문사(文士)를 뜻한다.
  중국 춘추시대 초나라 문인 굴원(屈原)이 지은「이소경(離騷經)」에
  서 나온 말이다.

• 양춘(陽春): 따뜻한 봄. 정월을 달리 이르는 말이기도 하다.

• 경개(傾蓋): 제2부의「유구국 사신인 스님을 보내면서 드림(贈送琉
  球國使僧)」의 용어 해설에서 설명하였음.

【시 해설】　　수련(1, 2구)은 정효덕이 북경에서 이의봉을 만나게 된
것과 이의봉의 기량을 칭찬하였다. 함련(3, 4구)은 서로의 만남이 잘
이루어졌으며 함께 시를 짓고 봄을 노래함을 묘사하였다. 경련(5, 6
구)은 보다 구체적으로 술을 마셨으며, 눈 속에서 시를 지었다고 했
다. 봄이라고는 하지만 사실상 아직 겨울이므로 눈이 내렸던 것이다.
이후 정효덕 일행은 유학생의 신분이었으므로 학업을 하기 위해 태
학으로 돌아갔다. 마지막 구절은 태학에서 공부하면서도 이의봉과의
만남을 잊지 못해 그리워한다는 뜻이다.

은혜 입은 황성에서 두 나라 사신이
서로 만나 기쁘게 평소처럼 이야기했지.
부끄럽게도 두터이 입은 은혜 보물로 간직하고
시낭엔 옥 같은 시 없으나 단아한 정으로 답하네.

兩國沾恩在帝城　　相逢共喜話平生

慙承厚惠須珍貯　　囊乏瓊琚答雅情

【용어 해설】

• 낭(囊): 시낭(詩囊). 시의 초고를 넣어 두는 주머니. 시인들이 길을 나설 때 가지고 다니며 시상(詩想)이 떠오를 때마다 메모하여 넣어 두는 주머니이다.

【시 해설】
1구의 두 나라는 조선과 유구이다. 당시 이들 나라는 중국을 종주로 하는 동아시아 한자문화권에 속했으며, 중국에 조공하였다. 그러므로 은혜를 입었다고 표현하였다. 황성이란 중국 천황이 있는 북경 자금성을 말한다. 2구에서 '평소처럼 이야기했다.'라는 것은 마치 자주 만났던 사람처럼 기쁘고 반갑게 대화했음을 뜻한다. 3구는 이의봉과 그의 부친 이휘중에게 받은 시와 선물을 포함한 따뜻한 마음을 뜻한다고 보인다. 4구는 자신의 시에 대해 보잘것없다며 겸손을 드러내었다.

연평의 학맥 따라 왕문에 거듭 오니
도량과 재능 우뚝하여 봉황 되어 날겠네.
바다에 뜬 두 개의 범선 황궁에서 만나니
글솜씨는 삼협의 물 거꾸로 쏟아낸 듯하네.
따뜻한 봄 역참에서 고금을 이야기하고
고요한 밤 선비의 숙소로 몽혼을 이끄네.

학교[西膠]에 머무는 날 친히 서탑 쓸어서

문장과 역사 상세하게 그대와 논하리.

(이언[俚句] 4수를 써서 이선생께 드립니다. 유구 정효덕 갖추어 씁니다.)

延平衍派重王門　　器宇崢嶸卜鳳騫

泛海雙篷逢輦下　　灑毫三峽倒詞源

春暄驛邸談今古　　夜靜儒廛引夢魂

訂日西膠親掃榻　　細將文史與君論

【용어 해설】

- 기우(器宇): 기량(器量). 도량과 재능이 특별히 뛰어남. 『삼국사기』 「백제본기」에 '다루왕(多婁王)은 온조왕의 맏아들이다. 도량과 재능이 있고 너그러워 위엄과 명망이 있었다.(多婁王, 溫祚王之元子. 器宇寬厚, 有威望.)'라고 하였다.
- 봉건(鳳騫): 봉황새가 남.
- 쌍봉(雙篷): 봉(篷)은 거룻배를 뜻하므로, 쌍봉은 두 개의 거룻배이다.
- 연하(輦下): 천자의 수레. 권력자가 있는 곳, 또는 궁성을 의미한다.
- 삼협(三峽): 중국 장강의 상류로 사천성과 호북성 두 성의 경계에 있는 무협·구당협·서릉협을 말한다.
- 몽혼(夢魂): 꿈속에 있는 혼.
- 서교(西膠): 주나라 때의 대학. 동교와 서교가 있었다. 태학과 성격이 같다.
- 문사(文史): 문장과 역사.

【시 해설】　『북원록』에는 이 시의 제목이 별도로 존재하지 않는데, 우에자토 겐이치(上里賢一)가 편집한『구메마을과 한시(久米村と漢詩)』(久米崇聖會, 2018, p.200)에는「고려 사람 이백상에게 드림(酬高麗李伯祥)」이란 제목으로 실려 있다. 이 제목에 나오는 '백상(伯祥)'은 이의봉의 자이다. 시의 내용은 동일하다. 이 시는 또 청나라 학자 반상(潘相)의『유구입학견문록(琉球入學見聞錄)』에도 실려 있다. 반상은 호가 경봉(經峰)으로 호남성 안향 사람이다. 당시 북경 태학에서 유구 유학생들을 가르치는 교습(敎習)이었다. 곧, 이 시는 현재 3곳에 게재되어 있음을 확인하였다.

　　1구의 '연평(延平)'은 송나라 유학의 전통을 지킨 사상가이자 주희(朱熹)에게 큰 영향을 끼친 이동(李侗)을 지칭한다고 보인다. 따라서 중국의 학문을 배우기 위해 북경에 왔다는 의미이다. 2구는 이의봉을 지칭한 것으로 보인다. 이의봉의 도량과 재능이 우뚝하여 앞으로 봉황이 날 듯이 훌륭하게 될 것이라는 칭송이다. 3구의 '두 개의 범선'은 조선과 유구를 비유한다. 우리와 당신들이 각각 먼 길을 와서 북경에서 만났다는 것이다. 연하(輦下)의 기본적인 뜻은 천자의 수레이지만, 권력자가 있는 궁성을 뜻하기도 한다. 여기서는 북경을 뜻한다고 보인다. 4구의 내용은 당나라 두보의 시「취가행(醉歌行)」에서 가져온 것이다. 즉, 이 시에 "글솜씨는 삼협의 물을 거꾸로 쏟아낸 듯, 붓의 기세는 천 명의 적군을 홀로 쓸어낼 듯하다.(詞源倒流三峽水, 筆陣獨掃千人軍.)"라는 구절이 있다. 5, 6구는 따뜻한 봄날 역참에서 고금의 일에 대해 논하고, 유가의 학문을 가까이함을 말한다. 마지막 미련(7, 8구)은 열심히 공부해서 이후에 다시 만나 문장과 역사에 대해 토론하고 싶다는 뜻이다.

【작시 배경】 위의 시들은 1761년(영조 37) 1월 16일 자『북원록』에 실려있다. 이날 정효덕이 시권(詩卷)과 부채 2개를 이의봉에게 보냈다. 부채에 위의 시가 적혀 있었다고 이의봉은 말한다. 즉, 이의봉 일행과 채세창 일행이 처음 만난 1월 8일 이후 조선 사신단과 채세창 일행은 여러 번 만났고, 편지와 선물 그리고 시를 주고받았다. 정효덕 시에 대한 이의봉의 답시는 아래에 제시한다.

【시인 소개】 정효덕(鄭孝德, 1735~?): 자는 소의(紹衣). 유구 구메무라 출신으로 채세창과 함께 관생으로 중국 국자감에서 유학했다. 『유구입학견문록』에 의하면 정효덕의 조부 사현(士絢)과 부친 국관(國觀)은 모두 입공(入貢)한 경력이 있다고 한다. 특히 그의 부친은 1744년 도통사가 되어 공사(貢使)를 따라 복건성 민지역에 갔으나 객사했다고 한다. 이후 1754년 그의 나이 20세 때에 성묘(省墓)를 이유로 장인이었던 채굉모(蔡宏模)를 통해 입국을 청했고, 1760년 관생으로 선발되었다. 정효덕은 부친의 유지를 이어받아『소학』과『근사록』등을 완미(玩味)했다고 한다. 또한 정효덕은 서법에 밝았으며, 시문 등 모두가 법칙에 합당했다고 평가받는다. 옥부친방(屋部親方)의 작위를 받았다.

유구 정생이 보내준 시에 차운하여
부채에 써서 사람을 시켜 전해주다

琉球鄭生寄來韻書諸扇伴而傳之

이의봉

먼 타국에서 그대와 만나

가벼운 부채에 시를 쓰며 글자마다 살피네.

북쪽 중원을 배우러 천만 리를 왔으니

남쪽 고국에 돌아가려면 몇 번 봄을 지낼까.

문득 그대의 인품에 마음을 얻어

흔쾌히 붓끝 잠시 빌렸더니 말마다 새롭네.

하주시를 음미하며 소중하게 간직하니

맑은 향기 몸에 스며 정신이 산뜻하네.

殊方邂逅日邊人　　輕箑題詩字字診

北學中州千萬里　　南歸故國幾回春

却從眉宇襟懷得　　好借毫端話語新

愛玩荷珠藏十襲　　逼肥淸馥可怡神

【용어 해설】

- 일변인(日邊人); '일변(日邊)'은 동진(東晉)의 명제(明帝)가 부왕인 원제(元帝)에게 장안과 태양 사이의 거리를 말한 고사에서 나온 말로 도성(都城)을 뜻하는 별칭이다. 여기서 '일변'은 중국 북경을 가리키며, '일변인'은 북경 국자감에서 유학하고 있는 유구 관생 정효덕을 뜻한다.

- 미우(眉宇): 눈썹과 이마 부분을 가리키는 말로 용모를 뜻한다. 『신당서』「원덕수열전(元德秀列傳)」에 의하면, 당나라 하남 사람인 원덕수(元德秀)는 자가 자지(紫芝)이다. 같은 고을의 방관(房琯)은 원덕수를 볼 때마다 "자지의 미우를 보면 사람으로 하여금 명리의 마음이 모두 사라지게 한다.(見紫芝眉宇, 使人名利之心都盡.)"라고 하였다. 원덕수는 노산령(魯山令)이 되어 정치를 은혜롭게 잘했다. 육혼산(陸渾山)에 은거하다가 세상을 마쳤는데, 사람들은 그의 행실을 높이 여겨 원노산(元魯山)이라 불렀다. 여기서는 정효덕의 인품과 용모를 칭찬하는 의미로 사용하였다.

- 하주(荷珠): 연잎에 맺힌 물방울이지만, 여기서는 정효덕이 시은 「하주시」를 말한다.

- 십습(十襲): 열 번 싼다는 의미. 진귀한 물건을 한층 한층 잘 포장한다는 뜻이다.

【작시 배경】 이 시는 앞의 '天邊欣遇一騷人'로 시작하는 정효덕 시에 차운한 것이다. 그러므로 정효덕 시와 똑같이 '인(人)·진(診)·춘(春)·신(新)·신(神)'으로 운자를 하였다. 1761년(영조 37) 1월 19일에 쓴 시로, 부채에 써서 사람을 시켜 전해주었다고 한다. 즉, 이 시는 정효

덕이 하주시(荷珠詩)를 지어 보내면서 평을 구한 데 대한 답시이다.

【시 해설】　1구는 북경에서 정효덕을 만난 것, 2구는 부채에 시를 쓰며 꼼꼼하게 글자를 살피는 모습이다. 3구는 먼 유구에서 북경에 온 것과 다시 유구로 돌아가기 위해 많은 날이 필요함을 언급하며 유학생인 정효덕의 노고를 행간에 담고 있다. 5구와 6구는 정효덕의 좋은 인품을 칭찬하며, 그 인품에 반해 시를 주고받는다는 뜻이다. 그리고 마지막 미련(7, 8구)에서 '소중하게 간직하겠다.', '맑은 향기 몸에 스며든다.', '정신이 산뜻하다.' 등의 말로 정효덕의 시를 좋게 평가하였다.

연산에 해 저물어 교문에 기대어
이역 의관에 괜스레 스스로 허물하였지.
말이 통하지 않아 그저 묵묵히
봄을 읊어 화답하며 함께 자주 즐겼네.
남으로 바다 건너며 마음 달릴 테고
동으로 압록강 건너며 혼이 끊어지겠지.
짐 속에 중국이란 글자 여전히 지녔으니
객지 책상 상관없이 자세히 평론하리.

燕山斜日倚橋門　　域外衣冠謾自騫
方語未通空脈脈　　春吟互答共源源
南歸鯨海能馳想　　東渡鴨江定斷魂

行橐尙携中國字　　不妨旅榻細評論

___

【용어 해설】

- 연산(燕山): 연경(燕京), 곧 북경을 뜻한다.
- 교문(橋門): 주위에 물이 흐르고 다리를 통해 네 개의 문으로 들어 가는 태학을 가리킨다. 『후한서』「유림열전」서문에 다음과 같은 말이 있다. "향사례가 끝나고 천자가 정좌하여 직접 강(講)을 하면 여러 선비가 그 앞에서 경서를 들고 토론을 벌이는데, 갓을 쓰고 띠를 두른 벼슬아치들을 비롯해서 교문을 에워싸고 구경하는 자들이 매우 많았다.(饗射禮畢, 帝正坐自講, 諸儒執經問難於前, 冠帶搢紳之人, 圜橋門而觀聽者, 蓋億萬計.)"

【작시 배경】　　이 시 역시 정효덕이 이의봉에게 준 '延平衍派重王門'로 시작되는 앞의 시에 대해 차운한 답시이다. 따라서 문(門)·건(騫)·원(源)·혼(魂)·론(論)으로 운자를 삼았다. 『북원록』 1월 19일 내용이다.

【시 해설】　　1구의 연산은 북경을 뜻한다. 당시에는 연경이라고 하였는데, 그 지역의 산을 연산이라고 지칭한 것이다. 곧, 저물녘 북경의 태학으로 들어가는 다리 문에 기대어 중국식 의관이 아닌 변방 유구식 의관을 입은 스스로를 허물한다는 것은 정효덕을 지칭하였다고 보인다. 함련(3, 4구)은 이의봉과 정효덕이 서로 언어가 통하지 않으므로 직접적인 대화는 어렵고, 공통 문자인 한시를 주고받으며 즐

겄다는 말이다. 5구는 정효덕의 마음이고, 6구는 이의봉의 마음이다. 남으로 바다를 건너면 유구가 있고, 동으로 압록강을 건너면 조선이 있다. 마지막 미련(7, 8구)은 중국을 종주국으로 하는 동아시아 한자 문화권으로서의 조선과 유구를 말하고 있는 것이 아닌가 한다.

문정의 홰나무 그늘 땅 가득 얽혔고
백 년간 맑은 기품 넓은 시내 띠풀이라.
이날 그대 만날지 생각도 못했는데
천애의 인연을 태학에서 맺는구려.

文正槐陰滿地交　　百年淸標豁谿茅
此日逢君曾不意　　天涯緣業是東膠

【용어 해설】

• 문정괴음(文正槐陰): 문정의 홰나무 그늘. 송나라 병부시랑 왕호(王
祜)가 재상의 덕망이 있었으나 직언을 잘하였으므로 재상이 되지
못하자, 뜰에 세 그루의 홰나무를 심고 "내 자손 가운데 반드시 삼
공(三公)이 되는 이가 있을 것이다."라고 했다. 아니나 다를까, 아들
인 위국(魏國) 문정공(文正公) 왕단(王旦)이 재상이 되었다.(『古文眞
寶』後集 권8 「三槐堂銘」)
• 동교(東膠): 주나라 때의 대학. 동교와 서교가 있었다. 여기서는 태
학을 의미한다.

【작시 배경】 이 시는 정효덕의 '萬里欣同締淡交'로 시작하는 시를 차운한 것이다. 그러므로 교(交)·모(茅)·교(膠)를 운자로 하였다. 『북원록』 1월 19일 자에 게재되어 있으며, 아래 시와 함께 정효덕이 보낸 시에 대해 차운한 답시이다.

【시 해설】 1, 2구는 북경의 태학을 묘사한 것으로 보인다. 3구는 정효덕과의 만남이 우연히 이루어졌다는 뜻이며, 그 만남의 장소가 태학이라는 점을 4구에서 강조하고 있다.

책과 칼 들고 멀리 도성을 떠나니
맑은 연꽃 돌아보니 빼어난 기운 생기네.
통주강의 깊이는 바다와 같다지만
북경에서 이별하는 두 사람의 정만 할까.

書劍迢迢自國城　　靑荷秀氣顧瞻生
通州江水深如海　　未似燕關兩別情

【용어 해설】
• 서검(書劍): 책과 칼. 책과 칼은 옛날 선비들이 일상으로 소지하던 물품으로 학문과 의기를 뜻한다.
• 연관(燕關): 연경의 관문.

【작시 배경】　이 시 역시 정효덕의 '兩國沾恩在帝城'로 시작하는 시를 차운한 것이다. 성(城)·생(生)·정(情)을 운자로 하였다. 앞의 시와 함께『북원록』1월 19일 자에 게재되어 있다.

【시 해설】　1구는 누구를 묘사한 것인지 확실하지 않다. '멀리[迢迢]'라는 표현으로 봐서 북경에서 조선으로 돌아가거나, 북경에서 유구로 돌아감을 읊은 듯하다. 2구는 계절의 알림과 함께 기운생동의 의미를 붙였다. 3구의 통주강은 북경에 있는 강인데, 그 강은 깊이가 바다와 같이 깊다고 한다. 정효덕과 이의봉의 교유의 정이 통주강보다 깊다고 묘사하였다.

【시인 소개】　이의봉(李義鳳, 1733~1801): 자는 백상(伯祥), 호는 나은(懶隱), 본관은 전주이다. 광평대군 이여(李璵)의 후손이다. 1773년(영조 49) 정시문과에 을과로 급제하여 도청(都廳)·부수찬·교리 등을 거쳐 1788년(정조 12) 10월에 신천군수, 1791년에는 좌승지가 되었다. 18세 되던 1750년『주자어류』와『사서소주(四書小註)』를 보던 중 어려운 말들이 많자『어록해(語錄解)』등 여러 책을 참고하여『증주어록해(增註語錄解)』를 편찬하였다. 그 뒤 다시 이 책의 내용을 수정하고 증보하여 1789년 40권으로 된『고금석림(古今釋林)』을 완성하였다. 저서에『산천지(山川志)』·『나은예어(懶隱囈語)』·『고금석림』등이 있다.

유구·흉노·월남 사신이
어깨를 나란히 하며

琉球單越可差肩

김진수

유구·흉노·월남 사신이 어깨를 나란히 하며

크고 작은 붉은 비단옷 입고 발걸음 잇고 있네.

사나워서 가장 미운 것은 몽고의 행렬이요

높은 갓에 홀로 우뚝 선 건 우리 조선이라네.

琉球單越可差肩　　　大小紅羅步武連

獷悍最憎蒙古隊　　　峩冠獨立我朝鮮

(『벽로집(碧蘆集)』 권1, 「연경잡영(燕京雜詠)」)

【용어 해설】

- 선월(單越): '선(單)'은 흉노의 임금인 선우(單于)의 준말로 흉노를
  가리키고, '월(越)'은 월남 즉 베트남을 지칭한다.

【작시 배경】　이 시는 1832년 동지 사행에 부방(副房)의 호군(護軍)

자격으로 청나라 북경에 간 김진수가 귀국한 뒤, 몇 년에 걸쳐 완성한 「연경잡영(燕京雜詠)」 314수 중 한 수이다. 소주(小注)가 첨가된 죽지사(竹枝詞)의 형태로 쓰였으며, 특이하게도 당시 사대부였던 이관재(怡觀齋) 황종현(黃鍾顯)*에게 시평을 부탁하여 부기하였다. 이 시는 당시 북경에서 목격한 모습을 읊은 것이다.

【시 해설】　　1, 2구는 조선과 유구를 비롯한 조공국 사신들이 연례(演禮)를 위해 오문(午門)으로 향하는 모습을 묘사하였다. 오문은 황성의 정문인 천안문을 빠져나와 북쪽으로 곧바로 가면 황성 안의 자금성 정문인 오문에 이른다. 명나라 영락 18년(1420)에 건설되었으며, 현존하는 것은 청나라 순치 4년(1647)에 중건된 것이다. 현재는 고궁박물관 남문이다. 중앙에 큰 누문(樓門)이 가로놓여 있고, 동서에는 각각 누각이 두 개씩 있어 전체의 모습이 봉황이 크게 날개를 펼치고 있는 모습과 닮아 오봉루(五鳳樓)라고도 한다. 누각 위에는 종과 북이 놓여 있으며, 황제가 전각에 올라 조정 일을 처리할 때 종을 울리고 북을 쳐서 백관에게 알린다. 문루 아래에는 세 개의 문이 있다. 중앙의 문은 황제와 황후가 출입할 때 사용하고, 좌우의 문은 문무백관과 제후의 출입구이다. 문루의 중앙부 높이는 37.95m이다. 오문

---

* 　황종현(黃鍾顯, ?~?): 1864년(고종 1) 순천부사로 재임할 때, 영남과 호남지방에 심한 가뭄이 들어 이재민이 많이 발생하자, 이듬해 호남위유사(湖南慰諭使)가 되어 공적을 올렸다. 1865년에 이조참의, 1866년에 좌승지, 1869년에 대사간을 거쳐 1875년에 의주부윤이 되었다. 1876년 일본국 이사관(理事官) 미야모토 고이치(宮本小一, 1836~1916)와 조일수호조규부록 및 무역규칙의 체결을 위해 강수관(講修官) 조인희(趙寅熙)와 함께 행호군(行護軍)으로서 반접관(伴接官)에 임명되었고, 같은 해 이조참판이 되었다.(『한국민족문화대백과사전』「황종현」)

앞의 광장에서는 군대의 출정식이나 개선식, 역(曆)의 영발식(領發式) 등, 중요한 의식이 거행된다. 그뿐만 아니라, 조선과 유구 및 베트남 등 외번(外藩)의 진공 역시 이 오문에서 공물을 헌상한다. 황제로부터 하사받는 물건도 이 오문에서 받는다. 사신은 이 문으로 들어가는 것이 허락되지 않는다.(『유구 한시선』참조)

'크고 작은 붉은 비단옷'이란 각국 사신들에 따라 다른 모습을 표현한 것이다. 3구에서 몽고의 행렬을 가장 밉게 보는 것은 그들의 모습이 다른 나라 사신에 비해 사납게 보이기 때문이리라. 4구에서는 '높은 갓'으로 조선의 문명에 대한 자부심을 드러냈다. 높은 갓이란 유자(儒者)를 상징하고, 이는 당시 조선에서 중화사상과 문명을 상징한다.

「연경잡영」에는 황종현의 시평(詩評)이 있는데, 이 시에는 '결국 사람들의 말이 일치하지 않겠는가(無乃齊人言乎)'라는 평을 붙였다. 이 시평은 중국을 제외한 이른바 주변국 중에서는 조선의 문명이 높다는 김진수의 인식이 일반적인 인식일 것이라는 뜻이다.

【시인 소개】 김진수(金進洙, 1797~1865): 자는 치고(稚高)이고, 호는 연파(蓮坡) 혹은 벽로재(碧蘆齋)라고 하며, 본관은 경주이다. 승문원 서리 출신으로 알려져 있다. 장지완(張之琬)과 인척 관계의 중인 가문 출신인데 자세한 생애는 알 수 없다. 적지 않은 저술을 남겼는데, 특히 기행과 관련한 작품이 많다. 그가 편집하여 남긴 『벽로집(碧蘆集)』은 그가 견문한 북경의 인물·풍토·유희·기예·성지(城池)·산천·초목·금수 등에 대한 내용이다. 『벽로집』이 곧 「연경잡영」이다. 그는 1832

년 동지 사행에 부방의 호군 자격으로 청나라 북경에 갔다.[*]

---

*   김영죽, 「19세기 중인층 지식인의 해외체험 일고~벽로재 김진수의 연행시를 중심으로~」,『한국 한문학회 2011년 춘계학술대회 발표논문집』, 한국한문학회, 2011. 3, 26-28쪽; 임준철, 「환희시(幻戱詩) 통해 본 청대 북경의 환술(幻術)-김진수(金進洙)의 <환희연(幻戱宴)> 二十八首를 중심으로」,『동아시아문화연구』제50집, 한양대학교 동아시아문화연구소, 2011, 221쪽; 김영죽 박동욱 역,『국역 벽로집碧蘆集』,『연행록국역총서 16』, 세종대왕기념사업회, 2018; 김영죽, 「조선후기 竹枝詞를 통해본 18,19세기 중인층지식인의 他者인식–조선후기 胥吏출신 秋齋 趙秀三의 竹枝詞類작품 연구를 중심으로-」,『漢文學報』第24輯, 우리한문학회, 2011.

가을날 고려공사 박규수, 강문형, 성이호가 지나다가 들렀으므로 7언 율시 2수를 지음
秋日高麗貢使朴珪壽 姜文馨 成彝鎬 過訪因成七律二首

유구 문인 임세공

제1수
외번국과 변하지 않는 동맹 맺었기에
태학에서 이날 높은 수레 만났네.
그대 나라 일찍이 기자가 전했다는데
타국에서 서로 만나 계문을 기념하네.
필담으로 풍속 물으며 함께 기뻐하니
국화꽃 황금잔에 띄울 필요 없다네.
나는 공부하려고, 그대는 사신으로 와서
지척에서 황제의 은혜 함께 적셨네.

帶礪同盟列外藩　　圜橋此日接高軒
舊邦曾說傳箕子　　異地相逢紀薊門
共喜筆譚詢土俗　　不須菊蘂泛金樽
我來請業君持節　　咫尺均霑聖主恩

(上里賢一,『久米村과 漢詩』下, 391쪽)

【용어 해설】

• 대려(帶礪): '황하가 띠처럼 가늘어지고, 태산이 숫돌처럼 닳는다.' 라는 문장에서 온 말로 나라와 함께 복록을 누릴 공신을 뜻하는 말이다. 보통 개국 공신을 의미한다. 이는 한고조 유방의 말에서 가져왔다. 그가 천하를 평정한 뒤에 공신들에게 작위를 내리면서 다음과 같이 맹세했다. "황하가 띠처럼 가늘어지고 태산이 숫돌처럼 닳아도 나라가 길이 보존되어 후손에게까지 미치게 하겠다.(使黃河如帶, 泰山若礪, 國以永寧, 爰及苗裔.『史記』권18「高祖功臣侯者年表」)"

• 외번(外藩): 외국 혹은 국경 밖의 속지(屬地)를 뜻하기도 한다. 여기서는 중국에 조공하는 나라, 곧 조선과 유구를 지칭한다.

• 환교(圜橋): 중국 북경의 국자감을 뜻한다. 이 말은 '교문을 둘러싸고 보고 들은 사람(圜橋門而觀聽者)'에서 가져왔다. 후한의 명제(明帝)가 유교를 존숭하여 대학[辟雍]에서 예를 마치고 스스로 경전을 강설할 때, 여러 유자들이 앞에서 경전을 들고 어려운 부분을 물었고, 대신들은 교문을 둘러쌌으며, 보고 들은 사람이 억만 명이나 되었다고 한다.(『通鑑』「漢紀」 36. 明帝 永平 2年) 또 북경의 국자감 태학문을 지나 들어가면 유리 패루가 나오는데, 전면에 '환교교택(圜橋敎澤)', 후면에 '학해절관(學海節觀)'이라 쓰여 있다. 모두 건륭제의 어필이다. 1784년(건륭 49)에 만들었다.

• 고헌(高軒): 높은 수레. 멋진 수레.

• 기자(箕子): 은나라 마지막 왕인 주왕(紂王)의 숙부이자 신하. 주왕에게 충간했으나 받아들여지지 않자 미친 척하여 몸을 보호하였

다. 주나라 무왕이 주왕을 멸하고, 기자를 조선에 봉했다고 하며, 평양에 기자릉이 있다고 한다.

- 계문(薊門): 중국 북평에 있는 지명. 북평팔경(北平八景)의 하나로 계문연수(薊門煙樹)가 있다. 현재 북경시 덕승문 밖의 지역이다.(『燕京歲時記』)

【작시 배경】　시의 제목에 '고려공사(高麗貢使)'라고 한 것은 조선의 사신이란 뜻이다. 박규수(朴珪壽, 1807~1877)는 1872년 진하사의 정사로 서장관 강문형(姜文馨, 1831~?)*, 수역(首譯) 오경석(吳慶錫, 1831~1879)을 대동하고 1861년에 이은 두 번째 중국 사행의 임무를 수행하고 있었다. 당시 임세공은 북경 국자감에서 유학하고 있었다. 그러니까 위의 시는 1872년에 북경 국자감을 방문한 박규수 일행에게 준 시이다.

【시 해설】　수련(1, 2구)은 조선이나 유구 모두 중국과 조공이라는 특별한 동맹으로 맺어진 번국(藩國)이기 때문에 북경의 태학에서

---

*　강문형(姜文馨, 1831~?): 자는 덕보(德輔). 호는 난포(蘭圃). 1869년(고종 6) 정시 별시문과에 병과로 급제하였다. 1872년에는 회환진하 겸 사은사(回還進賀兼謝恩使)의 서장관으로 정사 박규수, 역관 오경석과 함께 청나라에 다녀왔다. 1874년에는 경기도 암행어사로 나가서 전정(田政), 동포(洞布), 사창(社倉), 수령광관(守令曠官) 등의 폐단을 별단(別單)에서 일일이 고하였다. 1881년에는 신사유람단의 일원으로 일본에 건너가 약 70일 동안 일본의 군사, 교육, 행정, 공장 등을 시찰하고 돌아왔다. 개화정책에 비교적 적극적인 편이었으나, 1884년 갑신정변 때에는 정변에 참여하지 않고 부승지의 직에 있으면서 정변 후 승정원의 김옥균 일파 비난에 동참하였다. 1885년에는 예방승지(禮房承旨), 1887년에는 이조참판, 협판교섭통상사무, 1893년 다시 이조참판을 지냈다. 신사유람단으로 일본에 다녀와 쓴 「일본견문사건」과 「일본공무성시찰기」가 규장각도서에 있다.

만날 수 있었음을 말하고 있다. 곧, 임세공이 박규수 일행을 만나게 된 계기를 적었다. 함련(3, 4구)에서 은나라가 망하고 주나라가 건립된 뒤에 주나라 무왕이 기자를 조선에 봉했다는 이른바 기자 조선설을 거론한 것은 조선의 유가 사상 전통이 오래되었음을 칭찬한 것으로 보인다. 그 조선의 사신을 북경에서 만나게 되었다는 것이다. 그렇게 만난 박규수 일행과 임세공은 서로 언어가 다르기 때문에 당시 만국 공통어인 한문으로 필담이라는 방식을 통해 대화를 나눈다. 필담으로 서로의 풍속을 묻고 답하니 기쁘다. 그러므로 중양절에 특히 집 떠나온 나그네가 높은 곳에 올라가 산수유 열매를 머리에 꽂아 나쁜 기운을 물리치고, 국화주를 마시며 건강을 기원하고 고향을 그리워하던 풍속까지 끌어올 필요는 없다는 것이다. 그만큼 기쁘다는 뜻이다. 마지막 미련(7, 8구)은 북경에 온 이유와 임무는 각자 다르지만, 그러나 서로 가까이서 얼굴 보며 필담을 나눌 수 있게 된 것은 중국 황제의 은택 덕분이라는 외교적 수사로 마무리하였다.

제2수

내가 학문하러 국자감에 와서
세 분 조선 사신을 뵈니 깊은 인연 증거라네.
배 속에 문장 있어 사람 속되지 않으며
사귐에 신구가 없이 뜻 서로 친하네.
동쪽과 남쪽 바다 밖에서 똑같이 조공하고
사백 년 전부터 오래도록 이웃이었네.
웃음 띤 말에 부평초와 물이 만난 듯 기쁘니

가을바람에도 고향의 순채를 기억하지 않네.

鰍生問字謁成均　　三見皇華證夙因
腹有詩書人不俗　　交無新舊意相親
東南海外同修貢　　四百年前昔結鄰
笑語猶欣萍水遇　　秋風莫憶故鄉蒓

【용어 해설】

- 추생(鰍生): 작고 변변하지 못한 사람이라는 뜻. 자신을 낮추어 이르는 말이다.
- 성균(成均): 태고 때의 학교. 여기서는 국자감을 가리킨다.
- 황화(皇華): 중국 사신을 높여 이르던 말. 여기서는 조선 사신을 뜻한다.
- 숙인(夙因): 숙세(夙世)의 인연. 오래된 깊은 인연을 뜻한다.
- 평수우(萍水遇): 평수상봉(萍水相逢)과 같은 말. 곧, 부평초와 물이 만나다. 나그네 되어 이리저리 다니다가 우연히 만나게 됨을 의미한다.

【작시 배경】　작시 배경은 앞의 시와 같다.

【시 해설】　수련(1, 2구)은 임세공이 북경에 오게 된 이유와 그로 인해 세 명의 조선 사신을 만나게 됨을 깊은 인연으로 돌리고 있다. 2구에서 말한 '삼견(三見)'은 '세 사람을 만남'이라고 할 수도 있고, '세

번 만남'일 수도 있겠으나 제목에 세 사람을 거명한 것으로 봐서 '세 사람을 만남'이 타당하리라 본다. 함련(3, 4구)은 세 명의 조선 사신을 묘사한 것으로 보인다. 배 속에 문장이 있다는 것은 이른바 '복고(腹稿)'로 문장력이 매우 뛰어남을 비유한다. 거기에 속되지도 않으니 다른 것은 불문하고 친하게 된다. 경련(5, 6구)에서 말하는 동쪽은 조선이고, 남쪽은 유구이다. 조선과 유구 두 나라가 모두 중국에 조공하는 나라이며, 조선 초기부터 두 나라가 이웃으로 교류했음을 강조하였다. 이는 역사적으로도 맞는 말이다. 미련(7, 8구)의 '부평초와 물의 만남'이란 부평초처럼 이리저리 다니다가 우연히 뜻밖에 만나게 되는 만남이다. 당나라 문인 왕발(王勃)의 「등왕각서(滕王閣序)」에 '부평초와 물이 만났으니, 이들 모두 타향의 길손이로다(萍水相逢 盡是他鄕之客)'라는 구절이 있다. '가을바람'은 보통 나그네에게 고향을 생각나게 하는 역할을 한다. 그러나 여기서는 그 가을바람이 부는데도 서로 고향을 떠올리지 않을 만큼 서로의 만남이 좋다는 뜻이다.

【시인 소개】　임세공(林世功, 1841~1880): 유구 구메마을(久米村)에서 태어났다. 1865년 25세로 관생에 합격하여 1869년 10월 북경의 국자감에 입학했다. 당시 함께 관생에 선발된 모계상(毛啓祥), 갈조경(葛兆慶), 임세충(林世忠)과 함께 이목관 향문광(向文光), 정의대부 임세작(林世爵)과 진공선을 타고 중국 복건성 민지역으로 갔다. 그 사이 모계상이 병사하여 남은 세 사람만 국자감에 입학하였다. 그들은 교습인 중국 사람 서간(徐幹)의 지도를 받았다. 서간은 복건성 소무 출신이다. 그런데 갈조경에 이어서 1872년 임세충도 국자감에서 병사하여 관생으로는 임세공만 남았다.

임세공은 6년의 학업을 마치고 1874년 귀국하여 구메마을의 시
문관화경서사장(詩文官話經書師匠)에 임명되었다. 12월에는 구메마
을 한문조립주취(漢文組立主取)로 전직하였으며, 이어서 어내용계
(御內用係)에 임명되었다. 1875년 6월에는 국학대사장(國學大師匠)
이 되고, 9월에 세자의 강사에 발탁되었다. 이로써 그는 학자로서 최
고 지위에 오르게 되었다. 그런데 일본이 유구를 병합하려는 국가
존망의 위기가 닥쳐오자, 1876년 12월 유구 국왕의 밀명을 받고, 유
구 왕국의 존속을 호소하는 청원 운동을 전개하기 위해 청국으로 탈
출하였다.

임세공 일행은 중국 복건성 복주에서 북경의 총리아문에게 청원
서를 제출하고 3년이나 기다렸지만 답을 받지 못하고, 1879년에 유
구처분의 소식을 듣자 직접 북경으로 향했다. 그러나 1880년 11월에
일본과 청국 사이에 「유구분도증약안(琉球分島增約案)」이 의정되었
다는 절망적인 소식을 듣게 된다. 그러자 임세공은 이에 항의하여 북
경에서 자살했다. 그의 시는 국자감 유학생의 작품을 모아 놓은 『유
구시록(琉球詩錄)』*과 『유구시과(琉球詩課)』에 남아 있다.

---

*　『유구시록(琉球詩錄)』은 1873년에 간행되었다. 임세공과 임세충의 한시 습작을 편
　집한 것이다. 손의언(孫衣言)이 서문을 썼고, 서간이 평문을 썼다. 권1은 임세공의 시
　집이고, 권2는 임세충의 시집이다.

조선국 진사 이민구가 준 시의 운자로 화답함

和答朝鮮國進士李敏球見贈韻

유구 문인 채대정

고향으로 돌아가는 길, 부디 평안하길

아쉬움으로 나누는 정담이 객루에 가득하네.

필담으로 대화하니 정은 더욱 깊어지는데

선생은 가셨다가 다시 오시길 거듭 바랍니다.

一路平安返舊山　　依依情話客樓間

爲談筆墨移情甚　　更願先生去又還

(채대정(蔡大鼎), 『민산유초(閩山游草)』)

【용어 해설】

- 의의(依依): 아쉬워하는 모양.

- 이정(移情): 서로의 마음을 이해함.

- 객루(客樓): 객이 머무는 곳인데, 여기서는 중국 복주의 유구관인 유원역(柔遠驛)일 듯하다.

【시 해설】　　1구는 이민구가 귀국한다고 하므로 평안히 돌아가기를 기원하고, 2구는 떠나기 전 헤어져야 하는 아쉬움을 객사에서 나누는 모습이다. 이들의 대화는 주로 필담으로 이루어졌음을 3구를 통해 알 수 있다. 그렇다면 이민구는 중국어가 가능하지 않았을 것이다. 왜냐하면 채대정은 유구 구메무라 출신으로 중국어를 배웠을 것이고, 따라서 존유 통사로 복주에 갔을 것이다. 유구의 존유 통사는 북경에 가지 않고 복주에 머물며 업무를 보는데, 분명 중국어가 유창했을 것이다. 4구는 이민구에 대한 강한 정을 드러냈다. 조선으로 귀국했다가 다시 복주로 돌아오라는 말이다.

이공이 오래된 역참에서 즉석으로 경치를 읊은 운에 화답함
和李公古驛卽景韻

유구 문인 채대정

보잘것없는 관리는 아득히 고향 생각에 잠겨

동루에서 잠을 깨니 해가 벌써 밝았네.

시인과 만나 나란히 걷고 즐거워하며

종일토록 봄바람 속에 앉아 시구를 다듬네.

悠悠薄宦懷鄕思　　睡覺東樓日已紅

詞客相逢聯袂樂　　推敲鎭日坐春風

(채대정(蔡大鼎), 『민산유초(閩山游草)』)

【용어 해설】

- 유유(悠悠): 일반적으로 유구하다, 장구하다는 의미이지만 여기서는 깊은 근심에 잠겨 있는 모습이다.
- 박환(薄宦): 운이 박한 관리. 여기서는 시인 자신을 지칭한다.
- 동루(東樓): 중국 복주에 있는 유구관인 유원역의 동쪽 건물을 지칭

한다고 보인다.

- **퇴고(推敲)**: 완성된 글을 다시 읽어 가며 다듬어 고치는 일. 중국 당나라 시대에 가도(賈島)라는 시인이 있었다. 그가 과거를 보기 위해 나귀를 타고 서울로 가던 길에 시상(詩想)이 떠올라 다음과 같이 읊었다. '새는 연못가에 있는 나무에 깃들고, 중은 달빛 아래 문을 두드리네(鳥宿池邊樹, 僧敲月下門).' 그런데 중이 달빛 아래 문을 '두드린다(敲)'고 할지, '민다(推)'고 할지 망설여졌다. 마침 그때 당시 서울시장에 해당하는 경윤(京尹) 벼슬에 있던 한유(韓愈)의 행차를 만났다. 한유는 사정 이야기를 듣고 한참 동안 생각하다가 '두드린다.'가 좋겠다고 말해 주었다.
- **진일(鎭日)**: 하루 종일을 뜻한다.

【시 해설】　1구의 주체는 채대정이다. 그 역시 나그네로 중국 복주 유원역에 머물고 있다. 다만 그가 이 구절에서 '보잘것없는 관리[薄宦]'라고 표현한 것이 단지 겸사인지 아니면 당시 유구가 처한 국제 정세에 관한 비유인지는 확실하지 않다. 아무튼 그 역시 고향이 그리워 깊이 잠들지 못하고 자다 깨다 한다. 3구의 시인은 이민구를 지칭한다. 이민구를 만나 시를 주고받으며 근심을 잊고 종일토록 시구를 다듬으며 봄을 즐긴다.

이공이 보내준 운자로 화답함 1
和答李公書贈韻

유구 문인 채대정

봄날의 지렁이와 가을철의 뱀 같은 글씨
안개와 구름에 둘러싸인 듯 흐릿하네.
풍류와 재능을 지닌 사내들
문채는 절로 뭇사람 뛰어넘네.

春蚓秋蛇筆　　　依稀繞霧雲
風流才子輩　　　文采自超群

(채대정(蔡大鼎), 『민산유초(閩山游草)』)

【용어 해설】

- 춘인추사(春蚓秋蛇): 봄철의 지렁이와 가을철의 뱀이라는 뜻으로 글씨가 가늘고 비뚤어져서 힘이 없음을 비유적으로 이르는 말이다.
- 의희(依稀): 의희하다. 곧, 보기에 또렷하지 않고 흐릿하다.

【시 해설】　　1구와 2구는 채대정 자신을 말하고, 3구와 4구는 이민구 일행을 말하는 듯하다. 곧, 봄날의 지렁이와 가을철의 뱀 같은 글씨는 분명하지도 않고 안개와 구름에 둘러싸인 듯 흐릿하다. 이는 채대정 자신의 글씨를 비유했다고 보인다. 그런데 상대방인 이민구는 풍류에 재능까지 지녔고, 문장의 문채는 뭇사람을 뛰어넘는 솜씨라는 것이다. 한편, 이 시의 행간에 흐르는 인물은 이민구와 채대정을 포함하여 그 자리에 있던 여러 인물이라고 볼 수 있다. 글씨는 비록 봄날의 지렁이와 가을철의 뱀 같지만 그들이 지닌 풍류와 재능, 포부와 기개는 뭇사람을 뛰어넘는다는 것이다. 특히 3구에서 '사내들(輩)'이라고 하여 한 사람이 아닌 복수의 의미를 분명히 하였다. 이는 다음 시에도 어느 정도 엿볼 수 있다.

이공이 보내준 운자로 화답함 2

和答李公見贈韻

유구 문인 채대정

작은 누각에 아침 해가 동쪽에서 떠오르고
이국에서 고상한 벗과 웃으며 대화하네.
더욱 기쁜 것은 이날에 여러 선비가
고친 시구를 시낭(詩囊)에 넣은 것.

小樓朝旭正升東　　異地芝蘭笑語通
更喜群英當此日　　推敲句入錦囊中

(채대정(蔡大鼎), 『민산유초(閩山游草)』)

【용어 해설】

· 조욱(朝旭): 아침에 돋는 해.

· 지란(芝蘭): 지초와 난초. 높고 훌륭하며 맑고 깨끗한 인품을 비유적으로 이르는 말. 또 지초와 난초의 사귐이라는 뜻으로, 벗 사이의 높고 맑은 사귐을 이르는 지란지교(芝蘭之交)를 뜻하기도 한다. 여

기서는 두 가지 의미를 모두 함의한다.

- 군영(群英): 글자로는 많은 예쁜 꽃을 뜻하지만, 여기서는 빼어난 여러 선비를 가리킨다.
- 퇴고(推敲): 앞에 나왔으므로 생략한다.
- 금낭(錦囊): 비단으로 만든 주머니. 그러나 여기서는 시인이 가지고 다니면서 쓴 원고를 넣어두는 주머니인 시낭(詩囊)을 의미한다.

【시 해설】　1구에 나오는 '작은 누각'은 채대정이 머물고 있는 중국 복주의 유원역인 듯하다. 그 누각에 아침 해가 떠오른다. 어쩌면 이들은 날이 밝을 때까지 대화하고 시를 주고받았는지도 모르겠다. 2구의 '고상한 벗'은 이민구와 그 일행을 가리킨다. 3구에서 말하는 '여러 선비'는 채대정과 이민구를 포함하여 그날 모인 모든 사람을 지칭한다. 이들은 시로 수창(酬唱)하며 종일 즐긴 듯하다.

【작시 배경】　채대정이 화답한 조선 진사 이민구(李敏球)는 『한국고전종합DB』에 나오지 않는다. 『한국고전종합DB』에 나오는 동명의 인물은 17세기에 활약한 동주(東州) 이민구(李敏求, 1589~1670)이고, 19세기에 유학 이민구(李敏九)라는 이름이 보일 뿐이다. 모두 동일인이 아닌 듯하다.

　위의 시가 실린 채대정의 문집 『민산유초』는 채대정이 처음 진공 사절의 존유통사로 복건성을 유람했을 때 쓴 작품집이다. 유구의 나하를 출항한 것은 1860년 11월인데 순풍을 기다려 복주에 도착한 것은 다음 해 3월이었다. 2년 정도 체류하고, 1863년에 귀국했다. 존유통사라고 하는 것은 복주의 유원역에 머물며 무역 등의 업무를 하는 통사이다. 이민구와 필담을 나누고, 시를 증답한 것은 그가 복주에 체류했던 1861년부터 1863년 사이가 아닌가 한다. 이때 조선 진사 이민구는 무슨 이유로 복주에 머무르고 있었던 것일까? 채대정이 진사라고 명기한 것을 보면 최소한 당사자가 확인해주었음이 틀림없다. 물론 그렇다고 그 말이 사실이라고 단정할 수는 없다. 또한『유구고전총서』로 1982년에 간행된『민산유초』에는 이민구를 진공 사절의 일원으로 중국을 방문했다*고 하지만 이를 확인하기 어렵다.

위에 제시한 4수의 시는 모두 조선의 진사 이민구의 시와 글에 화답한 것이다. 그렇다면 이민구의 시와 글도 분명 존재했을 터인데 이민구라는 인물이 누구인지 알 수 없고, 그의 원운(原韻) 시도 현재 찾을 수 없다.

【시인 소개】 채대정(蔡大鼎, 1823~1885?): 자는 여림(汝霖), 이계친 운상(伊計親雲上)으로 유구왕국 말기의 관리이다. 효행으로 왕부로부터 표창받을 정도로 고결한 인품으로 알려졌다. 그는 유구왕국 시대에 가장 많은 한시 작품을 남겼다고도 한다. 25세 때인 1848년에 최초의 시집인『누각루집(漏刻樓集)』을 출간하였다. 그 외에도『민산유초(閩山游草)』(1873),『속민산유초(續閩山游草)』(1873),『북연유초(北燕游草)』(1873),『북상잡기(北上雜記)』(1884),『이계촌유초(伊計村游草)』(1861)를 남겼다. 진공사절의 존유통사, 조경도통사(朝京都通事) 등으로 중국에 여러 번 다녀왔다.

그러나 특히 채대정이 널리 알려진 것은 이른바 '탈유도청(脫琉渡

---

* 輿石豊伸 注釋,『閩山游草』, 新報出版, 1982, 336쪽.

淸)'으로 불리는 사건이다. 1876년 채대정은 유구국의 존속을 호소하기 위해 메이지정부 관헌(官憲)의 경계망을 뚫고 청국으로 탈출한다. 유구가 일본에 병합되려는 국가 존망의 위기에 유구 국왕의 밀명을 띠고 향덕굉, 임세공 등과 함께 청국에 건너가서 유구왕국의 존속을 호소하는 청원운동을 전개하기 위함이었다. 채대정 일행은 중국 복주에서 구국활동을 하면서 기회를 노렸으나 북경의 총리아문에게 직접 호소하지는 못한 채, 1879년 유구처분의 소식을 듣고 만다. 이에 곧바로 북경으로 향했으나 가던 도중인 1880년 11월에 일본과 청국 사이에 「유구분도증약안」이 의정되었다는 절망적인 소식을 듣게 된다. 그러자 임세공은 이에 항의하여 북경에서 자살했다. 채대정은 이후에도 북경에서 탄원 활동을 계속했다. 임세공이 세상을 하직하면서 남겼다고 전하는 7언 절구 「사세(辭世)」 2수는 채대정의 『북상잡기(北上雜記)』에 기록되어 후세에 전한다.

위의 시가 만약 1860년대 초에 이루어졌다면, 이민구과 채대정은 당시 복잡하게 돌아가던 국제 정세에 대해 이야기를 나누었을까? 이후 유사한 국가의 운명을 겪는 조선과 유구의 두 사람은 과연 이런 미래 국가의 운명을 예견했을까? 또한 1879년 유구처분에 대한 소식과 유구 왕국의 존속을 위해 몰래 유구를 벗어나 청나라에 가서 구국운동을 하던 채대정의 소식을 이민구는 들었을까? 들었다면 어떤 생각을 했을지 몹시 궁금하다.

참고문헌

『한국문집총간』, 민족문화추진회, 한국고전번역원 DB.

『조선왕조실록』, 한국고전번역원 DB.

蔡大鼎, 『北上雜記』, 沖繩縣立圖書館 所藏.

蔡大鼎, 『閩山游草』, 輿石豊伸 注釋, あき書房, 1982.

이성혜, 『유구 한문학』, 산지니, 2022.04.30.

이성혜, 『유구 한시선(琉球漢詩選)』, 소명출판, 2019.12.03.

김동현, 「진명 권헌의 문학론과 한시 연구」, 경북대학교 석사논문, 1997.

배주연, 「명청 교체기 조선 문사 이안눌의 명 사행시 연구」, 『비교문학』 38,
　　한국비교문학회, 2006.

이성혜, 「亡國과 絶命, 동아시아 지식인의 忠義의 일면-조선의 黃玹과 유
　　구의 林世功을 중심으로-」, 『퇴계학논총』 제41집, 퇴계학부산연구원,
　　2023.06.

이성혜, 「오키나와로 전파된 해강 김규진의 서예-김규진의 제자 자하나 운세
　　키(謝花雲石)」, 『퇴계학논총』 제38집, 퇴계학부산연구원, 2021.12.

이성혜, 「조선 지식인의 유구 체험과 인식」, 『동양한문학연구』 제60집, 동양
　　한문학연구회, 2021.10.

이성혜, 「조선전기 조선 문인과 유구사신 동자단과의 증답시」, 『民族文化』
　　제59집, 한국고전번역원, 2021.11.

上里賢一 編, 『久米村と漢詩』, 一般社團法人 久米崇聖會, 2018.

上里賢一 編, 『校訂本 中山詩文集』, 九州大學出版會, 1998.

真栄田義見著, 『沖繩·世がわりの思想』, 第一敎育圖書, 1973.

崎原麗霞, 「蔡大鼎と『北上雜記』にみる儒學思想」, 『沖繩文化』(沖繩文化協
　　會, 2010.07, 제44권 1호.